Collection dirigée par Glenn Tavennec

L'AUTEUR

Titulaire d'un mastère en écriture de UCLA, Lissa Price est une scénariste américaine de talent. Elle a écrit des programmes jeunesse pour la télévision et reçu de nombreuses récompenses pour ses scénarios. La duologie *Starters*, son premier projet pour ados et jeunes adultes, a créé l'événement auprès des éditeurs internationaux, dès la soumission du manuscrit.

LISSA PRICE

traduit de l'anglais (États-Unis) par Aude Lemoine

roman

Pour Dennis, qui y a toujours cru.

Titre original : STARTERS
© Lissa Price, 2012
Published in agreement with the author, c/o BAROR
INTERNATIONAL, INC., Armouk, New York, U.S.A.
Traduction : © Éditions Robert Laffont, S.A., Paris, 2012

ISBN 978-2-221-12760-5
(édition originale : ISBN : 978-0-38-574237-5)
Delacorte Books for Young Readers, Random House Inc., New York

1.

Les Enders me terrifient. Surtout le portier de la *Banque des Corps*, son sourire factice collé aux lèvres. Il n'est pas très vieux – dans les cent dix ans – mais il me file les jetons quand même, avec ses cheveux gris argent et son badge de pseudo-mérite. Dans le hall au décor ultramoderne, je me sens écrasée par la hauteur de plafond. Je traverse le vestibule comme dans un songe : mes pieds touchent à peine le sol en marbre.

Le type me dirige vers le comptoir de la réception. Une femme à la crinière blanche me gratifie d'un sourire aux dents de devant tachées par un rouge à lèvres vermeil. Ici, à la *Banque des Corps*, les Enders ont tout intérêt à être gentils avec moi. Mais s'ils m'avaient croisée dans la rue, ils ne m'auraient même pas adressé un regard. Peu importe que j'aie toujours été première de la classe, quand l'école existait encore. J'ai seulement seize ans. Pour eux, je ne suis qu'un bébé.

Les talons de la réceptionniste claquent et résonnent dans l'immense vestibule. Je la suis dans une petite salle d'attente au style dépouillé. Seules trois chaises recouvertes de velours argent meublent la pièce, dans les coins. Elles imitent le mobilier ancien mais les relents de peinture chimique trahissent leur modernité. Le fond sonore – un chant d'oiseaux – sonne faux lui aussi. Je baisse les yeux sur mon sweat-shirt usé et mes chaussures éraflées. Je les ai cirées tant que j'ai pu, seulement la crasse est trop incrustée. Pour ne rien arranger, j'ai fait tout le trajet jusqu'à Beverly Hills à pied sous un crachin matinal et j'ai l'air d'un chien mouillé.

Mes pieds me tuent. Je m'affalerais bien sur l'une de ces chaises mais j'ai peur d'y laisser l'empreinte de mes fesses trempées. Un Ender de grande taille surgit soudain dans la pièce, interrompant le fil de mes pensées.

— Callie Woodland ? dit-il après un coup d'œil appuyé à sa montre. Vous êtes en retard.

— Désolée. Il pleuvait...

— Ce n'est rien. L'essentiel, c'est que vous soyez ici.

Son bronzage artificiel fait ressortir sa chevelure poivre et sel. Il me sourit désormais à pleines dents, les yeux exorbités ; j'en ai froid dans le dos. Les Enders ne méritent vraiment pas le titre de seniors qu'ils revendiquent : ce ne sont que de vieux croulants cupides en fin de vie ! À contrecœur, je serre la main flasque et flétrie qu'il me tend.

— Je me présente : monsieur Tinnenbaum. Bienvenue à Prime Destinations.

Il couvre ma main de son autre paume.

— Vous savez, je suis juste venue voir…, marmonné-je en examinant les murs à la recherche d'une hypothétique fissure.

— Comment nous fonctionnons ? C'est bien naturel. Et gratuit, qui plus est !

Sans cesser de sourire, il finit par me lâcher la main.

— Si vous voulez bien me suivre…

Il allonge le bras en direction de l'unique sortie comme s'il doutait de mon sens de l'orientation. Je sursaute face à l'éclat surréaliste de ses dents. On emprunte un petit couloir qui débouche sur un bureau.

— Entrez, Callie. Asseyez-vous.

Il s'empresse de refermer la porte derrière lui. Je me mords la langue pour étouffer un cri de surprise face au décor extravagant. Le flot continu d'une fontaine en cuivre couvre tout un pan de mur. Vu comment ils gaspillent le précieux liquide, c'est à croire qu'il ne leur coûte rien.

Au centre de la pièce trône un bureau en verre serti d'ampoules LED et surmonté, à une trentaine de centimètres, d'un écran d'ordinateur qui affiche la photo d'une fille de mon âge. Les cheveux longs, auburn, elle porte un short moulant. Le regard droit sur l'objectif, elle respire la confiance.

Je prends place sur une chaise design en métal tandis que M. Tinnenbaum se glisse derrière son bureau, en pointant du doigt la photo.

— L'une de nos récentes recrues. Même cas que le vôtre : c'est un ami qui lui a parlé de nous. Les femmes ayant loué son corps sont en-chan-tées !

D'une légère pression sur le coin de l'écran, il fait apparaître une nouvelle photographie : un Starter en maillot de bain de compétition, des carrés de chocolat à la place des abdos.

— C'est ce jeune homme, Adam, qui nous l'a envoyée. Il pratique le snowboard, le ski, l'escalade. Il est très populaire auprès de nos clients actifs, fans de sports en plein air mais qui ne les pratiquent plus depuis plusieurs dizaines d'années.

L'horreur de la situation devient brusquement très réelle. Je m'imagine des vieux Enders flippants, rongés par l'arthrose, se payant le corps de ce Starter pendant une semaine. Sept longues journées passées dans sa peau... J'en ai des haut-le-cœur et meurs d'envie de bondir de ma chaise, mais je ne peux pas. Il faut que je reste.

Pour Tyler.

Je m'agrippe à mon siège des deux mains. Mon ventre se met à gargouiller. Aussitôt, Tinnenbaum

me présente une coupelle en étain remplie de Maxi-truffes. Mes parents avaient la même. Avant.
— Vous en voulez une ?
Je me sers sans attendre et me souviens tout à coup de mes bonnes manières.
— Merci.
— Allez-y, prenez-en d'autres.
Il agite le plat sous mon nez. Je m'exécute, en pioche une deuxième, puis une troisième que je range soigneusement dans la poche de mon sweat-shirt. Il semble déçu que je ne les mange pas devant lui ; à croire que je le prive de sa seule distraction. Dans mon dos, le glouglou de la fontaine se poursuit. Un véritable supplice. Si Tinnenbaum ne me propose pas très vite quelque chose à boire, il risque bientôt de me voir y plonger la tête pour m'abreuver tel un animal.
— Pourrais-je avoir un verre d'eau, s'il vous plaît ?
— Mais bien sûr.
Un claquement de doigts puis il élève la voix comme s'il s'adressait à un micro caché.
— Un verre d'eau pour la demoiselle.
Quelques secondes plus tard, une Ender à l'allure de top model entre, un verre sur un plateau. Elle le dépose sur le bureau et se retire aussitôt. Je prends le verre enveloppé d'une serviette en tissu. Au fond, des glaçons scintillent : on dirait des diamants.
J'avale d'une traite le précieux liquide. Les paupières closes, je savoure sa fraîcheur dans ma gorge.

Je n'ai rien bu d'aussi pur depuis la fin de la guerre, et garde un glaçon en bouche en le croquant avec gourmandise. Quand je rouvre les yeux, Tinnenbaum est en train de me dévisager.

— Encore un peu d'eau ? me propose-t-il.

La réponse est oui mais, dans ses pupilles, je lis qu'il faut dire non. Je secoue la tête, suce le reste du glaçon, et constate, en reposant le verre sur le plateau, que mes ongles ont l'air plus crasseux encore que d'habitude. Les glaçons fondus me rappellent la dernière fois que j'ai bu de l'eau glacée. C'était il y a une éternité… En vérité, non, cela remonte à un an : notre dernier jour à la maison avant l'arrivée des marshals.

— Si je vous expliquais comment nous fonctionnons, ici à Prime Destinations ?

Je me retiens de ne pas lever les yeux au plafond. Ces foutus Enders… Pour quelle autre raison croit-il que je suis venue ? Un mince sourire aux lèvres, j'acquiesce d'un hochement de tête.

Du doigt, il efface les photos à l'écran. Après une nouvelle pression, des hologrammes s'affichent. Sur le premier, une Ender est allongée dans un fauteuil pendant qu'on introduit à l'arrière de son crâne une petite capsule, raccordée à un ordinateur par des fils de couleurs.

— La locataire est d'abord connectée à une IIC – Interface Informatique Corporelle – gérée par une équipe d'infirmières expérimentées, raconte l'homme. Ensuite, on lui administre un sédatif.

— Comme chez le dentiste ?

— Exactement. Tous ses signaux vitaux sont soumis à un rigoureux contrôle pendant la totalité de son expérience.

De l'autre côté de l'écran, on peut voir une jeune fille, étendue sur une chaise longue capitonnée.

— On vous endormira au moyen d'un anesthésiant, indolore et sans danger. Vous vous réveillerez une semaine plus tard, certes un peu groggy, mais enrichie d'une expérience unique.

Il me sert un nouveau sourire éclatant ; je m'efforce de ne pas grimacer.

— Que se passe-t-il pendant la semaine ?

— La locataire vit votre vie. (Il ouvre ses paumes et les retourne plusieurs fois de suite.) Vous avez entendu parler de ces programmes d'assistance informatiques qui permettent aux gens ayant été amputés de bouger leurs prothèses ? Il suffit pour eux d'y penser et le mouvement se produit. Ici, c'est à peu près pareil.

— Donc la locataire se visualise à ma place et si elle a envie de prendre quelque chose, elle n'a qu'à y penser et ma main s'exécute automatiquement ?

— C'est comme si elle était dans votre corps, oui. Elle le dirige mentalement et a ainsi l'opportunité de rajeunir. (Il se frotte le coude de la main.) Le temps d'une petite semaine en tout cas.

— Mais comment ?

D'un coup de tête, il indique la partie opposée de l'écran.

— Là, dans une pièce séparée, le donneur – autrement dit, vous – est relié à un ordinateur au moyen d'une IIC sans fil.

— Sans fil ?

— On vous implante aussi une micropuce à l'arrière du crâne. Vous ne sentirez rien. Cela nous permet de vous connecter à l'ordinateur pendant toute la durée de la location. Vos ondes cérébrales sont alors traitées et l'ordinateur effectue la liaison entre vous deux.

— La liaison… ? je répète, les sourcils arqués.

J'essaie de me représenter deux cerveaux connectés de cette façon. IIC. Micropuce. Implantation. La vision est de plus en plus cauchemardesque, et je suis à nouveau tentée de déguerpir. En même temps, j'ai envie d'en savoir plus.

— Je sais, tout cela est nouveau pour vous, admet-il avec un rictus condescendant. Vous serez totalement endormie. La locataire prendra alors mentalement possession de votre corps. Puis elle répondra à une série de questions afin que l'équipe s'assure que tout fonctionne normalement. Après cela, elle sera libre de profiter à sa guise du corps qu'elle a loué.

À présent des graphiques montrent le corps en question jouant au golf, au tennis, pratiquant la plongée sous-marine…

— Le corps garde en mémoire son activité musculaire si bien que la locataire sera capable de pratiquer tous les sports que vous maîtrisez. Le temps de location imparti écoulé, la cliente revient ici. Dans l'ordre, on procède à toutes les déconnexions nécessaires. On cesse de lui administrer des sédatifs, on prend sa tension, on l'examine, et, si tout va bien, elle peut rentrer chez elle. Vous, la donneuse, recouvrez toutes vos fonctions cérébrales par l'intermédiaire de l'ordinateur. Vous vous réveillez comme après un sommeil de plusieurs jours.

— Et s'il m'arrive un truc pendant qu'elle est dans mon corps en train de faire du snowboard ou de la plongée ? Si jamais je suis blessée ?

— Le cas ne s'est jamais produit. Nos locataires s'engagent par contrat à des responsabilités légales et financières. Et croyez-moi, tous nos clients aspirent à récupérer leur acompte !

À l'entendre, je ne suis qu'une simple voiture de location. Des frissons remontent le long de ma colonne vertébrale. Je songe à nouveau à Tyler ; sans lui, je serais déjà partie de cet endroit sinistre.

Inquiète, je demande :

— Et la puce ?

— On l'enlève au terme de votre troisième contrat de location. (Il me tend une feuille de papier.) Tenez. Cela vous rassurera peut-être de lire ceci.

Règles s'appliquant à la clientèle de Prime Destinations

1. Il est strictement interdit de modifier l'apparence de votre corps de location, notamment, mais pas exclusivement, au moyen de piercings, tatouages, coupes ou teintes de cheveux, lentilles de couleur pour les yeux ou interventions chirurgicales (ex. : prothèses mammaires).
2. Toute chirurgie dentaire est également interdite (plombages, extractions, pose de métaux précieux, etc.).
3. Vous êtes tenu/e de rester dans les limites d'un rayon de quatre-vingts kilomètres à partir des locaux de Prime Destinations. Des cartes sont à votre disposition.
4. Toute tentative visant à dérégler la micropuce IIC vous expose aux risques d'annulation immédiate de votre contrat. Votre acompte sera encaissé et une amende s'appliquera.
5. En cas de problème avec le corps que vous avez loué, retournez sans attendre à Prime Destinations. Veuillez user de précaution lorsque vous manipulez la marchandise ; n'oubliez pas qu'il s'agit du corps d'une jeune personne.

Sachez que la micropuce IIC empêche les locataires de prendre part à toute activité illicite.

Lire les termes du contrat ne me soulage pas. Au contraire, ça ne fait que soulever des problèmes que je n'avais même pas envisagés jusque-là.

— Et pour... le reste ?

— À quoi pensez-vous ?

— Je ne sais pas... (Je préférerais ne pas avoir à développer, mais bon...) Les rapports sexuels ?

— Que voulez-vous savoir ?

— Le contrat n'en parle pas.

Hors de question de ne pas « être là » lors de ma première fois.

L'Ender secoue la tête.

— Le message aux locataires est clair : les relations sexuelles sont proscrites.

Mais oui, c'est ça ! Au moins, on ne risque pas de tomber enceinte. Tout le monde sait que cela fait partie des effets secondaires du vaccin – plus pour longtemps, espérons-le.

J'ai l'estomac noué. Je dégage les mèches de mon front et me lève d'un air assuré.

— Merci de m'avoir reçue, monsieur Tinnenbaum. Et pour vos explications.

Il tente de dissimuler le tic nerveux de sa lèvre en grimaçant un vague sourire.

— Si vous signez aujourd'hui, il y a un bonus. (D'un tiroir, il sort un formulaire sur lequel il griffonne quelques mots avant de le glisser vers moi sur le bureau.) C'est un contrat pour trois locations.

Content de son effet, il rebouche son stylo.

Je prends le document. Avec l'argent, on pourrait se payer un logement et de quoi manger pendant un an... Je me rassois et inspire profondément, tandis qu'il me présente le crayon.

— Trois locations ? insisté-je en saisissant le stylo.

— Oui. Vous êtes payée à l'issue de la dernière.

La feuille, dans ma main, s'agite. Je tremble.

— C'est une offre extrêmement généreuse. Elle inclut le bonus si vous signez aujourd'hui.

Il me faut cet argent. Tyler en a besoin.

Je serre le crayon. Le bouillonnement de la fontaine paraît s'amplifier. Le regard perdu entre les lignes du document, j'ai des flashes : le rouge à lèvres mat de la réceptionniste, les pupilles dilatées du portier, la blancheur irréelle des dents de M. Tinnenbaum. J'appuie la pointe sur le papier, mais avant de signer, je lève les yeux sur l'Ender. Peut-être ai-je besoin d'être rassurée une dernière fois ? Il approuve d'un signe de tête et sourit. Sa veste est impeccable, hormis une peluche blanche sur le revers. Elle a la forme d'un point d'interrogation. Tinnenbaum me semble si pressant que je repose lentement le stylo.

Il plisse les yeux.

— Un problème ?

— Je repense à un des dictons préférés de ma mère.

— À savoir ?

— « La nuit porte conseil. » Je voudrais réfléchir avant.

Son regard devient glacial.

— Je ne peux vous garantir qu'une telle offre sera encore valable.

— Je suis prête à courir le risque.

Je plie le contrat pour le mettre dans ma poche et, une fois debout, m'efforce d'adresser un timide sourire à l'homme.

— Vous croyez franchement pouvoir vous le permettre, Callie ?

Il vient se poster juste devant moi.

— Probablement pas. Mais je tiens à prendre le temps de la réflexion, dis-je en le contournant pour me diriger vers la porte.

— Appelez-moi si vous avez des questions, propose-t-il en criant presque.

Je passe à vive allure devant la réceptionniste ; elle semble avoir l'air chagrinée de me voir m'en aller si tôt, et me suit des yeux tout en appuyant sur un bouton qui doit servir en cas d'urgence, j'imagine. Je continue sur ma lancée. Le portier, de l'autre côté de la porte vitrée, me dévisage avant de l'ouvrir.

— Vous nous quittez déjà ? me demande-t-il en affichant une expression macabre.

Je lui passe à côté en trombe.

Dehors, l'air frais de l'automne me fouette le visage. J'en remplis mes poumons tout en me faufilant sur le trottoir parmi la foule d'Enders. Je dois bien être la première Starter à refuser l'offre de Tinnenbaum, à ne pas ployer sous son autorité. Mais j'ai appris à me méfier d'eux.

Je marche dans Beverly Hills, renâclant face aux signes extérieurs de richesse qu'on y trouve encore, plus d'un an après la fin de la guerre. Dans ce coin de la ville, seul un magasin sur trois est vide. Lignes de designers, équipement télévisé et robotique, tout ça pour calmer la fièvre d'Enders friqués, accros au shopping. Le crédit file bon train ici. À la moindre panne, pas d'autre choix que de se débarrasser de son matériel : il n'existe plus personne pour réparer et aucun espoir de trouver des pièces de rechange.

J'avance dans la rue, tête baissée. J'ai beau ne pas avoir enfreint la loi pour le moment, si un marshal m'aborde, je n'ai pas mes papiers sur moi et tout mineur est légalement obligé de les présenter aux forces de l'ordre.

Alors que j'attends au feu pour traverser, un camion s'arrête. Ses passagers – une bande de Starters à la mine morose, sales et portant des traces de coups – sont assis, les jambes croisées, sur la banquette, des pioches et des pelles entre leurs jambes. Une fille, le crâne bandé, me toise d'un regard vide.

Soudain un éclair de jalousie passe sur eux. Comme si ma vie était meilleure que la leur. Le véhicule redémarre et la fille s'étreint elle-même. Ma vie est loin d'être belle mais la sienne est probablement pire, en effet. Il doit bien y avoir un moyen de sortir de ce cauchemar. Une solution qui n'ait rien à voir avec cette *Banque des Corps* immonde ou avec l'esclavagisme légalisé.

J'emprunte les ruelles plutôt que les grandes avenues telles que Wilshire Boulevard, un repaire d'officiers. Deux Enders en imperméables noirs chics avancent dans ma direction. Les épaules rentrées, j'enfonce mes mains dans mes poches. Le contrat est dans celle de gauche. L'autre est pleine des Maxi-truffes.

Au goût aigre-doux.

Plus on s'éloigne de Beverly Hills, plus les quartiers se délabrent. Je slalome entre des piles de vieux déchets en décomposition, et en levant le nez, constate que je passe devant un bâtiment peint en rouge. La marque indiquant qu'il est contaminé. Les derniers missiles spores datent pourtant de plus d'un an, mais les équipes de décontamination n'ont sans doute pas encore eu le temps de s'occuper de cette maison. Pas eu le temps, ou l'envie. Le nez et la bouche couverts de ma manche comme mon père me l'a appris, je presse le pas.

La nuit tombe peu à peu et je me détends. Je sors ma lampe de poing et l'attache au revers de ma main gauche, mais sans l'allumer. On a brisé toutes les ampoules des réverbères du quartier. Les ombres nous protègent des marshals qui nous interpellent pour un oui ou pour un non, et n'attendent qu'une seule chose : nous enfermer dans des hôpitaux psychiatriques. Je n'y ai jamais mis les pieds, mais j'en ai entendu parler. L'un des pires instituts, le numéro 37, n'est qu'à une dizaine de kilomètres. Les Starters se mettent à chuchoter chaque fois qu'ils évoquent ces endroits à vous glacer le sang.

Je ne suis plus qu'à quelques blocs de notre maison et déjà il fait nuit noire. Ma lampe allumée, je repère deux faisceaux lumineux à l'angle d'un bâtiment situé sur le trottoir d'en face. Au début, comme les lumières ne s'éteignent pas, je pense qu'il s'agit d'alliés. Mais ensuite, les deux faisceaux disparaissent.

Des perdus.

Une énorme boule se forme alors dans mon ventre. Ma gorge se serre. Je m'élance. Pas le temps de réfléchir. Mon instinct me dicte de filer droit chez nous. Un des membres de la bande, une fille immense avec des jambes interminables, me rattrape. Juste derrière moi, elle tend le bras pour agripper mon pull.

J'allonge encore ma foulée. La porte d'entrée de mon bâtiment n'est plus qu'à deux rues. La fille refait une tentative et saisit cette fois ma capuche. Elle tire. Je tombe violemment sur le trottoir. J'ai mal au dos ; ma tête me lance. Un pied de chaque côté de mon corps, elle fouille mes poches. Son copain, un garçon plus petit, pointe le rayon de sa lampe en plein dans mes yeux.

— Je n'ai pas d'argent.

Aveuglée, je me débats pour qu'elle me lâche.

De ses paumes ouvertes, elle m'assène un grand coup au niveau des tempes. Le genre de coup bas, dans les combats de rue, qu'on utilise pour neutraliser rapidement un adversaire.

— Tu n'as rien sur toi ? lâche-t-elle d'une voix étouffée qui résonne dans ma tête. Alors t'es dans la merde !

Une décharge d'adrénaline jaillit dans mon bras et me donne l'impulsion de lui porter un puissant crochet à la mâchoire. Elle perd d'abord l'équilibre mais se ressaisit juste avant que je parvienne à me dégager.

— T'es morte !

Je me tortille sur le trottoir, battant des jambes en tous sens, mais le piège rigide de ses cuisses se referme sur moi. Elle prend son élan, le poing serré, pour me frapper au visage. À la dernière seconde, je tourne la tête de côté. L'impact de ses jointures contre le bitume lui arrache un cri.

J'en profite pour glisser sous elle pendant qu'elle presse la main contre sa poitrine en se balançant de douleur. Mon cœur bat la chamade. L'autre gamin s'est approché avec une pierre. Haletante, je me redresse. Quelque chose tombe alors de ma poche et les autres se figent pour regarder.

C'est une des Maxitruffes.

— De la bouffe ! s'écrie son copain en orientant sa lampe pour mieux voir.

La fille rampe jusque-là, son poing blessé toujours plaqué contre sa poitrine. Le garçon plonge à terre pour ramasser la friandise. Elle lui attrape la main ; un morceau de chocolat se détache, qu'elle engloutit aussitôt. Le garçon dévore le reste. J'en profite pour courir jusqu'à l'entrée latérale de mon immeuble, pousse la porte et me tapis à l'intérieur.

Je prie pour qu'ils ne m'aient pas suivie, en espérant secrètement qu'ils auront trop peur des alliés ou de tout piège que je pourrais leur réserver. Du faisceau lumineux de ma torche, je balaie les escaliers. La voie est libre. Je grimpe à toute vitesse deux étages puis jette un coup d'œil par le carreau crasseux d'une fenêtre. Les perdus détalent déjà tels des lapins. J'évalue l'étendue des dégâts. J'ai mal au crâne à cause du choc contre le bitume ; à part ça, je m'en sors sans vilaine entaille ni fracture. Une main sur ma poitrine, je tente de me calmer et de reprendre mon souffle.

J'examine ensuite les alentours, à l'affût du moindre bruit suspect. Mes oreilles encore bourdonnantes me gênent.

Aucun son inconnu. Pas de signe de nouveaux occupants ni de danger. L'extrémité de la pièce m'attire tel un phare dans la nuit, un havre de paix. Notre empilement de bureaux barricade un coin, bouchant une partie de la pièce nue et sombre, tout en lui conférant une illusion de confort. Tyler doit déjà dormir. Dans ma poche, je cherche les truffes qui restent. Et si je lui faisais la surprise quand il se lèvera demain matin ?

Impossible de patienter tout ce temps.

— Hé, Tyler, réveille-toi. J'ai quelque chose pour toi.

En contournant le rempart de bureaux, je découvre un espace vide. Ni couverture, ni petit frère. Rien. Le peu d'affaires qui nous restent se sont envolées.

— Tyler ?!

Je cesse de respirer, la peur au ventre, et me précipite aussitôt vers la porte ; par l'encadrement, j'identifie un visage familier dans le couloir.

— Michael !

Il rejette vers l'arrière sa chevelure blonde et hirsute.

— Callie.

Sa lampe placée sous son menton, il imite un monstre effrayant, mais ne peut garder son sérieux longtemps et finit par éclater de rire.

S'il rigole, je suppose que mon petit frère est sain et sauf. Je le pousse doucement du coude.

— Où est Tyler ?

— J'ai dû vous installer dans ma chambre. Il commence à y avoir des fuites dans le toit. (Il dirige son faisceau vers une tache sombre au plafond.) J'espère que ça ne te dérange pas.

— Difficile à dire. Ça dépend de tes talents en décoration.

Je lui emboîte le pas jusqu'à une pièce, à l'autre bout du couloir. À l'intérieur, dans deux coins différents, des bureaux forment des cachettes douillettes où l'on se sent en sécurité. En m'approchant, je vois qu'il a réorganisé nos affaires à l'identique. Dans le recoin le plus éloigné, Tyler est assis contre le mur, une couverture sur les jambes. Il ne fait pas ses sept ans. Peut-être est-ce parce que, un instant, j'ai imaginé l'avoir perdu, ou bien à cause de mon absence toute la journée, mais il m'apparaît sous un nouveau jour. Il a maigri depuis qu'on n'a plus de chez-nous. Pour ne rien arranger, il a sérieusement besoin d'une coupe de cheveux. Sous ses paupières, de méchants cernes marquent sa peau.

— T'étais où, Callie-Coquine ? me lance-t-il d'une voix rauque.

Je me force à afficher un air détaché et lui réponds :

— En ville.

— Tu en as mis du temps.

— Tyler, tu n'étais pas tout seul. Il y avait Michael. (Je m'agenouille près de lui.) Et puis, je t'ai rapporté une surprise.

Il esquisse un sourire.

— Quel genre de surprise ?

Je sors brusquement un des chocolats enrichis en vitamines et le déballe pour mon frère. Il a la taille d'un biscuit. Tyler écarquille les yeux.

— Des Maxitruffes ? (Il jette un regard pétillant à Michael, debout à mes côtés.) Ouah !

— J'en ai deux. (Je lui montre l'autre.) Pour toi.

Il refuse d'un mouvement de tête.

— Toi, tu en gardes une.

— Il faut que tu prennes des forces !

— Tu as mangé aujourd'hui, Callie ? s'inquiète-t-il.

Je soutiens son regard. Gobera-t-il un de mes mensonges ? Non, mon frère me connaît trop bien.

— Partagez-la, finit-il par trancher.

D'un haussement d'épaules, Michael fait tomber une mèche devant un de ses yeux. Il a une façon d'être, décontractée et sublime, qui n'appartient qu'à lui.
— Je ne dis pas non.
Tyler sourit et me prend la main.
— Merci, Callie.

On se régale des Maxitruffes, assis autour d'un grand bureau, au centre de la pièce. On s'en sert comme d'une table de cuisine. La lampe torche de Michael trône au milieu, réglée en position bougie. On a coupé les chocolats en petits morceaux et imaginé, pour plaisanter, que le premier faisait office de hors-d'œuvre, le deuxième de plat de résistance et le dernier, de dessert. Ces chocolats, c'est le paradis : sucrés, à mi-chemin entre le brownie et le fondant, riches et onctueux, ils ravissent nos papilles. Ils ont un goût de trop peu.

Tyler, pourtant, se ragaillardit après avoir mangé le sien. Il se met à chantonner tandis que Michael, le menton posé sur une main, m'observe. Je sais qu'il meurt d'envie de m'interroger sur la *Banque des Corps*. Et plus encore. Je le surprends à étudier mes récentes éraflures et coupures.

Je tente une diversion :
— Les truffes m'ont donné soif.
— À moi aussi, intervient Tyler.
Michael se lève.

— OK, je vais aller remplir des bouteilles d'eau.

Il décroche les gourdes pendues par des sangles à la porte et un seau, puis il quitte la pièce.

Tyler somnole, la tête sur le bureau. L'excitation de manger des chocolats est retombée. Je caresse ses cheveux de bébé si doux, puis son cou. Son sweat-shirt à capuche a glissé de l'une de ses épaules, révélant la cicatrice de son vaccin. Je la touche du doigt avec un sentiment de reconnaissance. Sans elle, on serait tous morts, comme nos parents. Ou comme toute personne entre vingt et soixante ans. De même que les Enders les plus âgés, nous sommes les plus vulnérables. C'est pour cette raison que le gouvernement nous a fait vacciner en premier contre les spores du génocide. Et, aujourd'hui, nous formons les dernières poches de survivants. Quelle ironie du sort !

Passé quelques minutes, Michael revient avec les réserves d'eau. Je vais dans la salle de bains où il a laissé le seau. À notre arrivée ici, la première semaine, il y avait encore l'eau courante dans le bâtiment. Je soupire en me remémorant le confort des lieux ; c'était autrement plus facile que d'aller piquer de l'eau dans des canalisations externes.

Même en plein mois de novembre, dans un immeuble non chauffé, je trouve l'eau fraîche agréable. J'en asperge les plaies de mes bras et de mon visage.

À mon retour dans la pièce, Tyler est à nouveau installé dans notre cachette et Michael, au cœur de son fort construit à l'identique, dans le coin opposé. Ça me rassure qu'on soit tous ensemble réunis. Si jamais quelqu'un entrait par effraction, l'un de nous pourrait le surprendre par-derrière. Michael a un tuyau en métal et moi, un mini-Taser qui a autrefois appartenu à mon père. Il n'est pas aussi puissant que ceux des marshals mais j'ai confiance en lui. Je sais, c'est triste d'en arriver là.

Assise sur mon sac de couchage, je retire mes chaussures puis mon sweat-shirt avant de me glisser entre les couches de tissu pour faire mine d'aller dormir. Mentalement, j'ajoute un pyjama à la liste de choses qui me manquent. Un pyjama en flanelle, tout juste sorti du sèche-linge, encore chaud. J'en ai assez de rester toujours habillée, prête à m'enfuir ou à me battre. Mon royaume pour un pyjama duveteux et une vraie nuit de bon sommeil.

— Michael a déménagé nos affaires, commente Tyler en baignant du faisceau de sa lampe nos livres et autres trésors, disposés sur les bureaux autour de nous.

— Je sais. C'est gentil de sa part.

Il éclaire un chien en peluche.

— C'est comme avant...

Au début, je crois qu'il veut parler de notre ancienne maison, mais ensuite je comprends qu'il parle de la veille. Michael, conscient qu'on est très attachés à nos affaires, a pris soin de les disposer comme elles l'étaient dans l'autre pièce.

Tyler allume notre cadre holographique. C'est son habitude, plusieurs fois par semaine, les soirs de déprime. L'écran dans le creux de sa paume, il passe en revue les enregistrements vidéo – nos vacances en famille à la plage, à faire des châteaux de sable, notre père s'entraînant au tir, les parents le jour de leur mariage... Mon frère marque une pause devant sa vidéo préférée : Papa et Maman en croisière, il y a trois ans, juste avant que les bombardements n'éclatent dans l'océan Pacifique. Entendre leurs voix est encore douloureux pour moi. « Tu nous manques, Tyler. On t'aime, Callie. Prends bien soin de ton petit frère. »

Le premier mois, je pleurais chaque fois qu'ils prononçaient ces paroles. Puis j'ai fini par pouvoir me maîtriser. Leurs voix sonnent creux désormais – des voix d'acteurs sans nom dans un film sans titre.

Tyler, lui, ne pleure jamais : il boit leurs paroles sans jamais se lasser. C'est tout ce qui lui reste de nos parents à présent.

— Allez, ça suffit. C'est l'heure de dormir, lui dis-je en tendant la main pour reprendre le cadre.

— Non. Encore un peu, s'il te plaît !

Il m'implore des yeux.

— Tu as peur de les oublier ?

— Peut-être.

Je lui donne un petit coup sur le poignet avec ma lampe.

— Tu te rappelles qui a inventé ça ?

Tyler hoche la tête avec une mine grave, sa lèvre inférieure retroussée.

— Papa.

— Exactement. Lui et d'autres scientifiques. Alors chaque fois que tu vois cette lumière, pense à Papa et dis-toi qu'il veille sur toi.

— C'est ce que tu fais ?

— Tous les jours. (Je lisse ses cheveux.) Ne t'inquiète pas. On ne les oubliera jamais. Jamais. Je te le promets.

J'échange le cadre contre son jouet préféré, le seul qui lui reste : un petit chien-robot. Il le glisse sous son bras et le jouet se couche tel un véritable animal, abstraction faite de ses pupilles vertes qui scintillent dans le noir.

Je repose le cadre sur le bureau, au-dessus de nous. Tyler se met à tousser. Je remonte le duvet jusqu'à son menton. À chacune de ses quintes de toux, je m'efforce de ne pas repenser aux paroles du médecin, à la clinique : « Dysfonctionnement rare des poumons... Chances de guérison : 50/50. » J'observe la poitrine de mon frère qui se soulève. J'attends que sa respiration devienne plus profonde, signe qu'il sombre dans le sommeil, puis m'extirpe de mon sac de couchage.

Un coup d'œil à travers la muraille de bureaux. Le faisceau de la lampe de Michael est réfléchi par le mur. Un pull jeté sur mes épaules, je m'approche sur la pointe des pieds et murmure :

— Michael ?

— Entre, répond-il à voix basse.

J'aime sa petite forteresse, décorée de ses croquis au crayon et au fusain, remplie de matériel de dessin. Il reproduit des scènes urbaines : paysages de bâtiments désaffectés, de groupes alliés et ennemis. J'y retrouve jusqu'au moindre détail les faisceaux des lampes de poing et les couches de haillons enfilées pour lutter contre le froid, les bouteilles d'eau portées autour du cou, tombant sur des torses trop maigres.

Michael pose son livre et s'adosse au mur avant de m'inviter à le rejoindre sur sa couverture à imprimé camouflage.

— Callie, qu'est-ce qui t'est arrivé au visage ?

Je porte la main à ma joue. Elle me brûle.

— C'est si moche que ça ?

— Tyler n'a rien remarqué, lui.

— Il faut dire qu'il fait super noir, ici, lui dis-je en m'asseyant en tailleur face à lui.

— Tu es tombée sur des perdus ?

— Oui. Mais ça va.

— À part ça, c'était comment là-bas, à la *Banque* ?

— Bizarre.

Il ne réagit pas mais baisse la tête.

— Quoi, Michael ?

— J'ai eu peur que tu ne reviennes pas, avoue-t-il en me regardant au fond des yeux.

— J'avais promis, non ?

— Ouais, mais j'ai pensé... et si tu ne *pouvais* pas revenir ?

Je n'ai pas de réponse à ce scénario. On reste assis un moment sans parler.

— Alors, tu en penses quoi ? reprend-il.

— Tu savais qu'ils t'implantent une micropuce là-dedans ?

J'indique l'arrière de mon crâne.

— Où ? Fais voir.

Il tâte mon cuir chevelu.

— Je te l'ai dit : je suis juste allée me renseigner.

Sur son visage, je lis l'inquiétude, dans ses yeux, la bienveillance. C'est drôle, je n'ai jamais vraiment prêté attention à lui à l'époque où il vivait dans notre quartier. C'est hallucinant qu'il ait fallu attendre la Guerre des Spores pour apprendre à se connaître.

En glissant mes poings dans mes poches, je sens quelque chose. Une feuille de papier. Je le déplie.

— Qu'est-ce que c'est ? demande Michael.

— Un contrat. Le type à la *Banque des Corps* me l'a donné.

Michael se rapproche pour lire.

— C'est ce qu'ils te paieraient ?

Il m'arrache le papier des mains.

— Rends-le-moi !

— « ... en échange de trois locations », commence-t-il à lire.

— Je ne le ferai pas.

— Bonne nouvelle.

Il marque une pause avant de poursuivre :

— Je voudrais quand même savoir pourquoi. Je te connais. Tu n'as pas peur.

— Ils ne paieront jamais une telle somme. C'est louche.

— Et puis comment font-ils légalement, de toute manière ? Pour embaucher des Starters comme ça ?

Je réponds d'un haussement d'épaules :

— Il doit y avoir une faille. Il m'a assuré que c'est ce que je toucherais.

— Je ne vois pas comment ça peut être légal. D'ailleurs, ils ne font pas de publicité.

Michael a raison. Si je suis au courant, c'est simplement grâce au garçon qui vit au rez-de-chaussée.

— Le mec d'en bas doit sûrement toucher une commission sur chacun des Starters qu'il leur envoie.

— Eh bien, il ne se fera pas d'argent sur mon dos. (Je m'allonge sur le flanc, ma tête appuyée sur une main.) Je n'ai pas confiance en ces gens.

— Tu dois être fatiguée. Après un rendez-vous aussi long.

— Fatiguée ? Le mot est faible.

— Demain, on n'a qu'à aller à l'embarcadère voir si on peut trouver des fruits.

Ses paroles se perdent dans le silence. Mes paupières sont si lourdes. Soudain, je rouvre les yeux. Michael me sourit.

— Cal, va te coucher, dit-il d'une voix douce.

J'approuve et range le contrat dans ma poche avant de retourner auprès de Tyler. Mon corps s'enfonce dans le duvet, lourd comme du plomb.

Je règle ma lampe en mode veilleuse. Elle se met à rayonner.

L'hiver dans le sud de la Californie est loin d'être rude ; seulement, bientôt, il fera quand même trop froid pour Tyler. Il faut que je lui trouve un autre endroit, chauffé – un foyer digne de ce nom. Oui mais voilà, comment ? Le soir, je retourne la question dans tous les sens. J'avais espéré que la *Banque des Corps* serait la solution. Je me suis plantée. Le sommeil me surprend et ma lampe s'éteint d'elle-même.

Les alarmes stridentes des détecteurs d'incendie me tirent violemment de mon sommeil. Une odeur âcre de fumée me monte au nez. Tyler, assis à mes côtés, tousse.

Je crie dans l'obscurité :

— Michael ?

— Au feu ! hurle-t-il à travers la pièce.

Mon bracelet indique 5 heures du matin. Je cherche à tâtons ma gourde. Dans le tiroir au-dessus de moi, je trouve un tee-shirt que j'imbibe d'eau. Je me tourne vers mon frère et lui ordonne :

— Mets ça sur ton nez. Tout de suite !

Le faisceau de la lampe de Michael perce l'écran de fumée.

— Il ne faut pas rester là ! nous lance-t-il.

Tyler et moi nous agrippons l'un à l'autre. Nos lampes de poing dissipent en partie la barrière de fumée tandis qu'on regagne la porte à quatre pattes.

Michael, d'une main dans mon dos, me guide en direction des marches. La fumée a envahi la cage d'escalier. On parvient tant bien que mal au rez-de-chaussée. J'ai les jambes en coton quand on émerge enfin du bâtiment.

On s'éloigne dans la rue pour éviter les flammes et la chute éventuelle de débris. Dans la pénombre du petit jour, on distingue des alliés, sortant à leur tour – deux que l'on connaît et trois autres qui devaient loger aux étages du dessous. Ils fixent l'immeuble avec effroi. Je pivote sur moi-même.

— Je ne vois pas de flammes...

— Ouais, où est le feu ? renchérit Michael.

— Tout le monde a évacué le bâtiment ? demande soudain un homme.

— Ouais.

Un Ender, une centaine d'années environ, s'approche de nous. Il porte un costume chic.

— Vous êtes sûrs ?

Il jette un coup d'œil aux autres occupants de l'immeuble qui confirment en hochant la tête.

— Bien.

L'Ender lève la main et trois ouvriers en tenue de travail s'avancent.

L'un d'eux arrache le ruban adhésif qui couvrait la serrure de la porte d'entrée. Un autre placarde un avis. Le type en costume nous en donne une photocopie.

— « Défense d'entrer. Changement de propriétaire », lit Michael à voix haute.

— Ils nous ont enfumés…, conclut l'un des nôtres.

— Vous devez évacuer les lieux immédiatement, reprend l'homme sur un ton posé mais plein d'autorité.

Voyant que personne ne bouge, il ajoute :

— Vous avez une minute.

— Mais… nos affaires.

Je fais quelques pas désespérés en direction du bâtiment.

— Je ne peux pas vous laisser retourner à l'intérieur. Question d'assurance, déclare-t-il.

— On n'a pas le droit de récupérer nos affaires ? dit Michael.

— Le squat est une violation du droit de la propriété privée, insiste l'Ender. Si je dis ça, c'est pour vous. Trente secondes.

Une chape de plomb me tombe sur la poitrine.

— Tout ce qui nous reste est là-dedans. Si vous ne voulez pas qu'on aille chercher nos affaires, au moins, ramenez-les-nous !

Il fait non de la tête.

— Pas le temps. Nous devons y aller. Les forces de l'ordre arrivent.

Les alliés détalent sur-le-champ. Je passe un bras autour des épaules de Tyler et m'apprête à partir, or quelque chose, au dernier moment, m'en empêche. Le type en costume nous a déjà tourné le dos, mais l'équipe d'ouvriers nous a vus et nous montre du doigt. L'Ender fait volte-face.

— Je vous en supplie. Nos parents sont morts. (Les larmes me piquent les yeux.) Les dernières photos qu'on a d'eux sont restées dans l'immeuble. Tout en haut, au fond du couloir. Quelqu'un pourrait au moins nous rendre le cadre ? Il n'y a qu'à le jeter par la fenêtre.

Il hésite, le temps de réfléchir, puis marmonne une excuse d'une voix sèche, sans prendre la peine de croiser mon regard avant de s'en aller dans la direction opposée. Jamais je ne me suis sentie aussi vide. Cela ne sert à rien de discuter avec lui. Plus d'un siècle nous sépare en âge, lui et moi. Comment peut-il se mettre à notre place ?

— Callie, ça ne fait rien. (Mon frère me tire par la main.) Pas besoin des photos. On n'oubliera jamais les parents.

Le vacarme des sirènes retentit.

STARTERS

— Les marshals ! prévient Michael. Filez !

Plus le choix. Après un demi-tour, on s'élance dans le brouillard du matin, laissant derrière nous les derniers liens physiques qui nous rattachent à notre famille. Et à notre vie d'avant.

2.

On remonte la rue à toutes jambes, en direction opposée aux sirènes de police. D'un coup d'œil par-dessus mon épaule, j'ai juste le temps d'apercevoir le flot de crinières argent et d'uniformes qui jaillit des véhicules. Michael prend Tyler dans ses bras et on accélère encore. On se cache dans une ruelle, entre notre ancien immeuble et un autre bâtiment administratif.

Les bottes des officiers à nos trousses martèlent le bitume, mais on a déjà quitté notre cachette lorsqu'ils arrivent. Ils sont armés et forts de plus de cent années d'expérience ; à l'inverse, nos jambes à nous sont jeunes.

On se cache derrière un long massif de buissons au fond d'une cour. Les arbustes sont en train de mourir mais ils se révèlent encore assez touffus pour nous abriter à cette heure du jour. Heureusement qu'on avait reconnu à l'avance toutes les planques du quartier. J'écarte les branches sur notre passage. Michael repose Tyler au sol et on se blottit les uns contre les autres.

Les marshals déboulent dans la ruelle. Je les scrute par un trou dans le buisson, suivant chacun de leurs gestes. L'un prend à gauche. L'autre se dirige droit sur nous.

La respiration sifflante de Tyler augure une quinte de toux imminente. Les poils, sur mon bras, se dressent. Michael couvre la bouche de mon frère.

Le marshal se rapproche. Nous a-t-il repérés ? Il s'accroupit et continue à avancer lentement, son arme dégainée. Mon sang bat à mes tempes. J'agrippe la chemise de Michael et presse ma joue contre son épaule.

L'homme furète parmi les feuilles juste à hauteur de mon visage. Il est si proche que je sens l'odeur de cuir de ses gants. Je retiens ma respiration.

— Par ici ! retentit la voix de son coéquipier, suivie d'un bruit qui nous fait frémir – un crépitement électrique.

Un Taser.

Des cris d'une violence insoutenable éclatent aussitôt. Leur écho déchirant nous transperce ; on serre les dents. L'officier s'élance, les feuilles de notre buisson s'agitent dans son sillage.

Je m'approche du trou pour mieux voir le garçon étendu dans la cour, face contre terre. Ses cris laissent place désormais à des gémissements.

L'un des officiers le menotte et le retourne brutalement sur le dos. Je le reconnais : c'est l'un des derniers garçons à avoir emménagé dans notre immeuble. La peau de son cou porte une marque noire, là où le Taser l'a brûlé. Ce qui arrive lorsque le tir est à bout portant, ou si l'arme a été réglée sur la puissance maximale. C'est leur façon à eux de nous marquer au fer rouge tel du bétail.

Le Starter pousse à nouveau des hurlements tandis qu'ils lui ligotent les poignets et les bras. Il les supplie de le lâcher mais ses plaintes restent vaines ; les officiers partent déjà en le traînant derrière eux, ses sangles jetées par-dessus leurs épaules. Les talons du garçon raclent le sol. Chaque bosse lui arrache un cri. On dirait un animal saisi au collet.

Quelle bande de lâches ! Ils font exprès de lancer leurs raids au beau milieu de la nuit, quand aucun Ender ne risque de s'attendrir et d'intervenir.

Derrière notre bouclier de feuilles, on se recroqueville dans une boule humaine qui tient chaud à Tyler et étouffe les bruits. Au moindre hurlement, on tressaille. Si seulement on était plus nombreux, on pourrait sauter sur ces monstres, les mordre, les rouer de coups, les griffer jusqu'à ce qu'ils libèrent leur prisonnier...

Les cris du Starter s'atténuent peu à peu. Puis on entend un véhicule démarrer. Les Enders s'en vont, satisfaits de leur butin. Leur proie, ils la tiennent : ils ont atteint leur quota quotidien. Mais ils reviendront dès demain.

Tyler finit par tousser. Entre deux quintes, sa respiration se mue en râle. On quitte aussitôt les buissons en rampant. Mieux vaut qu'il ne reste pas trop longtemps dans un endroit aussi humide. Michael retire alors son sweat-shirt pour doubler l'épaisseur de ses vêtements. L'un contre l'autre, ils se tiennent assis sur un petit rebord en ciment pendant que je fais les cent pas.

— C'est quoi le plan, maintenant ? lance Michael. On n'a même plus de sacs de couchage.

— Ni de Taser. Ni de gourdes. Tout ce qu'on avait, envolé !

Mes paroles flottent, graves, dans l'air frais du matin. C'est Tyler qui rompt finalement le silence.

— Mon chien-robot...

Sa lèvre inférieure s'avance dans une moue triste et commence à trembler ; il pince la bouche pour se contrôler. Ce n'est pas un simple jouet, ni le dernier qu'il ait conservé : c'est le dernier que Maman lui a donné. Si j'étais plus honnête, j'avouerais que je le comprends tout à fait parce que, moi-même, je ne me remets pas d'avoir perdu les photos des parents. Ces souvenirs tangibles, les seuls qu'on avait, perdus à jamais... Notre ancienne vie, un an plus tôt seulement, est reléguée au passé, un passé sans trace. Le fil ultime qui nous y rattachait vient d'être sectionné.

Seulement, je garde tout cela pour moi. Hors de question de m'effondrer devant mon petit frère.

— Qu'est-ce qu'on va faire ? s'inquiète-t-il à son tour. Où est-ce qu'on va aller ?

Il est pris d'une énième quinte de toux. Je lui réponds en tentant de conserver mon calme :

— On ne peut pas rester ici : ils vont revenir avec des renforts maintenant qu'ils savent où chercher.

— Je connais un autre endroit, pas loin, annonce Michael, étonnamment calme. À une vingtaine de minutes.

Un autre immeuble où squatter et dormir encore à même le sol. Cette perspective me serre le cœur.

— Dessine-moi un plan.

De la poche de mon pull, j'extrais le contrat de la *Banque des Corps* dont je déchire un bout.

— Pourquoi ? demande Michael.

— Je vais vous rejoindre.

Je lui tends le morceau de papier et il s'exécute.

— Où tu vas ? m'interroge Tyler d'une voix faible.

— Je vais partir un jour ou deux... (Je lance un regard entendu à Michael.) Je sais où trouver de l'argent.

Michael lève les yeux de son plan pour croiser les miens.

— Cal. Tu es sûre ?

Tyler a le visage fatigué, les joues creuses, des cernes cruels. La fumée a aggravé son état de santé fragile et s'il empire encore, voire si l'issue est fatale, je ne me le pardonnerai jamais.

— Non, mais j'y vais quand même.

J'arrive à Beverly Hills à 8 h 45. Les magasins ne sont pas encore ouverts. Je dépasse un petit groupe d'Enders hyper maquillées, aux bijoux clinquants. La médecine moderne n'a aucun mal à allonger l'espérance de vie des Enders à deux cents ans. Pour ce qui est de leur enseigner les choses à faire et à ne pas faire question look, il reste encore du boulot. Les Enders potelées s'engouffrent dans un restaurant dont les effluves de bacon et d'œufs brouillés me chatouillent les narines. Mon ventre, aussitôt, crie famine.

L'insouciance des Enders friqués me dégoûte. À les voir, c'est comme si la guerre n'avait jamais existé. Je voudrais les secouer et leur hurler : « Vous avez perdu la mémoire ? L'impasse dans les batailles navales du Pacifique et les missiles spores, ça vous dit quelque chose ? Les armes IEM censées détruire les ordinateurs, les avions et même les marchés financiers ennemis ? C'était la guerre, les amis ! Youhou, la guerre ! Personne n'a gagné. Ni nous, ni les pays du Pacifique… » En l'espace d'une année même pas, le visage de l'Amérique s'est métamorphosé, de petits groupes isolés de Starters tels que moi à une marée d'Enders qui passent désormais tout leur temps libre à claquer du fric et à entretenir leurs bourrelets dans les restos.

D'accord, tous ne sont pas riches. Mais aucun Ender ne rivalise en pauvreté avec nous, privés d'emplois, interdits de vote. Cette politique vicieuse a été instaurée avant même le début de la guerre, à cause du vieillissement de la population, mais elle est devenue encore plus problématique à l'issue des conflits. Je chasse brusquement ces pensées. Cette guerre, ça me rend malade.

Je longe une pizzeria. Fermée. Dans la vitrine, l'hologramme semble si réel, au fromage gratiné près. L'odeur factice parvient à me leurrer. Elle me rappelle le goût de la mozzarella fondue sur la sauce tomate parfumée d'épices. Vivre dans la rue va de pair avec avoir la faim au ventre. Ce qui me manque le plus : un bon repas chaud.

Une fois sur place, devant les locaux de Prime Destinations, j'ai un moment d'hésitation. L'immeuble s'élève sur cinq étages, avec ses quatre façades recouvertes de panneaux réfléchissants. Dans l'un d'eux, j'étudie mon reflet. Mes vêtements sont en lambeaux, ma figure, crasseuse. Ma chevelure emmêlée tombe telle une corde noueuse. Est-ce toujours moi, cachée là-dessous ?

Mon reflet disparaît au moment où le garde ouvre la porte.

— Bon retour parmi nous, mademoiselle, me lance-t-il avec un sourire suffisant.

En attendant Tinnenbaum à la réception, je remarque deux hommes en grande discussion dans une salle de conférences. L'un d'eux, face à la porte ouverte, est Tinnenbaum. Je ne vois que le dos de son interlocuteur. Plus grand que lui, il porte un élégant manteau en laine noir. Seules les pointes de sa chevelure poivre et sel dépassent de son chapeau. Il fait claquer ses gants dans sa paume à plusieurs reprises avant d'en frapper la table. Tinnenbaum sursaute chaque fois.

Ce dernier s'est maintenant déplacé sur la gauche, et je ne le vois plus. L'autre homme observe une vitrine remplie d'équipement électronique. J'ai comme l'impression qu'en réalité, c'est moi qu'il dévisage à travers la vitre. Les cheveux, dans ma nuque, se hérissent.

Que me vaut un regard pareil ?

À cet instant, Tinnenbaum quitte seul la pièce, refermant la porte derrière lui. Il vient me saluer, son traditionnel rictus aux lèvres.

— Callie, je suis ravi de vous revoir. Pardon de vous avoir fait attendre ; c'était mon patron.

— Pas de souci. Ça doit être quelqu'un d'important.

— On peut dire que c'est Monsieur Prime Destinations en personne. Ici, c'est son empire, annonce-t-il avec un grand geste théâtral.

On rejoint son bureau où je prends place face à lui tandis qu'il effleure son écran plat suspendu. À ma droite, j'aperçois un miroir. Sans teint, j'imagine.

— J'ai oublié qui vous a recommandée…

— Dennis Lynch.

— Comment l'avez-vous rencontré ?

— On était dans la même classe. Avant la guerre.

Il me fixe avec insistance comme si je devais développer.

— Je l'ai croisé dans la rue et il m'a parlé de votre société.

Je ne veux surtout pas avouer que j'ai rencontré Dennis dans un squat. Tinnenbaum n'est sûrement pas dupe, mais ce n'est pas une raison pour que je le déclare ouvertement.

Quoi qu'il en soit, ma réponse semble le satisfaire.

— Quels sont vos sports de prédilection, Callie ?

— Tir à l'arc, escrime, natation et tir à la carabine.

Il écarquille les yeux.

— Tir à la carabine ?

— Mon père s'y connaissait en armes. C'est lui qui m'a appris.

— J'en déduis qu'il est décédé.

— Oui. Ma mère aussi.

Il toise ma tenue vestimentaire.

— Dois-je comprendre que vous n'avez plus de famille ?

Évidemment, abruti ! Si j'avais encore des grands-parents, tu crois franchement que je vivrais dans la rue ?

— C'est exact.

Après un hochement de tête pensif, il donne un petit coup de poing sur son bureau.

— Eh bien, voyons un peu l'étendue de vos talents.

Je reste immobile face à cet enthousiasme soudain.

— À moins que vous n'ayez des questions ? poursuit-il.

Mes craintes ne m'ont pas quittée. Il faut que je sache.

— Et si je me fais prendre ? Qu'on m'arrête pour avoir accepté ce travail ?

— Disons que nous ne vous embauchons pas. Vous faites don de vos services, pas de votre main-d'œuvre. Et puis, comment pourriez-vous travailler ? Vous serez en train de dormir ! (Il éclate de rire.) La généreuse somme que vous percevrez est donc un appointement, pas un salaire. (Il repousse sa chaise pour se lever.) Ne vous inquiétez pas. Tout le monde est gagnant dans cette affaire. Nous avons autant besoin de vous, que vous de nous. Maintenant, allons voir de quoi vous êtes capable.

M. Tinnenbaum me présente une Ender prénommée Doris qu'il désigne comme mon mentor. Elle a l'habituelle chevelure argent qui sied à son âge mais la physionomie d'une ballerine. Sa tenue est caractéristique : les Enders aiment la tendance vintage avec des petites touches modernes ici et là. Le tailleur de Doris est ainsi typé années 1940, mais une power-ceinture entoure néanmoins sa taille de guêpe. Ablation des côtes, sans aucun doute. Elle m'escorte jusqu'au gymnase de la *Banque* pour mesurer mon niveau en escrime et en tir à l'arc, ainsi que ma force en général, mon endurance et ma souplesse. Il ne manquerait plus qu'ils me croient sur parole, des fois qu'une de leurs richissimes clientes vise la première marche du podium d'une compétition d'escrime dans mon corps.

Reste à m'évaluer à la carabine. Ils ne disposent pas de l'équipement sur place, alors on doit se rendre sur un champ de tir. Je monte à l'arrière d'une limousine aux côtés de Tinnenbaum. Dans l'espace exigu de l'habitacle, il se met à tousser et à froncer le nez, pour finir par plaquer son mouchoir dessus. Un effet de mon eau de toilette « Senteur des rues », probablement. On est à égalité parce que l'odeur artificielle de son parfum me file la nausée. Il ne me regarde pas dans les yeux une seule fois au cours des vingt minutes de trajet, préférant la lecture de son mini écran plat.

Sur place, en revanche, je recueille toute son attention lorsque le responsable des lieux place la carabine entre mes mains. Ce geste me ramène trois ans en arrière, l'année de mes treize ans, avec mon père.

J'avais râlé à propos du fusil trop grand et trop lourd pour moi. Je refusais d'admettre que j'avais peur et que j'aurais cent fois préféré aller pêcher ou randonner avec lui.

— Cal, ma grande, écoute-moi bien, avait-il commencé.

Chaque fois qu'il m'appelait de cette façon, en affichant une mine grave, j'ouvrais grandes mes oreilles.

— On est en pleine guerre : tu dois apprendre à te défendre. Même chose pour Tyler.

— Mais ici, ce n'est pas la guerre, Papa…

À l'époque, les principaux conflits se limitaient à l'océan Pacifique. Mais mon père avait son idée sur l'évolution de la situation.

— Pas pour l'instant, ma grande. Mais ça va venir.

Deux ans plus tard, la Guerre des Spores avait bouleversé les vies de toute la population.

Sous l'œil sceptique de Tinnenbaum, je me redresse et mets la carabine en joue. À travers ma paupière entrouverte, je vise le cœur de la cible numérique : une silhouette humaine. Je ferme ensuite complètement les yeux et les rouvre d'un coup. Mon viseur n'a pas tremblé : toujours dans le mille. Après une longue inspiration, j'appuie sur la détente.

La balle perfore le cercle rouge, juste au milieu. Le directeur du champ de tir s'abstient de tout commentaire, me signalant seulement que je peux à nouveau tirer. Ma deuxième balle passe par le premier trou. Immobile, Tinnenbaum scrute la cible à la recherche de mon « truc ». Les autres tireurs, tous des Enders, ont interrompu leur entraînement pour observer l'impact de mes balles sur la cible, au même endroit, après chacun de mes tirs.

J'essaie plusieurs armes et ma démonstration est chaque fois aussi convaincante. Merci, P'pa !

Sur le chemin du retour, Tinnenbaum fronce beaucoup moins le nez. Il incline son petit écran de sorte que je puisse y lire mon contrat.

J'atteins rapidement les clauses les plus importantes où il est question des trois locations et de la somme versée. Grâce à elle, je pourrai nous loger dans un appartement pendant deux années. Et payer un adulte pour qu'il signe le bail à notre place.

— Le montant ? C'est le même qu'avant mon évaluation ?

— Effectivement.

— Compte tenu de mon niveau, je devrais toucher plus, non ?

Qui ne tente rien n'a rien...

Son sourire s'efface.

— Vous êtes dure en affaires. Pour une mineure.

Avec un soupir, il tape une somme plus élevée.

— Qu'en dites-vous ?

Là, je me souviens d'une question que mon père m'a enseigné à toujours poser.

— Quel est le pourcentage de risques ?

— Les opérations sans risque, ça n'existe pas. Cela dit, nous prenons toutes les précautions pour protéger nos précieux actifs.

— C'est de moi dont vous parlez ?

Il confirme d'un signe de tête.

— Je vous garantis qu'en douze mois d'exercice, nous n'avons rencontré aucun problème.

Douze mois, ce n'est pas beaucoup. Seulement, que sa réponse me plaise ou non, il me faut cet argent par tous les moyens. Si seulement je pouvais demander son avis à Papa...

— Le plus dur est passé, m'assure l'homme. Maintenant, il ne vous reste plus qu'à dormir.

Mon frère se couchera dans un lit, bien au chaud, tous les soirs. Et on sera payés dès la fin de la troisième location. Je touche l'écran avec mon index : mon empreinte apparaît sur le contrat. Marché conclu. Tinnenbaum jette un œil par la fenêtre de la limousine en affectant un air détendu. Mais je surprends sa jambe à trembler.

À notre retour à la *Banque des Corps*, je me demande si le directeur va me présenter à son patron que j'ai vu quelques heures plus tôt. Sauf qu'on ne le recroise pas. Au lieu de cela, il me confie à Doris.

— Vous verrez : elle fait des merveilles !

Il sourit mystérieusement jusqu'aux oreilles et s'éclipse dans un couloir.

— Passons à ta transformation.

La femme ponctue cette nouvelle d'un mouvement de poignet digne d'une bonne fée marraine.

— Ma transformation ?

Doris me jauge des pieds à la tête. D'instinct, je porte la main à mes pointes de cheveux ; je ne veux pas qu'on me les coupe.

— Tu ne crois quand même pas que tu vas pouvoir te présenter à la location dans cet état !

J'essuie mon visage dans ma manche. Doris me prend par le bras.

— Tu en as de la chance ! On va te métamorphoser et tout ça gratuitement.

Elle examine ma main avec attention. Ses ongles brillent sous les reflets d'un vernis irisé qui me rappelle la nacre d'un coquillage. Les miens donnent l'impression que je suis tombée sur du goudron en creusant dans la terre.

— On a du pain sur la planche, constate-t-elle d'ailleurs.

Quand on vit dans la rue, la crasse s'incruste partout. Pour autant, je n'ai pas l'air tout droit sortie d'une décharge, si ?

Doris pose une main bienveillante dans mon dos pour me guider vers des portes battantes.

— Tu verras que lorsqu'on en aura fini avec toi, tu ne te reconnaîtras plus.

— C'est justement ce qui me fait peur.

Première étape : le stand de lavage auto, version humaine. Nue, debout sur une plate-forme pivotante, je m'agrippe à une barre au-dessus de ma tête. De petites lunettes de piscine protègent mes yeux pendant que des vapeurs chimiques m'empoisonnent. J'hallucine ! Sous le regard de Doris, derrière sa fenêtre d'observation, de grands rectangles en mousse, plus larges que ma tête, se détachent de panneaux incurvés pour s'approcher toujours plus près de moi. J'ai peur d'étouffer. Je retiens mon souffle. Les éponges molles épousent la forme de mon corps tout en le récurant de bas en haut. Enfin, les frottements cessent, les blocs de mousse s'éloignent. C'est l'heure de la dernière étape : le passage au Kärcher où j'ai la sensation d'être piquée par tout un essaim d'abeilles.

Passé cette première étape, je traverse un petit sas éclairé par de simples néons bleus ; des lumières chauffantes me sèchent. Dans la dernière pièce, semblable à un cabinet médical, deux Enders vêtus d'équipement de protection me passent au crible. On ne sait jamais, au cas où d'éventuelles bactéries leur auraient échappé ! Après avoir obtenu la mention « propre », j'enchaîne aussitôt avec toute une batterie de soins de beauté. D'abord, les traitements au laser. L'équipe d'Enders m'a expliqué qu'il s'agit juste de purifier mon teint d'adolescente et de me retirer mes tâches de rousseur ; l'opération, néanmoins, dure un temps fou. Pas le droit de juger du résultat par moi-même, bien que les Enders me garantissent une satisfaction totale. Déjà, je remarque que les traces de lutte et les entailles ont cicatrisé sur mes mains.

Ensuite, manucure et pédicure complétées, comme si cela ne suffisait pas, par un gommage corporel intégral. Sur une échelle de un à dix, j'évaluerais la douleur de l'opération à douze. À croire qu'ils veulent éliminer jusqu'à la dernière de mes cellules cutanées d'origine. Après, Doris me conduit dans une pièce exiguë où je rencontre la coiffeuse interne. C'est la première Ender que je rencontre qui n'a les cheveux ni blancs ni gris, mais des mèches violettes, coiffées en épi.

Je tente d'éviter le passage par la case « élagage ».
— Ne sois pas ridicule, Callie.

Doris, accoudée à un comptoir, pianote de plus en plus vite avec ses ongles.

— Notre coiffeuse ne va pas te couper en brosse. Tu vas garder tes jolis cheveux longs. Tout ce qu'on va faire, c'est les mettre en forme avec un dégradé.

Je laisse la professionnelle m'enfiler une blouse, mais son refus de mettre un miroir à ma disposition ne m'inspire pas franchement confiance.

À la fin, il y a suffisamment de mèches par terre pour fabriquer une perruque. Je brûle d'envie de me regarder dans une glace, seulement, tout le monde semble l'avoir oublié. L'épreuve de torture finale est assurée par une maquilleuse répondant au prénom de Clara. Pendant plus de deux heures, elle applique, avec sa panoplie de pinceaux et de brosses, une palette de couleurs sur chaque centimètre carré de peau de mon visage. Elle m'épile les sourcils au laser et me colle des rallonges sur les cils. Doris me choisit des vêtements ; je me change dans une minuscule pièce sans miroir. Avant même que j'aie le temps de jeter un œil à ma tenue, on me presse dans une autre salle où, dos au mur, je pose devant l'objectif d'un appareil photo.

Je me force à sourire comme cette fille auburn sur l'hologramme que m'a montré Tinnenbaum lors de ma première visite. Ce n'est pas gagné...

En sortant, j'ai le corps en compote, avec l'impression d'avoir été non pas relookée mais plutôt d'être passée sous un bulldozer.

— C'est terminé ?

— Pour l'instant, me répond Doris, impassible.

— Quelle heure est-il ?

— Tard.

Elle a l'air aussi éreintée que moi.

— Je vais te montrer ta chambre.

— Parce que je dors ici ?

— Tu ne peux pas rentrer à pied chez toi comme ça, à 23 heures.

Adossée au mur, elle se remet à jouer avec ses ongles.

Je tâte mon visage. Suis-je à ce point différente ?

— Tu n'as jamais entendu parler de ces jolies filles kidnappées par des hommes riches ?

Si.

— Alors, c'est vrai, ce qu'on raconte ?

— Oh que oui. Ici, tu seras en sécurité. Et reposée pour demain.

Elle tourne les talons et je lui emboîte le pas.

Quelques instants plus tard, je suis étendue sur un lit. Un vrai lit, avec des draps et un édredon, doux et léger comme une plume. J'avais oublié le luxe de dormir dans un lit propre, le plaisir de glisser son corps dans des draps frais, lavés et repassés.

Je n'arrête pas de toucher mon visage. Je n'ai toujours pas vu à quoi je ressemble désormais. Ma nouvelle peau est si lisse ; elle me rappelle celle de Tyler, bébé. J'adorais caresser ses joues roses. Ma mère me taquinait en prétendant que j'allais les user.

Tyler.

Que peut-il bien faire à cette heure ? Est-il en sécurité dans la nouvelle cachette de Michael ? Ont-ils trouvé des couvertures qui les maintiennent au chaud, tous les deux ?

Je me sens brusquement coupable, allongée ainsi comme une princesse, entourée d'une dizaine d'oreillers. Bien que la chambre ne soit qu'une autre partie du vaste complexe de la *Banque des Corps*, elle donne l'illusion d'être la chambre à coucher d'un vrai foyer. Un pichet d'eau trône à la tête du lit, près d'un vase de marguerites. Le souvenir de notre ancienne chambre d'amis resurgit dans mon esprit. Maman s'était donné beaucoup de mal pour en faire un endroit chaleureux et c'était réussi.

Un plateau de nourriture est posé près de mon lit : velouté de pommes de terre, fromage, et un assortiment de crackers en sachets individuels. Je suis

presque trop fatiguée pour manger. Presque…
J'avale la soupe et finis le fromage mais garde les biscuits pour Michael et Tyler.

Je me rends compte le lendemain matin, seulement, qu'il manque un détail important pour compléter cette pseudo-chambre à coucher : une fenêtre. En ouvrant les rideaux de calicot au-dessus de la tête de mon lit, je découvre en effet un mur.

L'oreille collée à l'une des cloisons, je ne distingue que le bourdonnement caractéristique d'un immeuble de bureaux. En tentant d'ouvrir la porte pour jeter un regard furtif dehors, je découvre qu'elle est fermée à clé. Ils m'ont séquestrée. Mon cœur démarre au quart de tour. J'inspire profondément, plusieurs fois d'affilée, pour tenter de me calmer. Ils ont dû verrouiller ma chambre pour ma propre sécurité, pas vrai ?

Encore vêtue du pyjama blanc que j'ai trouvé sur mon lit la veille au soir, je décide de chercher des vêtements dans le placard. Je n'y trouve que mon reflet dans un miroir vertical, fixé au dos de la porte. Un cri de surprise m'échappe.

J'ai l'air d'une photo de magazine.

Je reconnais mon visage – les yeux de ma mère, le menton de mon père – mais il a changé en mieux. Ma peau, parfaite, rayonne sous des pommettes plus saillantes qu'auparavant. L'argent fait des miracles. N'importe quelle fille pourrait ressembler à ça si elle en avait les moyens. Je m'approche du miroir et me regarde droit dans les yeux, noircis par le maquillage.

Je ne me suis pas maquillée depuis un an. Que va dire Michael en me voyant ?

Je me concentre sur la penderie et son unique vêtement : une chemise de nuit d'hôpital.

Doris ouvre soudain ma porte et entre, en tailleur-pantalon et ceinture, un sourire trop joyeux aux lèvres.

— Bonjour Callie. (Elle scrute un bon moment mon visage.) Bien dormi ?

— Très bien.

— Ils ont accompli un remarquable travail sur toi. C'est très réussi.

Elle s'attarde sur mon teint avant de s'appuyer contre le mur, et recommence son tic énervant avec ses ongles ; je le supporte de moins en moins.

— Ne t'inquiète pas pour le maquillage. On fera une retouche plus tard. Suis-moi.

Mon ventre gargouille. Le plateau-repas a été débarrassé. Mais quand ?

— Doris ?

Elle s'arrête.

— Oui, ma jolie ?

— Un petit déjeuner est prévu ?

— Bien sûr, chérie. Je te promets un festin tout à l'heure. Avec tous tes plats préférés.

Elle me caresse les cheveux. Personne n'a plus fait ce geste depuis que ma mère est morte. Ma corde

sensible se réveille aussitôt, mes yeux s'embuent de larmes. J'ai du mal à avaler ma salive.
Doris s'approche doucement en me souriant.
— Seulement, tu ne peux rien manger avant ton opération.

Les yeux aux plafond pendant qu'on me conduit sur une civière le long d'un couloir sans fin, j'ai beau avoir fait abstraction de l'intervention chirurgicale jusque-là, je ne peux plus me voiler la face à présent. Je déteste les aiguilles, les scalpels, les anesthésies et le sentiment de perte totale de contrôle qui va avec. Les Enders s'en doutent peut-être car ils commencent par m'administrer des tranquillisants. Peu à peu, les motifs du faux plafond se brouillent.
À en croire Tinnenbaum, cette opération est d'une simplicité absolue. Seulement, je viens de surprendre une conversation entre les chirurgiens et, d'après eux, elle semble au contraire assez compliquée. Malheureusement, je suis déjà trop dans les vapes pour me rappeler les détails.
L'infirmier Ender, bel homme à l'apparence soignée, me lance toutes les trois secondes de larges sourires pour me rassurer alors qu'il pousse ma civière. Je rêve ou c'est de l'eye-liner sur ses paupières ?
Moi, la poule mouillée qui tremble lorsque je dois me faire vacciner, je me suis portée volontaire pour qu'on m'opère. De la folie pure.
Une opération du cerveau, en plus.

Probablement la partie de mon corps que je préfère, étant donné que les cerveaux mal foutus, ça n'existe pas. C'est vrai : qui a jamais râlé concernant les mensurations de son cerveau ? Personne. Tout ce qu'on juge, c'est s'il fonctionne correctement ou pas. Moi, j'ai la chance que oui.

Seulement, maintenant, je prie pour pouvoir en dire autant après mon passage sur le billard.

La civière a cessé d'avancer. Je suis enfin arrivée au bloc opératoire, sous des lampes aveuglantes et cuisantes. L'infirmier – il s'appelle Terry – me tapote le bras.

— T'en fais pas, ma cocotte : dis-toi que c'est comme les micropuces qu'on implante aux animaux domestiques. Tic, tac, Kodak, ce sera fini en un clin d'œil.

« Ma cocotte » ? Mais c'est qui ce type ? Pour qui il se prend ? D'ailleurs, je sais déjà que c'est plus délicat qu'il ne le laisse entendre. Des bras s'agitent autour de moi avec des gestes précis. On positionne un masque sur ma bouche et je reçois l'instruction de compter à rebours en partant de dix.

— Dix. Neuf. Huit...

Et voilà. L'heure H est arrivée.

Je me réveille dans un lit après ce qui me semble n'avoir été qu'une poignée de secondes. Terry, l'infirmier, me regarde fixement.

— Comment tu te sens, ma cocotte ?

J'ai le cerveau un peu embrumé.
— Ça y est, c'est fini ?
— Oui. D'après le chirurgien, tout s'est passé comme sur des roulettes.
— Je suis restée endormie combien de temps ?
Je remue légèrement, à la recherche d'une horloge, mais ne découvre autour de moi qu'un grand brouillard blanc.
— Pas longtemps. (Il vérifie mes fonctions vitales.) Tu as mal quelque part ?
— Je ne sens rien...
— L'anesthésie. Ça va passer. Attends, je vais t'aider à te redresser.
Il incline vers le haut ma tête de lit. Je reprends doucement mes esprits. Ma vue est un peu moins brouillée. Je ne reconnais pas ma chambre.
— Où suis-je ?
— En salle d'échange. Tu t'habitueras vite. C'est là que tu transiteras avant et après toutes tes locations.
Minuscule et percée d'une unique fenêtre, la pièce donne sur un couloir. À ma gauche, je devine un miroir sans tain. Plusieurs caméras m'observent, une au plafond et deux au mur. De l'autre côté de la vitre, un Ender élancé, des lunettes aux montures noires sur le nez et de longs cheveux blancs, est assis devant un ordinateur.
— Je te présente Trax, m'annonce Terry sur un ton magistral. Nous sommes dans son royaume ici, c'est un as !

Sans quitter son airécran des yeux, Trax s'offre tout de même le luxe de lever une main. Oh ! je salue l'effort ! Si, si. Geek un jour, geek toujours...

— Bonjour, Callie.

Je lui réponds aussi d'un faible geste de la main, et remarque au passage un bracelet chirurgical en plastique à mon poignet.

— Salut Trax.

— Dis-moi, Callie, qu'est-ce qui te ferait plaisir de manger ? dit-il en indiquant plusieurs icônes sur son airécran.

Pincez-moi, je rêve. Je passe mentalement en revue tous mes plats préférés : homard, steak frites, même avec une pizza, je serais aux anges. Un cheese-cake au caramel, ce serait exagéré ?

Pas le temps de tenter le coup : Trax reprend la parole avec un large sourire.

— Pourquoi ne pas commencer avec une bisque de homard, puis une pizza parmentière ? Et en dessert, un cheese-cake avec un coulis de caramel ?

Je reste bouche bée durant quelques secondes.

— Comment pouvez-vous... ?

— Je te rassure : on ne lit pas dans les pensées des donneurs. Par contre, deviner les préférences culinaires des gens n'est pas bien difficile. Il suffit de croiser ton signal cérébral avec une petite base de données et de mesurer les résultats.

— Je ne suis pas certaine d'aimer ça.

— Aucune importance. Ce que ton cerveau n'approuve pas ne compte pas vraiment. Tu seras endormie durant ta location. Tout ce qu'on a à faire, c'est établir une connexion claire entre ton cerveau et celui de ta locataire. Et là, on sait déjà que ta liaison avec l'ordinateur est correctement établie. Ta neuropuce marche. Hourra !

Son index valse dans les airs en signe de victoire.

— Ça leur arrive de se planter ?

— Si les ordinateurs se plantent ?

Trax pouffe de rire. Terry me donne une petite tape sur l'épaule. J'hallucine : il a du vernis noir sur les ongles.

— Te bile pas, chérie. Profite plutôt du voyage !

De retour dans ma mini chambre à coucher, attablée en peignoir, je déguste le déjeuner qu'ils m'ont commandé. Je donnerais tout pour pouvoir partager ce festin avec Michael et Tyler. Je suis en train de terminer mon cheese-cake lorsque Doris entre dans la pièce.

— Tu vois, Callie ? Je t'avais bien dit qu'on te réserverait un festin. Tu as assez mangé ?

— Je vais exploser.

— On ne renvoie jamais nos donneurs à jeun.

Je surprends un voile de tristesse sur ses yeux. Mais elle se ressaisit aussitôt, plus rapide que l'éclair. Dans le placard, elle me montre un cintre auquel pendent un débardeur rose et un jeans blanc. Des sous-vêtements y sont également accrochés : soutien-gorge à petits pois et culotte plus large que celles que je porte d'ordinaire.

— Habille-toi. Enlève tout. Y compris ça.

Elle veut parler de ma lampe de poing.

— Ça ne craint rien, ici ?

Je protège l'objet de mon père d'une main.

— Toutes tes affaires seront gardées dans un endroit sûr, fermé à clé.

— Qui a choisi ces vêtements ?

J'ai posé la question d'une voix neutre au cas où il s'agirait de Doris.

— Ce sont toujours nos clients qui nous dictent leurs choix vestimentaires. Bien. Maintenant, Clara va passer te maquiller et te coiffer. Tu seras alors fin prête pour ta première location.

— Tout de suite ?

Elle confirme.

— C'est pour une location d'un jour seulement. On procède toujours de cette façon. Une sorte d'essai préliminaire. Histoire de s'assurer que tout fonctionne comme prévu.

— Qui est ma locataire ?

Les bras croisés, elle cherche la réponse toute faite qu'elle a apprise par cœur.

— La confidentialité est une composante essentielle de notre politique. Elle est préférable pour nos clients, pour vous et pour nous. Cela dit, nous accordons un soin tout particulier à l'examen du dossier de nos locataires et je peux t'assurer que la tienne est une femme charmante.

— Si c'est le cas, pourquoi ne pas nous présenter ?

— Sois sans crainte. Elle a signé un contrat elle aussi. Personne ne peut se servir de ton corps pour accomplir la moindre activité illicite. Aucun sport extrême non plus, pas de course de voiture, de saut en parachute, rien de tout cela. (Elle passe un bras maternel autour de mon cou.) Nous défendons au mieux tes intérêts, crois-moi. Contente-toi de te détendre et d'empocher ton argent à la fin. Tu verras, c'est simple comme bonjour. Je ne compte plus le nombre de filles que j'ai vues repartir d'ici absolument ravies. Certaines restent même en contact, après. Et je sais déjà que toi aussi.

— Dernière question. J'ai vu un inconnu qui parlait à M. Tinnenbaum.

— À quel moment ?

— Le jour où on m'a évaluée. Grand, un long manteau noir et un chapeau.

Elle hoche la tête et baisse soudain la voix d'un ton.

— C'est le grand patron. Le P-DG de Prime Destinations.

— Comment s'appelle-t-il ?

— Entre nous, c'est le Vieux. Mais tu gardes ça pour toi. Maintenant, cesse de gamberger autant et profite.

STARTERS

Facile à dire pour elle. Le verbe « profiter » ne fait plus partie de mon vocabulaire depuis longtemps. L'époque du gloss, des paillettes et des soirées entre copines est définitivement révolue. Je ne cherche plus qu'une unique chose aujourd'hui : survivre.

3.

L'ambiance en salle d'échange se révèle extrêmement tendue. Trax est assis face à une console informatique tandis que Doris et Terry s'affairent autour de moi. Ma main à couper que Tinnenbaum ne rate rien du spectacle grâce aux caméras.

Alors que je suis plantée sur ma chaise, ils m'habillent, me maquillent et me coiffent à la perfection. Doris m'attache au poignet un bracelet avec des charms en argent.

— Ce n'est pas grand-chose mais je le donne systématiquement à mes filles, explique-t-elle.

Les breloques scintillent : raquette de tennis, airskis et patins à glace.

De son index, Doris effleure les lames des patins et fait ainsi apparaître un petit hologramme où deux lames dansent en huit sur la glace.

— Waouh ! (À mon tour, je touche du doigt la raquette et une balle de tennis se matérialise soudain dans les airs.) Je l'adore. Merci.

Mon enthousiasme semble la troubler.

— C'est un cœur, cette Doris, claironne Terry d'une voix chantante.

Il m'enfile une blouse par-dessus mes vêtements. Il a peur que je bave ?

— Vas-y, tu peux t'allonger, me prévient-il en chuchotant presque.

— Tu ne seras pas décoiffée. (Doris tapote l'oreiller.) C'est de la soie.

Mon lit est redressé. Si tout se passe bien, je n'y resterai pas longtemps. Quelque part dans ce même bâtiment, ma locataire attend, allongée sur un lit semblable au mien. Dans quelques minutes, elle prendra possession de mon corps. Comme si elle était moi.

Je frissonne à cette pensée sinistre.

— Tu as froid ? s'inquiète Doris.

Terry s'agite, prêt à aller me chercher une couverture.

— Elle va très bien, intervient Trax.

Nos regards se croisent. Pas moyen de lui cacher quoi que ce soit à celui-là.

Terry approche un chariot avec tout le matériel d'anesthésie. Ils ne vont pas tarder à m'endormir et une inconnue à partir s'amuser avec mon corps.

Je suis en train de rêver. Et je m'en rends compte. Ils ne m'ont pas prévenue que ça pouvait se produire. Pourtant, mon rêve est bien réel. Je suis dans une boulangerie ; je veux acheter du pain mais je n'ai pas d'argent. La commerçante, une Ender, me crie dessus. Elle veut savoir où sont mes parents.

L'instant suivant, je suis dans un hôpital psychiatrique, mon visage pressé contre les barreaux d'une cellule d'isolement. De mon côté, rien que des filles, de l'autre, que des garçons. Parmi eux, Tyler. Je ne le vois pas, je l'entends seulement hurler mon prénom.

Callie !
Et moi je crie le sien. Encore et encore.

Des voix retentissent, comme étouffées.
Je reconnais celle d'une femme. Ma mère ?
— Elle a cligné des yeux, dit-elle.
— Maman ?
— Callie ? Chérie ? lance une voix masculine.
— Arrête avec tes petits noms !
Mes paupières se soulèvent péniblement.
— Comment te sens-tu ?
C'est bien la voix d'une femme, mais pas celle de ma mère. Une Ender.
— Callie ? (Un homme, au trait d'eye-liner sur les paupières, se penche au-dessus de moi.) Comment ça va, ma cocotte ?
— Où suis-je ?

La femme affiche un air inquiet.
— À Prime Destinations. Tu viens de rentrer de ta première location.
— Doris ?
Ses traits se détendent sous l'effet du soulagement.
— Oui, Callie.
— Ça s'est passé comment ?
Elle me tapote l'épaule, radieuse.
— Tu as fait un malheur.

Je meurs d'envie de savoir où mon corps a pu aller. Quels sports ai-je pratiqués ? Je ne ressens aucune courbature particulière. Ni dans les bras ni dans les jambes. Je trouve cela tellement bizarre d'ignorer tout des activités de son propre corps pendant une journée entière. Les personnes qu'on a rencontrées, ce qu'on a aimé faire ou pas. Et si ma locataire a énervé quelqu'un ? Cela signifie que j'ai peut-être un ou une nouvelle ennemie ?

J'inspecte mon corps. Tout semble normal. Première location achevée. Encore deux. Je suis aux deux tiers de mon objectif.

Trax me pose une série de questions, sorte de débriefing. Je n'ai pas grand-chose à raconter. Hormis mon rêve, je n'ai aucun souvenir. Mon récit paraît cependant l'intéresser. Il prend des notes. Rêver n'a pas l'air d'être une activité normale pour une donneuse. Il veut savoir si je me sens reposée, mes « batteries » rechargées et je dois reconnaître qu'étonnamment, oui.

Terry prend ma tension et ma température avant de hocher la tête à l'intention de Trax.

— Tout est en ordre, jeune fille, annonce-t-il, fier. Tu es prête pour ta location suivante.

— Sans pause entre les deux ?

— Une pause ? Pourquoi faire ? La personne qui t'a louée t'a bien alimentée et elle a pourvu à tes besoins élémentaires, m'assure Tax.

— Je ne pensais pas à cela... Il faut que j'aille quelque part.

Surpris, il écarquille les yeux, puis s'incline en avant et appelle :

— Doris !

Quelques instants après, l'Ender apparaît dans la pièce.

— Qu'y a-t-il, Callie ?

— Je peux partir avant la prochaine location ?

— Partir ? Pour quelle raison ?

Je détourne le regard. Peut-être vaut-il mieux ne pas insister ?

Elle pose une main ferme sur mon dos.

— Pourquoi ne pas continuer ? Ce ne sera pas long, tu verras. On a passé tellement de temps à te préparer. Ce serait dommage de devoir dire adieu à ton argent, tu ne crois pas ? Imagine que tu sois blessée dehors.

Elle grimace à ce dernier mot comme si le monde extérieur était une véritable jungle. Elle a en partie raison mais, dehors, c'est chez moi.

— Si tu ne remplis pas ton contrat en nous fournissant un corps sain, au top de sa forme, tu ne seras pas payée.
— Vous avez une autre locataire qui attend ?
— Oui. Et elle est...
— Charmante ? (Je lève les yeux au plafond.) C'est bon, allons-y.
— Magnifique. Cette fois, tu pars trois jours.

La deuxième location, comme la première, s'achève en un battement de cils. Quand on est inconscient, le temps file. J'ai refait des rêves étranges mais je ne m'en souviens pas. À mon réveil, un truc bizarre m'interpelle : une entaille d'une dizaine de centimètres sur l'avant-bras droit. Elle n'est pas douloureuse. Je me doute qu'ils ont dû l'endormir au moyen d'un spray anesthésiant. En revanche, elle n'est pas jolie à voir. Doris m'emmène en salle des lasers. Ils referment la plaie de sorte qu'il n'y ait pas de cicatrice, mais j'insiste pour connaître les circonstances de cette blessure. Mes questions demeurent malheureusement sans réponse. Ils n'en ont peut-être pas.

Doris m'accompagne à son bureau, décoré dans des tons blanc et or, style néobaroque. Elle m'invite à m'asseoir et, sans cérémonie, m'informe que ma troisième et dernière location durera cette fois un mois complet.

— Un mois ?! (Je me cramponne à ma chaise.) Mais je ne peux pas partir tout un mois !

— C'est la procédure. On commence toujours petit afin de s'assurer que tout fonctionne avant de passer à de plus longues périodes de location.

— On ne m'a jamais dit que ce serait si long. Je dois aller voir mon petit frère.

Doris dégage une mèche tombée devant ses yeux.

— Ton frère ? Tu ne nous as pas dit que tu avais un frère...

— Et alors ? Qu'est-ce que cela peut vous faire ?

— Avant la signature de ton contrat, on t'a spécifiquement demandé si tu avais des parents en vie.

— Je pensais que vous parliez de parents plus âgés. Père, mère, grands-parents. Il n'a que sept ans.

Ses épaules se décrispent.

— Sept ans. (Elle fixe le mur, perdue dans ses pensées.) Je vois. Cela m'étonnerait beaucoup qu'ils te laissent partir malgré tout. Le risque est trop important.

— Qu'est-ce que je risque ? Me couper en épluchant une pomme ?

Je me lève et lui présente sous le nez mon bras blessé.

— Je prends mieux soin de moi que vos *charmantes* locataires.

— Je suis désolée, Callie. Ça ne se fait pas, c'est tout, dit-elle en secouant la tête, inflexible.
— Je veux parler à M. Tinnenbaum.
— En es-tu certaine ?
— Absolument.
Doris s'adresse alors au microphone invisible de la pièce :
— M. Tinnenbaum, je vous prie.
Elle ajuste son tailleur et lisse ses cheveux. Ensuite, elle recommence son tic énervant avec ses ongles. Le directeur débarque dans la pièce en un éclair.
— Callie demande un congé pour aller voir son... *frère*.
— Impossible.
Ma gorge se serre.
— On ne m'a jamais parlé de partir tout un mois ! Il aurait fallu me le préciser avant que je signe.
— Vous n'avez pas posé la question, Callie. Pas plus que vous n'avez mentionné l'existence de votre frère. (Nerveux, il se balance d'une jambe sur l'autre.) Quant au programme de location, on le connaît rarement à l'avance. Et c'est votre cas.
— Mais vous saviez que c'était une possibilité. Personnellement, j'ignorais que les locations pouvaient durer tout un mois.
— Cela figure pourtant dans le contrat que vous avez signé.
— En note de bas de page illisible ? (Je sens la colère me monter au visage et me tourne vers Doris.)

Vous auriez dû m'informer d'un détail aussi important !

— De même que vous auriez dû nous parler de votre frère, renchérit Tinnenbaum avec froideur.

Doris regarde désormais ses pieds.

— S'il vous plaît, il faut absolument que je le voie avant de repartir. Je dois le prévenir. Il a seulement sept ans et il n'a plus que moi.

— On pourrait peut-être lui envoyer quelqu'un, propose Doris en lançant un regard timide à M. Tinnenbaum.

L'homme secoue la tête de façon quasi imperceptible.

Je me dresse alors sur mes jambes, aussi haut que possible.

— Je ne veux pas faire d'histoires… mais j'imagine que tout roule beaucoup mieux quand le donneur coopère. Je doute que ce soit mon état d'esprit si je ne peux pas d'abord parler à mon frère.

Tinnenbaum bat maintenant du pied avec nervosité.

— Doris ? À quelle heure est programmé l'échange pour Callie demain ? interroge-t-il.

— 8 heures.

Il s'ébroue à la manière d'un cheval et plonge son regard glacé dans le mien.

— Très bien. Je vous donne trois heures, sous la surveillance rapprochée d'un garde du corps. Pas de coup tordu : on peut vous suivre partout grâce à votre puce. (Il me menace du doigt.) Et vous avez intérêt à revenir dans le même état. Parce que votre corps nous appartient jusqu'à la fin du contrat.

Pas une fois je n'aperçois sa dentition immaculée. J'en déduis qu'il a épuisé son stock de sourires.

— Il va falloir que je te donne d'autres vêtements, m'annonce Doris dans le couloir. Je te retrouve dans ta chambre.

Elle s'engage brusquement dans un couloir parallèle tandis que je poursuis en direction de « ma » chambre. Mais, en ouvrant la porte, je découvre une fille, debout, au milieu de la pièce. Elle a à peu près mon âge. Ses cheveux, par contre, sont noirs et courts. Elle est en train de se changer, un pantalon à motifs fleuris déjà enfilé. L'inconnue dissimule sa poitrine avec le haut qu'elle n'a pas encore mis.

— Désolée. J'ai dû me tromper de chambre.

La sienne est décorée à l'identique de la mienne, à l'exception de la teinte des murs : verte. Je finis par me repérer. C'est la pièce d'à côté.

Doris surgit après une minute, un pantalon blanc et un top à la main.

— Va prendre une douche. Tiens, une tenue de rechange. Tu as assez porté l'autre.

— Et mes vêtements à moi ?

— Ma chérie, on les a brûlés à la seconde où tu les as retirés. Tu peux garder cet ensemble.

— Et ma lampe ?

Doris l'extrait d'un tiroir en la tenant du bout des doigts.

— Rodney va t'escorter jusque chez toi. Inutile de t'arrêter pour manger. Tu n'auras pas faim avant plusieurs heures.

— Ah bon ? Pourquoi ?

— Tu as déjà mangé...

Je ne m'habitue pas à cette manie qu'ont ces gens de connaître mon corps mieux que moi.

Doris me conduit à un parking souterrain à l'arrière du bâtiment de Prime Destinations. Rodney m'attend, debout près d'une voiture, ses cheveux gris sont coupés en brosse et ses biceps si gros qu'on dirait que son costume va exploser.

Il remarque ma lampe de poing.

— Tu n'en auras pas besoin. J'ai une torche très puissante.

Je l'attache à mon poignet quand même. Lourde, elle me procure aussitôt une sensation de sécurité.

— Elle est sous ton entière responsabilité, Rodney ! l'avertit Doris. Tu nous la ramènes à 22 heures au plus tard.

— Compris, m'dame.

Le garde du corps m'ouvre la portière arrière et je monte. Ensuite, il installe son corps bodybuildé au volant et nous nous éloignons sous le regard soucieux de Doris.

Près de moi sur la banquette, un Thermos de nourriture.

— Pour ton frère, m'informe le conducteur. De la part de Doris.

L'Ender se mêle au flot de voitures qui circulent dans Beverly Hills.

— C'est une femme adorable. Je la connais depuis plus de soixante ans. On a travaillé ensemble dans le secteur du tourisme avant, à l'époque où on pouvait encore voyager. De nos jours, personne ne peut quitter les États-Unis à cause de la paranoïa des autres pays au sujet de ces fichues spores. Et personne n'a envie de venir ici non plus. Tu te rends compte qu'au Mexique, ils ont construit un mur gigantesque pour empêcher les Américains de passer la frontière ?

Rodney continue à jacasser mais je n'ai vraiment pas la tête à ces histoires d'Enders. Elles sont interminables : trop de décennies à couvrir, trop d'anecdotes. Tout ce à quoi je pense, c'est revoir les deux personnes que j'aime le plus au monde.

Je sors le plan de Michael de la poche de ma lampe et m'en sers pour guider Rodney. Une fois arrivés dans la bonne rue, j'examine avec attention les environs. Parmi les immeubles à l'abandon, le premier a été frappé par un missile alors qu'il était en cours de construction. Un squelette de béton qui ne verra jamais le jour. Michael et Tyler logent dans le quatrième bâtiment. Rodney se gare juste devant.

Il ouvre la voie grâce au faisceau éblouissant de sa torche. C'est la première fois que j'ai un garde du corps. Pour un peu, je me prendrais pour la fille du Président. L'Ender me tient la haute porte en verre crasseux.

— Quel étage ?

Il dessine un arc de cercle lumineux dans le vestibule.

— Premier.

— Les marches, ça vous plaît, à vous les Starters. Pas vrai ?

— Le premier étage, c'est toujours plus sûr. Ça laisse le temps de s'enfuir.

J'allume aussi ma lampe de poing.

On s'engage dans le vaste escalier. Rodney joue les éclaireurs, redoublant de vigilance chaque fois qu'on dépasse la porte d'un bureau. Une silhouette se dessine soudain au bout du couloir. Dans sa main, un long tuyau. Michael.

— Plus un geste ! menace-t-il.

J'oriente ma lampe sur mon visage.

— Michael, c'est moi.

Rodney me barre la route de son bras.

— Reste en arrière.

J'esquive en me baissant.

— Je le connais.

Les larmes aux yeux, je m'élance vers mon ami.

Michael reste en position défensive jusqu'à ce que je me rapproche suffisamment de lui.

— Callie ?

Le tuyau lui échappe des mains, heurtant le sol dans un bruit métallique suivi d'échos. Je me jette dans ses bras et l'étreins de toutes mes forces. Rodney s'approche à quelques pas de nous.

— Je te présente Rodney. Il travaille pour Prime Destinations.

L'intéressé incline la tête tandis que Michael le jauge avec suspicion.

— Alors, tu n'as pas encore fini ? me demande-t-il.

— Je n'ai que deux heures devant moi, c'est tout. Comment va Tyler ?

— Tu lui manques beaucoup. (Michael éclaire mes cheveux et caresse l'une de mes mèches.) Je ne t'avais pas reconnue. Tu as drôlement changé.

— En bien ou en mal ?

— Tu rigoles ? Tu es superbe.

Puis il nous conduit dans une pièce de l'autre côté du palier. Elle est recouverte d'une moquette défraîchie – piètre compensation pour la perte de nos sacs de couchage. Tyler est assis dans un coin, une couverture vert bouteille l'enveloppe jusqu'aux yeux.

— Je t'attends ici, me lâche Rodney à voix basse en indiquant une chaise près de la porte.

Je m'accroupis au chevet de Tyler. Quand j'essaie de le prendre dans mes bras, il me repousse.

— Qu'est-ce que tu as fait à tes cheveux, Cal ?

Il pointe sa lampe vers moi en se grattant la joue.

— Ça ne te plaît pas ?

— Qu'est-ce qu'ils t'ont mis sur le visage ? me demande-t-il en tirant sur mes longues boucles d'oreilles. C'est dangereux, ces trucs.

— Là où je travaille... ils m'ont relookée et donné de nouveaux habits. Tu n'aimes pas ?

J'ai la désagréable impression qu'il me considère comme si j'étais stupide.

— Tu vas te salir de toute façon. C'est qui, lui ? dit-il en pointant Rodney du doigt.

— Un collègue. Qui m'a conduite ici. (Je montre à Tyler le Thermos de nourriture.) Il m'a aussi donné ça pour toi. C'est délicieux. Et encore chaud. Sens un peu : ça ouvre l'appétit.

— Ça pue.

Mon frère détourne la tête. Je l'aborde de l'autre côté.

— Tyler, je sais que tu m'en veux de t'avoir laissé tout ce temps.

— Ça fait une semaine.

Ses pommettes s'empourprent. Il a les larmes aux yeux.

— Je sais... Je suis vraiment désolée.

— Sept jours !

Une semaine sans chien-robot, ni photo de nos parents, ni cadre familier et sans grande sœur non plus.

— Pourtant, Michael a pris soin de toi, n'est-ce pas ? La preuve, il est allé te chercher cette couverture. Et cette bouteille d'eau. Et on dirait que vous avez pu manger, tous les deux.

Je lève les yeux sur Michael, adossé à un placard de rangement reconverti en rempart de leur nouvelle forteresse. Il fourre ses poings dans son jeans et acquiesce d'un mouvement de tête fatigué.

— D'ailleurs, je vais aller nous chercher de l'eau tout de suite, annonce-t-il avec un clin d'œil.

Après son départ, Tyler me regarde droit dans les yeux.

— Callie ?
— Quoi ?
— Je suis content que tu sois revenue, avoue-t-il d'une toute petite voix. (Il tend une main que je serre.) Même si tes cheveux sont bizarres.
— Merci.

Je colle mon front au sien. Je voudrais que cette trêve ne finisse pas ; seulement, je lui dois la vérité, quitte à le fâcher.

— Je voudrais tellement pouvoir rester, tu sais. Malheureusement, je ne suis là que pour deux heures. Après, il faut que je retourne travailler.

Il me lâche la main.

— Mais pourquoi ?

Ses yeux se mouillent encore de larmes.

— Parce que je n'ai pas fini. (Je l'enlace à l'étouffer.) J'ai besoin que tu sois fort pour moi, Ty. Parce que, une fois que tout cela sera terminé, on aura à nouveau un chez-nous.

Il s'agrippe à moi.

— Pour de vrai ? murmure-t-il de sa petite voix cassée. Tu me le promets ?

Sa question me fend le cœur.

— Oui, je te le promets.

On s'assoit en cercle autour d'un cageot qui nous sert de table. La lampe de poing de Michael vacille, en position bougie. Tyler et lui finissent de manger le poulet frit et la salade de pommes de terre que Doris leur a préparés. Rodney a déplacé un peu sa chaise mais reste à portée de ma vue. Des écouteurs dans les oreilles, il bouge au rythme de sa musique d'Ender.

— Alors, c'est bon ?

— Ça va, répond Tyler qui ronge un os. Hier, on a eu du pudding et des fruits au sirop.

— Cadeau des vieux de l'église, au sud de l'ancien aéroport, m'apprend Michael. Douze heures de marche aller-retour.

— Et l'eau, vous la trouvez où ?

— Des maisons du coin. J'évite simplement d'aller deux fois de suite dans la même.

J'essaie de réconforter mon petit frère :

— Imagine, Tyler. On aura bientôt une vraie cuisine et l'eau qui coule du robinet !

— On va habiter à quel endroit quand tu auras été payée ? me demande-t-il.

— Où tu veux.

Tyler jette les bras en l'air.

— À la montagne !

— Et pourquoi la montagne ? veut savoir Michael.

— Pour pouvoir pêcher.

Mon ami s'esclaffe.

— Pêcher. Mouais.

— Notre père avait promis à Tyler qu'il l'emmènerait un jour. Et puis la guerre a éclaté...

Michael réconforte aussitôt Tyler d'une gentille tape sur l'épaule. Le sujet de la guerre a l'art de saper le moral.

— Et toi, Cal ? Tu pêches ?

— Pas vraiment.

Je repense soudain à l'époque de mes huit ans. Papa m'avait aidée à attraper mon premier poisson : un poisson-chat. Seulement, je n'avais pas eu le cran de le vider. Au lieu de s'énerver contre moi ou de me gronder, il s'en était simplement chargé.

— Je ne suis jamais allé à la montagne, dit Michael, après un temps de silence. De quoi ça a l'air ?

— Propre. Et on respire si bien.

— Plein de poissons, ajoute mon frère, des étoiles dans les yeux.

— Ils ne sont pas contaminés comme dans l'océan, précisé-je.

— C'est juste. Mais il faut avoir du courage pour pêcher. Vous savez pourquoi ?

— Non, répond Tyler.

— Parce qu'il faut manipuler des vers gluants à pleines mains. (Il chatouille Tyler.) Hé ! Je crois justement que j'en vois un, là. Sous ta chemise !

Tyler glousse.

Une fois ses fous rires calmés, mon frère montre les premiers signes de fatigue de sa longue journée. Très vite, il s'endort, la tête sur mes genoux.

— Alors, raconte-moi. C'était comment ? me demande Michael à voix basse.

— Incroyablement facile. Il n'y a qu'à dormir, en fait.

— Sérieux ?

— Ouais. Et le mieux, c'est que je suis payée pour ça ! À nous la maison !

— Le rêve. Une vraie maison, comme avant. Il va adorer, commente-t-il en couvant des yeux mon frère.

— Pas toi ?

— Je ne vais pas squatter chez vous.

J'ai envie de protester, mais je m'abstiens. Je ne veux pas lui forcer la main. Si ça se trouve, les choses vont trop vite à son goût.

La tête penchée, il croise mon regard pensif.

— Peut-être que si j'allais à la *Banque des Corps*, moi aussi, on pourrait mettre notre argent en commun. Et carrément acheter un truc à nous tout de suite plutôt que de louer.

Je souris, confortée par cette idée. Fini la cavale. Dans trois ans, on sera majeurs. On pourra faire ce qu'on veut. Y compris trouver un véritable travail.

Michael vient s'asseoir près de moi. Après avoir passé un bras autour de mon cou, il me renifle les cheveux.

— Tu sens... la cerise.

— Tu aimes ?

— D'après toi ? me murmure-t-il avec son air irrésistible. Tu me fais penser à une voiture, Callie, une belle voiture qu'on n'avait pas lavée depuis un an. Et là, tout d'un coup, tu as eu droit à la totale : lavage-lustrage, accessoires, gentes alliage et peinture métallisée. (Il donne une pichenette aux pendentifs accrochés à mes lobes.) Tu brilles de partout, mais, au fond, tu es toujours la même voiture, aussi chouette qu'avant.

J'approche mon visage du sien. Ses yeux me demandent ma permission. D'un imperceptible mouvement de la tête, j'approuve, et machinalement, je m'humecte la lèvre inférieure. Alors qu'il se penche vers moi, Rodney cogne contre la cloison.

— Callie ? Désolé, c'est l'heure. On doit rentrer.

Michael ferme les paupières. Raté pour le timing. Je partage son avis.

— D'accord. J'arrive...

L'Ender retourne dans le vestibule. Mon frère, soudain réveillé, se redresse en se frottant les yeux. Je lui caresse le bras avec tendresse.

— Tyler, il va falloir que j'y aille. Écoute-moi bien, s'il te plaît. Tu restes avec Michael et tu lui obéis, d'accord ?

— D'accord, répète-t-il d'une voix endormie.

— Je vais penser fort à toi. Je serai absente un mois. Mais, à mon retour, je ne repars plus. Et tout ira bien, tu verras. OK ?

Il hoche la tête. Mon cœur se serre en voyant son expression si grave.

— Il ne faut pas oublier que tu es l'homme de la famille.

Il réussit l'exploit de sourire à pleines dents.

— Je compte sur toi pour être fort, Tyler.

D'une main, je l'attire contre moi pour une dernière étreinte.

— Reviens vite, me chuchote-t-il.

Je sens son souffle chaud sur mon cou. En m'écartant, je vois qu'il a les larmes aux yeux.

J'insiste, comme pour moi-même :

— Courage !

— Fais vite.

Michael me raccompagne en haut des marches, Rodney devant nous. Dans l'escalier, j'aperçois alors une fille longiligne qui monte. Rodney lui plante le faisceau ultrapuissant de sa lampe en plein dans les yeux. Elle se protège d'une main.

— Hé ! Ça t'ennuie si…

— Tout va bien, confie Michael à Rodney. Elle est dans notre camp.

Rodney baisse sa lampe pour examiner le reste du corps de l'inconnue. Comme nous tous, elle porte une lampe de poing. Brune, aux cheveux courts, elle est aussi maigre que nous, mais je distingue encore quelques courbes féminines malgré tout.

— Michael ! J'ai justement un truc pour toi. (La fille plonge sa main dans un sac en toile pour en sortir deux oranges.) C'est un jardinier Ender qui me les a données.

— Merci.

Michael prend son cadeau. Volé, probablement.

Elle lui sourit du bout des lèvres et effectue une petite courbette maladroite.

— Je file. À plus !

— C'est qui ? demandé-je à Michael alors que la fille s'éloigne dans la pénombre.

— Une copine…

— Elle s'appelle comment ?

— Florina.

— Jolie.

Une alliée de plus dans le bâtiment. Tant mieux.

Rodney, ayant sans doute deviné qu'on a besoin d'un peu d'intimité, gravit une demi-volée de marches et patiente, dos à nous.

Michael me prend contre lui et me serre un long moment. Je sens ses côtes, et lui, les miennes. Mais c'est top quand même.

— Tu vas me manquer, me confie-t-il à l'oreille.

— Toi aussi. (Quitter ses bras me déchire. Je dois redoubler de force pour me dégager.) On se voit dans un mois.

Au dernier moment, il me tend un morceau de papier plié.
— C'est quoi ?
— Tu verras.
Pas le temps pour les questions. Je le glisse dans mon soutien-gorge, ma cachette la plus sûre, et, pour finir, je lui décoche mon sourire le plus craquant.
— Sois sage.
— Et toi, prudente.

Sur le trajet du retour, Rodney me laisse seule avec mes pensées. La voiture me berce comme une enfant sur fond du théâtre urbain qui défile par ma fenêtre. Entre les bâtiments condamnés par des planches, la vie continue malgré ce paysage apocalyptique, jonché de chariots de supermarché, enfumé par les bidons reconvertis en fourneaux de fortune. Je repense aux deux dernières années : elles ont été si pénibles pour mon frère et moi.

Depuis la rue, une lumière m'éblouit et me replonge plus d'un an en arrière, me rappelant celle des torches des marshals venus nous capturer.

« *Tyler, file chercher ton sac à dos !* »

On fonce à travers la cuisine sombre. Les officiers tambourinent déjà contre la porte d'entrée. Tyler s'empare de son sac avec sa bouteille d'eau, moi du mien. À l'intérieur, le revolver.

Puis on s'élance dans la nuit avant que les marshals ne pénètrent dans le jardin. J'aide Tyler à ramper sous les clôtures. On cavale à travers les cours, les jardinets. Sans le plan d'évasion que Papa nous a dessiné avant d'être placé en quarantaine, comment aurait-on fait ?

Après cette première alerte, on est restés tous les deux à la maison aussi longtemps que possible, imitant les autres orphelins du quartier. On s'en est plutôt bien sortis, même si on a toujours su que le gouvernement viendrait condamner notre maison comme les autres. Au début, les adultes survivants de notre quartier fantôme veillaient sur tout le monde… jusqu'à ce que la maladie les emporte eux aussi.

La semaine suivante, les enfants d'en face se sont fait prendre. Entre les mains des officiers, ils ont hurlé à s'éclater les poumons. On a eu plus de chance. On sait que l'heure est venue pour nous de fuir car mon père nous a envoyé un Zing. Je redoute le pire.

Avant d'être emmené, Papa m'a prévenue que lorsque ce jour arriverait je ne devrais pas m'apitoyer sur son sort, mais me montrer forte et veiller sur mon frère parce qu'il n'aura plus que moi.

La chose la plus difficile que j'ai dû faire de toute ma vie.

Papa. Disparu. Des flashes resurgissent. Des mains qui soutiennent, qui guident, qui stabilisent. Des câlins aussi.

Je me mords la joue pour ne pas pleurer. Ne pense pas à lui. Prends soin de Tyler. Sois forte.

On parvient à l'ancienne bibliothèque qui jouxte le parc. Il fait nuit noire mais nos lampes suffisent à nous éclairer. On entre par une fenêtre cassée du sous-sol, à l'arrière du bâtiment.

L'odeur de moisi des vieux livres est partout. Elle se mêle à celle des corps mal lavés. Une bande de gamins blottis les uns contre les autres dort derrière des piles d'ouvrages. L'un d'eux m'a reconnue.

— N'ayez pas peur : je sais qui c'est.

Je nous trouve un petit coin contre un mur où j'installe nos affaires.

— On est en sécurité ici ? s'inquiète Tyler entre deux respirations saccadées.

Je lui murmure des paroles réconfortantes :

— Chhh. Tout ira bien, petit frère, tout ira bien.

Le lendemain matin, un crétin allume un feu pour cuire un truc. La fumée alerte les forces de l'ordre. On empoigne nos sacs et on s'enfuit à toute allure. Ce n'est qu'à l'étape suivante sur la carte de Papa que je m'aperçois que l'on m'a volé mon revolver. Tous ces entraînements au tir pour rien : je n'ai plus d'arme. Un grand trou me ronge de l'intérieur.

Plus de revolver. Si mon père savait… Seulement, il ne le saura jamais. Il est mort.

Tandis que Rodney accélère dans les avenues baignées de silence, j'appuie ma tête contre la vitre en répertoriant tous les endroits d'où on a dû s'enfuir depuis un an. Je laisse mon regard glisser sur l'écran des lumières de la ville fondues en pompons duveteux de couleurs.

La Banque des Corps. Ma solution à tous ces mois de cavale.

Chez Prime Destinations, l'excitation est à son comble, ma locataire ayant finalement décidé de partir avec mon corps dès ce soir. Dans son bureau où je me tiens debout, Doris passe ses mains dans ses cheveux, nerveuse.

— Ça ira, décide-t-elle. Je prévois toujours une marge de manœuvre. Même si là, c'est vraiment serré. Va enfiler ça. (Derrière moi, un ensemble noir pend à un cintre.) Tu peux utiliser ma salle de bains.

J'obéis et ressors vêtue d'un pull col roulé noir sur un pantalon assorti.

— Parfait. Tu vas pouvoir y aller.

— Je ne mange pas cette fois ? J'ai faim.

— Cette cliente ne préfère pas, répond-elle avec un haussement d'épaules. Elle a peut-être réservé une table dans un restaurant quatre étoiles...

On se dépêche de rejoindre la salle d'échange, la même que les deux fois précédentes. Trax et Terry m'y attendent, fébriles.

— Ça te va bien le noir, commente ce dernier avec une tape affectueuse sur mon épaule, alors que je m'installe sur le fauteuil. Presque aussi bien qu'à moi.

Passé quelques vérifications informatiques, Trax s'interrompt pour me considérer gravement.

— Alors, rien n'a changé depuis la location précédente : tu te détends. Et on se voit dans un mois, Callie. Ici même.

Le masque est appliqué sur mon visage. J'adresse un geste d'au revoir à l'équipe.

Mes rêves, cette fois, se révèlent plus étranges. Tyler a la tête d'un oisillon. Je cherche en vain des graines pour le nourrir. J'appelle Michael. Il est introuvable. On vit dans une ferme abandonnée. Je me précipite à sa recherche dans la grange, grimpe une échelle jusqu'au grenier à foin. En haut, je surprends Michael en compagnie d'une fille. Florina. Tous les deux sont étendus sur un lit de paille, entourés de montagnes d'oranges.

4.

B*oum, boum, boum.* Mon corps vibre au son des basses. Ma tête se met à me lancer en rythme. Une odeur sucrée et écœurante m'assaille les narines.

Où suis-je ?

J'ouvre les yeux et découvre, dans un plan incliné, une salle faiblement éclairée. Je suis couchée par terre, sur le flanc. Je prends appui sur une main pour me redresser. Il y a un truc qui colle. J'approche ma paume de mon nez : de l'ananas.

Des rayons laser découpent l'espace sombre. Grâce aux éclairs réguliers, je distingue des gens en train de s'enfuir, leurs bras tendus au-dessus de leurs têtes. On les tire vers l'arrière. Mais non… Non, ils dansent sur de la musique, tout simplement.

Des talons aiguilles en cuir verni s'approchent à hauteur de mes yeux. L'écho de leurs claquements sur le sol pénètre ma boîte crânienne douloureuse.

La propriétaire des talons s'agenouille près de moi.

— Ça va ? crie-t-elle.

— Je ne sais pas trop.

Hormis mon mal de tête lancinant, pas trop eu le temps de faire un bilan.

— Quoi ?!

Je hurle à mon tour, ce qui attise ma migraine.

— Je ne suis pas sûre !

La fille passe son bras sous le mien.

— Allez, debout !

Elle doit avoir mon âge. Ses cheveux blonds, à la coupe au carré parfaite, lui couvrent en partie les yeux. Sa robe flamboyante lui arrive si près des fesses qu'on pourrait la confondre avec une chemise. La fille me conduit à l'écart, dans un coin de la salle, là où la musique retentit avec moins de force.

— Où est-ce qu'on est ? lui demandé-je, déboussolée, en me massant les tempes.

— Au *Club Rune*, répond-elle avec perplexité. Tu as oublié ?

Complètement.

— Comment j'ai atterri ici ?

La fille glousse.

— Oh oh, tu es bourrée, toi. Je ferais mieux d'aller te chercher un café.

— Non, ne me laisse pas.

C'est un effet de l'alcool ou quoi ? Un nœud de panique se forme déjà dans ma gorge. Je m'agrippe à l'inconnue.

— S'il te plaît, je…

— Si tu t'asseyais ?

Elle me soutient le temps que je traverse la salle en titubant sur mes talons. Je constate que je porte une robe moi aussi ; une robe fourreau couleur gris métallisé. Son contact, sur ma peau, est frais. La sangle d'un petit sac à main de soirée pend à mon épaule. Quant à mes escarpins, ils ressemblent à ceux des stars dans les Pages.

La fille s'arrête devant un divan en velours et m'aide à m'installer. Le tissu est doux. Incroyablement doux.

La musique cesse tout à coup. J'ai vu des boîtes de nuit à la télé, quand mes parents étaient encore vivants, mais jamais je n'y avais mis les pieds auparavant. D'ailleurs, je pensais qu'elles avaient toutes disparu, surtout celles réservées aux jeunes. Alors c'est ici, le rendez-vous incontournable des Starters de bonne famille ?

— Tu as déjà meilleure mine, juge la fille avec un sourire.

Au bar, le halo d'un néon bleu porte jusqu'à nous. Même dans cette lumière peu flatteuse, je trouve la fille divine.

— Tu es nouvelle ici, pas vrai ?

— Quoi ?
— Désolée, je ne me suis même pas présentée. Je m'appelle Madison.
— Callie.
— C'est mignon comme nom. Tu l'aimes bien ?
— Euh... oui... je crois.
— Mon prénom aussi me plaît. Enchantée, Callie. Alors, c'est ta première fois, oui ou non ?
— Ma première fois ici, oui.

La dernière chose dont je me souviens est de m'être endormie à la *Banque des Corps*. J'aurais dû me réveiller là-bas ! C'est quoi, ce délire ? Je flippe mais pas au point de parler de Prime Destinations. Pas de gaffe. Je dois faire semblant d'être dans mon élément.

— Vachement jolie, ta robe, commente Madison en tâtant le tissu. C'est trop chouette de pouvoir à nouveau porter ce genre de petits trucs, pas vrai ? Et de remettre les pieds en boîte. Mille fois mieux que de rester assise dans un rocking-chair, à tricoter devant les rediff' du samedi soir. (Elle me flanque un coup de coude avec un clin d'œil.) À moins que ton truc, ce soit le Scrabble ou le bridge ?
— Ouais.

Je force un petit rire en balayant du regard la salle. Mais de quoi parle-t-elle ?

— Hé, miss ! inutile de jouer la comédie avec moi.

Je cligne des yeux, incrédule.

— On est dans le même camp. Tu as réussi tous les tests. (Madison se met à compter sur ses doigts.) Ni tatouage, ni piercing, ni teinte de cheveux fluo... Garde-robe chic et chère, pierres précieuses, maîtrise des règles en société et beauté parfaite.

Son dernier point est celui qui m'étonne le plus. Je n'arrive pas à m'habituer.

— Oh ! J'oublie la culture générale ! (Elle tapote mon bras.) Normal quand on a vécu si longtemps !

Même embrouillé, mon cerveau commence à capter.

— Allez, Callie. Tu es cliente chez Prime Destinations. Une locataire. Comme moi.

Quand elle se rapproche, je sens son odeur de gardénia.

— Tu... ?

— J'ai tous les signes extérieurs, non ? (Elle englobe son corps d'un geste de la main.) Tu ne me trouves pas sublime, physiquement ?

Je ne sais pas trop quoi répondre. Elle est locataire, elle risque de me dénoncer si elle apprend que je suis en réalité donneuse. Je ne veux surtout pas me faire renvoyer et perdre l'argent dont j'ai tant besoin pour Tyler.

— Si, si. Super belle.

— Bon, j'avoue, au *Club Rune*, c'est facile. On est beaucoup à venir ici.

— On n'est pas les... seules ?

Madison scrute les alentours.

— Là-bas. Le garçon qui a l'air tout droit sorti d'un film ? Locataire. La rouquine, de ce côté ?
— Elle loue aussi ?
— D'après toi ? Franchement, tu crois qu'on peut être naturellement aussi parfaite ?
— Mais les autres sont de vrais Starters ?
— Évidemment.
— Et lui ?

Je fixe un garçon, à l'opposé de nous, qui m'a interpellée. Un verre de soda en main, il converse avec deux autres jeunes. Il a quelque chose de spécial.

Je me risque :
— Celui en chemise bleue et veste noire ? Je parie que c'en est un aussi !
— Lui ? lâche Madison en croisant soudain les bras. C'est vrai qu'il est canon. Mais je lui ai parlé tout à l'heure et c'est de l'ado pur jus.

Je ne suis pas très douée pour ce genre de devinettes. À mes yeux, le garçon est aussi beau que les locataires qu'elle a mentionnés plus tôt. Voire plus. Une rotation de sa tête dans notre direction, puis il détourne le regard.

— Ça grouille d'habitués ici, de petits gosses de riches, reprend Madison. On les reconnaît à leurs boutons d'acné. Papi et Mamie mettent leur veto.
— Leur veto ?
— À la chirurgie. Du coup, ils sont moins beaux. Élémentaire. Autre moyen facile de les tester : tu

leur poses des questions sur l'avant-guerre. Ça ne rate jamais. Une vraie bande d'ignorants. (Elle pouffe.) Je suppose qu'on n'enseigne plus l'histoire dans leurs écoles privées.

Paumée, je m'inflige des piqûres de rappel. Il ne s'agirait pas d'oublier que la magnifique et jeune Madison est en réalité centenaire. Sans compter qu'elle pense que je le suis également !

— Tu te sens mieux, Callie ? Il faut vraiment que j'aille me chercher à boire. Un cocktail avec un nom à coucher dehors, si tu vois ce que je veux dire.

— Ils vont accepter de te servir de l'alcool ?

— Beauté, c'est une boîte privée. Rien ne sort d'ici. Même chose qu'à la *Banque des Corps*. T'inquiète, chérie, me lance-t-elle en ponctuant sa phrase d'une tape gentille, je ne serai pas loin.

Elle s'éclipse et je laisse tomber mon front dans mes mains, les coudes sur les genoux. Si seulement la Terre pouvait cesser de tourner ! Mais plus j'essaie de démêler tout ça, pire c'est. Ma tête me lance affreusement. Pourquoi me suis-je réveillée dans une discothèque au lieu de la *Banque des Corps* ? Que s'est-il passé ? Jusque-là, tout avait fonctionné à merveille. J'étais à deux doigts d'être payée et de pouvoir trouver une maison digne de ce nom pour Tyler. Quelle poisse !

Là, j'entends une voix.

Salut ?

Je lève la tête sur une autre fille que Madison. Elle se tient au milieu de la salle, debout près du bar. Je jette un œil derrière moi. Personne. Ai-je rêvé ?

Tu... m'entends ?

Non, je ne rêve pas, la voix est...

Dans ma tête.

Il n'y a personne près de moi ; cela vient bien de l'intérieur. Suis-je en train d'halluciner ? Mon cœur s'emballe. Et si Madison avait raison ? Si j'étais ivre ? À moins que je ne me sois cogné la tête en tombant ? Quelque chose ne tourne pas rond. Mais alors pas rond du tout. J'ai de plus en plus de mal à respirer.

On aurait dit une voix féminine. Je retiens mon souffle. Du calme, Callie. Écoute.

Mais le vacarme de la boîte demeure assourdissant. Mes doigts enfoncés dans les oreilles, je n'entends maintenant plus que les battements de mon cœur.

La sortie, c'est par où ? J'ai besoin d'air.

La voix suivante paraît jeune, très masculine et, pour le coup, très réelle.

— Ça va ?

C'est lui. Le garçon en chemise bleue. « L'ado pur jus » comme l'a surnommé Madison. Il semble inquiet.

— Ouais. Super, dis-je en masquant au mieux ma panique.

Je tire sur ma robe dans un effort débile pour couvrir mes jambes.

Il est encore plus beau de près, avec ses fossettes. Dommage. Pas le temps pour ce genre de distraction. Je tiens à tout prix à savoir si la voix va revenir. Le garçon me couve des yeux et je reste bête, muette.

Ma voix se tait aussi. Je commence à croire que j'ai tout inventé. À cause du choc, du fait de me retrouver ici, dans mon corps. Autre hypothèse : le garçon à fossettes a fait fuir la voix.

Il porte une veste noire super bien coupée et probablement très chère. Je repense au jugement de Madison et décide de me faire ma propre idée. Tatouage, piercing, teinte de cheveux bizarre : négatif. Vêtements hors de prix, bijoux (c'est quoi, la marque de sa montre déjà ?), bonnes manières, physique parfait : oui, oui, oui et encore oui.

Ah ! Et au moment où il oriente son visage vers la lumière du bar, je remarque une cicatrice de deux ou trois centimètres, près de son menton. Aucune chance que Doris ait laissé passer ce détail crucial.

— Je t'ai vue tomber. (Il m'offre une petite serviette.) Tiens.

— Merci. (En appliquant le linge en éponge sur mon front, je le surprends à sourire.) Qu'est-ce qu'il y a de si drôle ?

— La serviette. Ce n'est pas pour ta tête.

Doucement, il me la reprend et me frotte le bras avec. Je me suis salie en tombant.

— J'ai glissé. Quelqu'un avait renversé son verre. Et avec ces talons...

— Jolies chaussures, à propos, me complimente-t-il avec des pupilles rieuses.

Ses fossettes se creusent. C'est limite insoutenable, toutes ces attentions. Je regarde ailleurs. Un garçon comme lui, riche et canon, qui s'intéresse à moi, une clocharde ? On se croirait dans un film... À cet instant, j'aperçois mon reflet dans une colonne de miroirs et la réalité me frappe en plein visage. J'ai complètement oublié que je ressemble à une star de cinéma.

Dans un demi-tour, je constate que Madison n'a pas quitté le bar, où elle s'évertue à attirer l'attention du barman – un Ender visiblement dur d'oreille.

Fossettes se tord le cou pour tenter de suivre mon regard, puis il dépose la serviette sur une petite table.

— C'est ta copine ?

— Si on veut.

Il lève un doigt, l'air pensif.

— Madison... c'est ça ? On a discuté tout à l'heure. Plutôt marrante dans son genre.

— C'est-à-dire ?

— Elle m'a bombardé de questions.

— Quel style ?

— Des questions de culture générale, figure-toi. Des trucs qui remontent à des décennies. Tu sais quel film a gagné dix oscars, il y a cinquante ans, toi ?

C'est à mon père qu'il faudrait poser la question. Je hausse simplement les épaules.

— Tu vois, tu ne sais pas non plus. Je me suis clairement planté à l'examen. Et vu que j'ignorais les réponses, ta copine a passé son chemin. Moi, je suis juste venu danser, pas passer une audition pour un jeu télévisé. (Un coup d'œil gêné à ses pieds, puis il me regarde à nouveau.) Ça te dirait qu'on... ?

— Moi ?

La musique a repris mais plus douce, langoureuse.

— Non. Je ne peux pas.

— Bien sûr que si !

Je songe à Michael, en train de s'occuper de mon petit frère à ma place. Je me vois mal danser. Je ne pige toujours pas ce qui s'est passé et je me sens complètement à côté de la plaque.

— Je suis encore dans les vapes.

— Plus tard, peut-être.

— Je suis désolée. Je ne vais pas tarder à m'en aller...

Je me rends compte que je suis brusque avec lui, mais pourquoi lui donner de faux espoirs ?

Il dissimule sa déception de son mieux bien que ses yeux le trahissent. Il semble à deux doigts de tenter une nouvelle approche lorsque Madison revient, une tasse dans une main, un cocktail dans l'autre.

— Tiens, café pour toi. J'ai demandé noir ; j'espère que ça ira... Oh ! Blake, c'est bien ça ? Rebonjour.

L'intéressé confirme d'un hochement de tête sans me quitter une seconde des yeux. On échange un sourire secret aux dépens de Madison, éclair d'intimité signifiant : si-elle-savait-ce-qu'on-a-dit. Elle, n'y voit que du feu, absorbée par la rondelle d'ananas posée en équilibre sur son verre.

— OK, je vais rejoindre mes potes, annonce Blake, gêné.

Madison se contente d'avaler son fruit et d'esquisser un sourire de politesse.

— Ravie de t'avoir revu, Blake.

— Bonne soirée, Madison. (Il me sourit.) À plus, Callie.

Il penche la tête et tourne les talons avec l'adresse d'un danseur professionnel.

À aucun moment je ne lui ai dit mon prénom. Il l'a pourtant deviné. Mais comment ?

Je l'observe s'éloigner, les mains dans les poches. Je me sens mieux qu'avant.

Écoute-moi... s'il te plaît...

Des frissons parcourent ma colonne vertébrale. Non. Pas encore elle ! Et si cette voix était le fruit de mon imagination ? Je dois en avoir un paquet parce qu'elle sonne très réelle. Ça n'a vraiment pas de sens. Autant ne pas traîner ici.

Rêve ou réalité, ce que j'entends après me pique au vif.

Écoute... c'est important... Callie... ne retourne pas à Prime Destinations. Sous aucun prétexte.

5.

Je me fige, telle une statue, en pleine boîte. Est-ce une réaction à l'un des anesthésiants qu'on m'a administré chez Prime ? Ou bien est-ce lié à la puce ?

Je dévisage Madison.

Surtout... ne lui dis... rien...

Elle m'empoigne le bras.

— Callie, n'oublie pas les règles. En matière de... garçons.

Madison agite l'index avec un air de mère supérieure. En l'entendant, je me souviens qu'elle a beau ressembler à une jeune star, elle n'en est pas moins une grand-mère. Sa frange dégradée couvre maintenant un de ses yeux.

— Prudence ! C'est primordial.

— De quelles règles on parle exactement ? demandé-je sur un ton neutre.

— Tu sais bien. (Elle se met à chuchoter.) Les rapports... sexuels. Ils sont interdits. En particulier avec de vrais Starters.

— Comment ça, « en particulier » ?

— Tu sais bien ce que je veux dire, souffle-t-elle avec de gros yeux. Ce garçon, là : n'y pense même pas !

Compte tenu de la voix dans ma tête, j'ai à présent d'autres préoccupations.

— Quel garçon ?

Ma question l'amuse. Blake a retrouvé ses copains à l'autre bout de la discothèque.

— Il ne sait pas qu'on est des locataires ?

— Mademoiselle n'a pas bien lu son contrat, à ce que je vois. Évidemment qu'il n'en sait rien ! On n'est pas censés faire de la publicité pour la *Banque des Corps*.

Je me surprends à hausser les épaules.

— Pfff ! Qui lit encore les contrats ?

De loin, Blake m'aguiche du regard. Madison, étincelante sous l'effet des paillettes sur son corps, croise les bras avec un air de reproche.

— À ta place, je finirais mon café.

Je bois le reste cul sec. Le liquide amer m'arrache une grimace. Enfin... il me remettra peut-être les idées en place. Et si, par chance, il me débarrassait définitivement de la voix ?

— Qu'y a-t-il ? Tu ne prends jamais ton café noir ? m'interroge Madison.

Ça picote dans ma bouche.
— Non. Jamais.
Les seuls cafés que j'ai bus dans ma vie – au lait, avec une grosse couche de crème chantilly – remontent à longtemps, avant le début de la guerre.
— Ça remplace l'aspirine. Passage obligé après une soirée pareille. (Madison consulte sa montre.) Doux Jésus ! Il est tard. Je dois y aller.
Elle ouvre sa pochette et plonge la main dedans.
— Tiens, ma jolie. Ma carte.
Elle l'enfonce dans ma main et avant que j'aie le temps de l'examiner, me presse :
— Tu me donnes la tienne ?
Dans mon sac, je n'en trouve aucune. Il n'y a que le ticket du service voiturier, une pièce d'identité, un portable, ainsi qu'une grosse liasse de billets. Je réprime un hoquet de surprise face à autant d'argent.
— Euh, je n'en ai plus.
— Pas de souci. Envoie-moi un Zing. Bon, j'y vais. Demain, j'ai une grosse journée. Tu m'accompagnes à la sortie ?
Madison glisse déjà son bras sous le mien. Alors qu'on passe à quelques mètres de Blake, je sens son regard peser sur moi. Je ne lui rends pas, concentrée sur Madison qui se déhanche, pleine d'assurance, indifférente aux nombreux admirateurs la dévorant des yeux. À croire qu'un champ magnétique la protège.

Deux portiers Enders actionnent les grandes portes métalliques pour nous. Dehors, la nuit est fraîche. Un groupe de Starters attendent leurs voitures. Madison confie son ticket au voiturier puis se tourne vers moi.

— Écoute les conseils d'une avertie. (Elle enroule ses bras autour d'elle pour se réchauffer tout en se balançant sur la pointe des pieds.) Vas-y doucement. C'est ta première sortie. Et veille sur ce corps : les amendes, en cas de pépin, sont épouvantables...

Inutile de me conseiller de protéger mon corps. Je me tais : elle est enfin sur le point de s'en aller et plus jamais je ne la reverrai.

Ses anneaux créoles dansent au rythme de son balancement.

— Je me souviens de ma première location ; ça remonte à neuf mois.

— Tu en as fait beaucoup ?

— Bichette, on s'en fiche du nombre ! Il y a tant de corps sublimes à essayer. Je passe désormais plus de temps dans la peau d'une jeune que d'une vieille.

Le voiturier arrive au volant d'une décapotable rouge flashy aux lignes aérodynamiques. Il interpelle Madison d'un geste de la main.

— C'est à vous ?

— Juste mon joujou de Starter, lui répond-elle avec un clin d'œil.

Je l'escorte jusqu'à sa voiture, admirant le brillant de la peinture et ses reflets en 3D. L'illusion des couches multiples est excellente.

— Vas-y ! À fond, Madi. C'est trop cool.

Deux accents circonflexes se dessinent soudain sur le front de Madison.

— Callie, tu es certaine que c'est ton premier soir ?

— Pourquoi tu demandes ?

— Parce qu'à t'entendre, là tout de suite, j'ai eu l'impression que tu faisais ça depuis toujours. Moi, je dois encore tourner ma langue sept fois dans ma bouche avant de parler si je veux me couler dans le moule.

Me couler dans le moule ; c'est mon objectif. Sauf que, à cet instant précis, j'essaie, à l'inverse, de la convaincre que je suis dans son camp : une locataire. Une seule solution : virage à cent quatre-vingts degrés. Je m'approche d'elle et lui touche le bras comme elle l'a fait avec moi, un peu plus tôt. J'affecte une voix grave et détache une à une mes syllabes :

— J'ai passé un temps fou à étudier les expressions orales et les mimiques des Starters avant ma première location. En outre, je suis *vraiment* jeune : quatre-vingt-quinze ans seulement !

Je ponctue mon mensonge d'un clin d'œil complice.

— Callie, je te déteste ! (Madison donne son pourboire au voiturier.) Je rigole. Il faudra que tu m'apprennes, un de ces jours.

Une autre voiture se gare derrière la sienne.

— Allez, je file. Ravie d'avoir fait ta connaissance. Demain, je m'essaie au kitesurf ! (Elle agite les mains en l'air.) Amuse-toi bien avec ton nouveau corps.

Dans un rugissement de moteur, elle démarre sur les chapeaux de roues. Sa conduite n'a pourtant rien de celle d'une Ender.

— Mademoiselle ? (L'employé de la boîte tend une main vers moi.) Votre ticket ?

Je le pioche au fond de mon sac, ayant délibérément attendu que Madison s'en aille au cas où j'aie du mal à conduire. Comment faire ? Les paumes de mes mains sont déjà moites. La dernière fois que j'ai conduit remonte à deux ans, quand mon père m'a emmenée m'entraîner sur le parking d'un supermarché. Que m'avait-il conseillé, déjà ? De placer les mains sur le volant à 10 heures et 2 heures. De ralentir avant de freiner. De ne jamais Zinguer en conduisant.

Bruyante et excitée, une bande de garçons vient de quitter la boîte. Ils me déshabillent du regard. De vrais ados, à en juger par leurs boutons. Je leur tourne aussitôt le dos de peur d'être démasquée. Je voudrais être invisible.

Au moins, la voix me laisse tranquille. Personne qui m'adresse la parole *et* la voix qui se tait. Plutôt bon signe.

J'ai beau essayer de me souvenir de mes leçons de conduite, plus ça va, plus j'ai des palpitations. Pitié, pitié... Je prie pour un véhicule automatique, facile à manier.

Le voiturier fait irruption dans un roadster jaune aux allures de vaisseau spatial.

Non, non. Pas ça.

Évidemment, l'homme stoppe l'engin à mes pieds. La décapotable fait deux fois la taille de celle de Madison. Sa capote est baissée. Même dans un endroit pareil, malgré les fils à papa blasés, des murmures s'élèvent parmi la foule.

Tous les regards sont maintenant braqués sur moi tandis que je m'approche de la portière conducteur. Un pourboire au voiturier, puis je me glisse sur le siège en cuir luxueux et découvre plus de boutons et de voyants lumineux que dans un jet privé. L'employé referme ma portière ; je le retiens d'une main levée avant qu'il s'éloigne.

— Attendez, chuchoté-je. On est où exactement ?

— Où ? relève-t-il, décontenancé.

— Dans quelle ville ?

— Los Angeles. Dans le centre.

Il me montre du doigt le tableau de bord avant de se précipiter vers la voiture suivante.

OK, il voulait m'indiquer le système de navigation. Je le mets en route. Le petit écran plat, situé entre mon visage et le pare-brise, s'allume. Le mot « maison » s'affiche et je touche l'écran à cet endroit.

Maison. Exactement ce que je veux. La voiture, au moins, sait où j'habite.

Je démarre, enlève le frein à main et passe en première. Contrairement à la sortie remarquée de Madison, je quitte les lieux en mode tortue. Alors que j'avance centimètre par centimètre, j'entends quelqu'un me dire au revoir.

Dans le rétroviseur, je reconnais Blake, debout, une main dans une poche, l'autre me saluant.

Une fois hors de vue, à quelques rues de la discothèque, je me range le long du trottoir, au pied d'un immeuble administratif. Mon cœur tambourine dans ma poitrine, mes jambes tremblent. Au moins, il n'y a pas de casse… Pas encore. Je ne suis pourtant pas ivre, j'ai simplement perdu mes repères. D'ailleurs, je recouvre peu à peu mes esprits. Je cherche à comprendre. Comment puis-je entendre des voix ?

À une heure si tardive, les rues sont désertes. Si la voix revient, c'est maintenant ou jamais. J'attends en retenant ma respiration. Je redoute ce qu'elle aurait à me dire.

Mais elle se tait. Heureusement. La mystérieuse voix a disparu.

Qu'ont-ils fait à ma tête chez Prime ? Et s'ils avaient endommagé une partie de mon cerveau en m'implantant la puce ? À moins que le problème soit la puce elle-même. Jamais je n'aurais dû leur faire confiance.

Callie, ressaisis-toi. J'observe les commandes de la voiture. Le moteur ronronne à la façon d'un tigre au moment où j'attrape mon sac à main sur le siège passager. Mon hologramme figure sur ma pièce d'identité universelle : il pivote sur lui-même, révélant mon profil. Je me souviens de ces photos ; on les a prises à la *Banque des Corps*. En revanche, sur le document « Callie Winterhill » remplace « Callie Woodland ». L'adresse correspond à celle du GPS.

Prime Destinations doit imprimer de faux papiers pour tous ses clients. Mes renseignements sont sûrement encodés dans la carte : ADN et empreintes digitales. Winterhill est probablement le nom de ma locataire. Ainsi, elle peut mentir en disant qu'elle est de la famille si jamais les autorités contrôlent son identité – petite-nièce, petite-fille, peu importe.

Cette voiture géniale est donc toute à moi. Je peux aller n'importe où. J'aimerais tellement rendre visite à mon petit frère. Mais je me rappelle les paroles de Tinnenbaum : avec ma puce, ils sont capables de me suivre à la trace. Grâce à Rodney, ils savent aussi où Tyler vit. S'ils découvrent, par l'intermédiaire de ma puce, que c'est là que je vais, ils comprendront que je ne suis plus ma locataire mais moi. Et risquent de m'accuser de rupture de contrat...

Je pourrais rentrer à la *Banque des Corps*. D'ailleurs, c'est vraisemblablement ce qu'ils attendent de moi dans ce genre de situation. Seulement, il y a la voix...

« Ne retourne pas à Prime Destinations... » Son ton

semblait si inquiet. Je frissonne rien qu'à y repenser. À quel genre de risque m'exposerais-je en y retournant ?

En boîte, avec tous ces décibels, je n'ai pas bien entendu la voix. Mais plus j'y pense, plus je me dis que c'est celle d'une Ender. Quelqu'un à la *Banque des Corps* qui s'adresse à moi via ma puce. Doris, peut-être ? Mais pourquoi me dire de ne pas rentrer à Prime ? Veut-elle que je reste ici pour résoudre le problème entre-temps ? À moins que la raison soit toute autre.

Si je laisse la voiture me conduire jusque chez ma locataire, je pourrais peut-être trouver des réponses à mes questions. Supposons qu'elle ait terminé sa location plus tôt que prévu pour un motif quelconque, elle devrait être chez elle, non ? Je jette un œil à ma montre – disons, au bijou de Winterhill serti de diamants qui lui sert de montre. Minuit passé.

Je lis également la date. Le 14 novembre. Une semaine s'est donc écoulée depuis le début de ma location. Encore trois à tirer.

Tout à coup, je vois quelque chose bouger dans le rétroviseur intérieur. Un bruit de foulées se rapproche, de plus en plus rapide.

Des perdus. Ils courent derrière ma voiture !

J'en compte cinq, munis de chaînes et de barres métalliques ; leurs pupilles dardent des éclairs de rage.

Mon sang se glace. Paniquée, j'étudie les boutons du tableau de bord. Démarrage... Démarrage. Mais comment on démarre cet engin ?

Un des poursuivants bondit sur le coffre de la décapotable. La tête rasée, il est couvert de tatouages.

J'ai enfin trouvé le bouton de démarrage ; je le presse de toutes mes forces et je mets les gaz. Rejeté vers l'arrière, le type tombe par terre.

Dans mon rétro, je le vois se relever en titubant. Ses potes me font des doigts d'honneur. Je tremble d'effroi.

Les règles du jeu sont plus compliquées que ce que je pensais. Le simple fait d'avoir une voiture ne signifie pas que je peux me permettre de baisser la garde. D'ailleurs, maintenant qu'on me prend pour une riche, je dois redoubler de prudence.

Je retrouve peu à peu mon souffle. À partir de cette seconde, le système de navigation devient mon meilleur ami. Avec son accent australien à la tonalité apaisante, il m'aide à me relaxer. Je suis ses instructions jusqu'à l'autoroute. La conduite en ligne droite est davantage à ma portée ; à cette heure, qui plus est, peu de voitures circulent. Je dépasse deux équipes d'ouvriers – une vingtaine de Starters qui refont la chaussée. Je culpabilise de les laisser ainsi derrière moi, dans cette voiture de luxe, pomponnée, vêtue de fringues haute couture, une montre en diamants au poignet. Je voudrais leur crier que rien de tout cela ne m'appartient. Mais, déjà, ils sont réduits à une simple tache blanche dans le rétroviseur.

Après une demi-heure de route en direction de l'ouest, j'atterris dans le quartier de Bel-Air. Je me souviens qu'avant la guerre, c'était le lieu de résidence de nombreuses célébrités. Je passe devant un employé chargé de la sécurité, puis devant des bâtisses qui n'ont rien à envier à des manoirs, gardées pour certaines par un vigile privé. Brusquement, le GPS m'avertit que je suis enfin arrivée chez ma locataire.

Seulement, il n'a pas précisé qu'il s'agirait d'une espèce de mini-château.

Aucun garde en vue mais de hautes grilles en fer forgé. Je m'en approche au ralenti et marque un stop. Un peu trop brusque : ma tête manque de frapper le volant. Je me renfonce dans mon siège puis cherche partout la commande d'ouverture du portail. Dans un petit compartiment, je trouve une carte noire, appuie dessus et les grilles s'écartent, aussi majestueuses, j'imagine, que celles du paradis.

Je remonte lentement l'allée pavée. Dans mon dos, le portail se referme sans un bruit. L'allée vire à gauche, vers l'imposant perron de la demeure. Sur la droite, un vaste garage séparé qui pourrait contenir cinq voitures. Ses portes ont coulissé en même temps que les grilles de l'entrée. À l'intérieur, trois véhicules : un 4 × 4, une limousine et une petite voiture de sport bleue. J'y gare la mienne et coupe le contact.

J'ai les bras et les jambes en coton. Mais je me félicite d'avoir ramené le bijou de Mme Winterhill sans le moindre accrochage. Ça devrait lui faire plaisir, non ?

Et maintenant, je fais quoi ? L'éventail des possibilités est plus étrange que large. Je compte sur la présence de Mme Winterhill chez elle pour m'éclairer, et me berce ainsi de l'espoir que tout rentre dans l'ordre et qu'on reparte de zéro sur de bonnes bases. Avec un peu de chances, la semaine de location passée ne sera pas perdue.

Dans le garage, une porte conduit à la maison. Je frappe. Pas de réponse. Il est déjà presque 1 heure du matin. Je m'arrête un instant sur le boîtier près de la porte, mais comment deviner le code ?

À l'autre bout du garage, une seconde porte donne sur l'extérieur. Sur les pavés, mes talons résonnent. Je marche en direction du perron, le long de parterres en fleurs, de pelouses verdoyantes, d'arbustes magnifiquement entretenus. Je n'ose même pas imaginer combien Winterhill dépense en arrosage chaque année.

En gravissant les deux longues marches dallées qui mènent à la grande porte d'entrée, j'active automatiquement la sonnette. À l'intérieur, le carillon résonne.

Il est suivi, une minute plus tard, de bruits de pas. La porte s'ouvre sur une Ender fluette, la mine endormie, emmitouflée dans sa robe de chambre. Elle se décale en grommelant pour me laisser passer.
— Vous vous êtes enfin décidée à rentrer !

6.

Ma gorge me semble soudain très sèche alors que je pénètre dans le vestibule surdimensionné de la résidence Winterhill. On se croirait dans un vieux film. Du mobilier d'époque, un plafond qui s'élève jusqu'au ciel avec, pour accéder à l'étage, un escalier en colimaçon absolument somptueux.

La domestique referme la porte avant de me décocher un regard noir.

Si elle attend que je fasse le premier pas, elle va attendre longtemps.

Elle finit par prendre la parole.

— Je suppose que vous vous êtes bien amusée, madame Winterhill ?

Elle resserre sa robe de chambre, manipulant sa ceinture telle une corde de potence.

Sa question anéantit tous mes espoirs de rencontrer la véritable Mme Winterhill. Et si je racontais la vérité à cette Ender peu commode ? Au mieux, je me fais jeter dehors, au pire, je suis reconduite immédiatement à la *Banque des Corps*. Ils me renverront sans aucun doute et je pourrai dire adieu à l'argent pour notre maison.

Inutile de prendre une décision précipitée. Je ne suis pas en état de toute manière ; j'ai d'abord besoin de dormir.

— Comme une folle, confirmé-je, affectant l'insouciance.

Elle s'attarde sur mon visage ou je deviens parano ?

— Vous avez encore oublié votre clé ?

Je réponds un vague oui de la tête.

— Elle doit bien être quelque part. Dans votre voiture peut-être ? Vous allez la retrouver, j'en suis persuadée. Vous voulez quelque chose ? propose-t-elle. J'ai préparé vos biscuits préférés.

Pour ma part, je souhaite limiter au maximum les échanges avec elle. J'ai le cerveau en compote à force d'avoir menti toute la soirée.

— Vous êtes sûrement très fatiguée vous aussi. Ne vous occupez pas de moi et retournez plutôt vous coucher.

— Entendu. Bonne nuit, madame Winterhill.

Elle s'éloigne en direction du couloir, sur la droite, mais s'interrompt dans sa lancée :

— Ah, j'ai failli oublier. Redmond a téléphoné.
— Merci.

Je la suis du regard jusqu'à sa chambre avant d'étudier le hall grandiose. Mon ancienne maison était déjà jolie ; un ranch abordable dans la Vallée. La demeure de Winterhill, en revanche, me laisse ébahie. Ici, on a l'impression de remonter le temps. Ou d'être dans un musée. Une table ancienne, en marbre, trône au centre du vestibule ; dessus, une immense composition de fleurs blanches aurait fait le bonheur absolu de ma mère. Leur parfum entêtant n'arrange rien à mon sentiment d'ivresse persistant.

Je lève les yeux sur l'escalier princier en acajou qui conduit au premier étage. La chambre de ma locataire doit s'y trouver. Une main posée sur la rampe si encaustiquée qu'elle glisse, je monte lentement les marches.

Sur le palier intermédiaire, je prends à gauche, dépassant divers portraits. Tous représentent la même femme, Mme Winterhill sans nul doute, à diverses époques de sa vie. Elle est très belle, avec des pommettes saillantes, un nez aquilin et des mâchoires sculptées. J'ai la sensation qu'elle me suit des yeux.

Au premier, des appliques murales éclairent faiblement le couloir. Je m'engage à droite. Plusieurs portes se succèdent de chaque côté, toutes fermées. D'autres personnes vivent-elles ici ? Je le saurai bien assez tôt.

Je pousse la première porte à droite et, d'une pression sur l'interrupteur, allume les lumières.

La pièce ressemble à une chambre d'amis ; aucun effet personnel en vue. Après avoir éteint, j'inspecte la suivante : une buanderie avec une machine à coudre. Je pénètre ensuite dans une chambre au décor d'adolescente. Peut-être que Mme Winterhill y dort lorsqu'elle joue les filles de seize ans ? À moins qu'une véritable Starter loge ici. Heureusement, la pièce est vide.

De l'autre côté du couloir, la première porte dont je tourne la poignée est fermée à clé. J'essaie la suivante. C'est la bonne : la grande chambre de Mme Winterhill. Disons plutôt, immense. Un lit en ébène à baldaquin en occupe le centre. Le bois des pieds de lit reproduit le mouvement d'une tresse. À chaque extrémité, ils se terminent en forme de serre agrippant un globe. Un ciel de lit doré recouvre le dessus, avec des plis parfaits au milieu. Aux quatre coins du couvre-lit rayé, dans des tons vert et or, pendent des glands d'embrasses à franges. Une montagne d'oreillers cache la tête de lit.

Mais le mieux, c'est qu'il n'y a pas de M. Winterhill étendu sur le matelas.

Ce lit a beau m'appeler, quelque chose attire d'abord mon attention, sur la gauche. Une pièce de mobilier d'époque ainsi qu'une méridienne forment un petit coin bureau. Sur ce dernier, j'ai repéré un coffret en bois marqueté. En l'ouvrant, je trouve un ordinateur.

Je m'empresse d'aller verrouiller la porte et, si tôt assise au bureau, je me déchausse. Un petit coup sur le voyant jaune de l'ordinateur et l'airécran se déploie.

Et si une panne d'électricité générale avait touché Beverly Hills ? Cela pourrait expliquer pourquoi j'ai perdu la connexion avec ma locataire. Je consulte les Pages.

Rien. Je poursuis mes recherches, mais en ressors bredouille.

Je tape alors le nom de mes parents, dans l'espoir qu'il reste encore des photos d'eux. Il y en a une, prise lors d'une soirée. Je l'examine en détail, mémorisant chaque trait de leurs visages.

Avachie sur la chaise, je sens mes paupières s'alourdir. Il est 2 heures du matin.

Près de l'ordinateur, un cadre holographique affiche une photo de Mme Winterhill. Son nom est gravé au bas : *Helena Winterhill*. Sa physionomie est identique à celle des tableaux, dans l'escalier, si ce n'est que cette image est plus récente. Malgré ses cent ans, l'Ender garde un très beau visage et respire autant la force que l'élégance.

— Helena Winterhill, où êtes-vous ?

Le cliché se contente de me renvoyer son sourire figé.

Debout, j'ôte ma robe de soirée, la pose sur une chaise et me glisse entre les draps frais. Ma dernière pensée va à Tyler et à Michael dans leur petite forteresse, profondément endormis.

Le lendemain, je rouvre les yeux sur le ciel de lit or. Les draps en satin me caressent le dos. Mon oreiller mérite la palme d'or du moelleux et les senteurs délicates de cèdre mêlées à celle de chèvrefeuille confèrent à la pièce une atmosphère apaisante. J'ai dormi en territoire princier, aucun doute là-dessus.

Je vais chercher le portable de ma locataire. Pas d'appel de la *Banque des Corps*. Penser que je pourrais, d'une manière ou d'une autre, résoudre ce mystère toute seule est peut-être trop optimiste…

9 heures du matin. Michael doit être en train de rapporter de l'eau pour que Tyler puisse se laver.

Dans la salle de bains d'Helena, la douche est constituée d'un vaste espace ouvert en marbre. En m'approchant, j'active le jet d'eau au plafond. Deux petites tablettes permettent de régler la température. Je remue la main devant la rouge pour réchauffer l'eau. Je retire mes sous-vêtements en soie et prend place sous le jet.

Une pointe de culpabilité me pique à l'idée de gaspiller autant d'eau. Elle se dissipe vite. Quel bonheur de fermer les paupières et de sentir l'eau couler sur ma tête ! Je me sens comme régénérée.

Je m'enveloppe dans une serviette en éponge épaisse et parfumée. Un tapis de bain duveteux me chatouille les orteils pendant que des souffleries d'air chaud me sèchent. En me baissant pour ramasser mon soutien-gorge, je me souviens du papier que m'a donné Michael. Je l'avais glissé dans le sous-vêtement.

Sauf que cela remonte à une semaine. J'ai changé de soutien-gorge depuis.

Angoissée, je décide d'inspecter la commode de la chambre. Je m'apprête à fouiller dans le premier tiroir lorsque j'aperçois une feuille sur le dessus.

Je la déplie. C'est un dessin. Un portrait de moi. Je n'ai pourtant pas souvenir d'avoir posé pour Michael. Il a dû croquer mon visage avant mon départ. Peu importe de quand il date, le dessin est magnifique. D'une beauté éthérée. Le croquis aspire moins à une représentation fidèle qu'à rendre ma personnalité. Michael est-il un artiste particulièrement doué ou bien est-ce dû au lien très fort entre nous ?

C'est l'intention qui compte. Son geste me touche. Je repose le papier sur la commode.

La chambre a deux penderies en bois foncé. Dans la première, je passe en revue la garde-robe de ma locataire : des ensembles, des tailleurs aux couleurs sombres, tous dans une taille dix fois trop grande pour moi. Dans le placard d'à côté, je trouve des trucs mettables. C'est la taille parfaite.

J'opte pour un jeans et un top en tricot. Ils me vont à merveille. Sur le haut de la commode, je ramasse un médaillon qui s'accorde bien avec ma tenue. Je dégage mes cheveux pour l'attacher à mon cou : ils sont encore mouillés. Je n'ai pas dû rester assez longtemps devant le sèche-cheveux. À l'arrière de mon crâne, je tâte l'incision faite pour implanter ma puce. Elle est ovale. Et toujours sensible.

Sur la commode se trouve également la montre que j'ai portée la veille. Je préfère ne pas penser à ce qu'elle a coûté. Assez pour nourrir une famille entière toute une année, probablement. Je la range dans un tiroir. Hors de question que je sois tenue pour responsable si elle est perdue ou volée.

J'ai pendu à un cintre la pochette de soirée que j'avais en boîte. Trop habillée. À la place, je déniche dans le placard une sacoche en cuir sympa. Elle fera parfaitement l'affaire. J'y transfère le permis de conduire et le portable de ma locataire. J'ai sorti la liasse de billets du portefeuille pour la feuilleter. Cet argent n'est pas vraiment le mien. Seulement, j'en ai besoin pour payer l'essence et m'acheter à manger, le temps d'éclaircir toute cette histoire.

Je décide aussi de tenir des comptes afin de rembourser Mme Winterhill grâce à l'argent que je toucherai en échange de mes locations. Après avoir compté les billets, je les glisse dans le sac à bandoulière.

Il reste une chose au fond de la pochette. La carte de Madison. Elle indique : Rhiannon Huffington. L'hologramme montre Madison telle qu'elle est en réalité – une femme potelée, dans les cent vingt-cinq ans, en caftan de soie, qui découvre deux larges rangées de dents impeccables. Son hologramme envoie un baiser volant malicieux et cligne d'un œil. C'est donc cette grosse dame qui se cachait à l'intérieur de Madison l'adolescente. Rhiannon a beau être écervelée, il faut reconnaître qu'elle sait s'amuser. J'ajoute sa carte au reste de mes affaires, dans le sac.

Je plie les vêtements que j'ai portés la veille et commence à retaper le lit. Mais là, je me rends compte que Mme Winterhill ne doit sûrement jamais faire sa chambre elle-même. Sa domestique est là pour ça. Je déborde à nouveau les draps. Je m'apprête à partir quand je me rappelle que j'ai oublié d'éteindre l'ordinateur.

Assise au bureau, je referme le coffret qui contient la machine. Peut-être que, dans ce meuble, je vais découvrir autre chose sur Mme Winterhill. Le tiroir, sur le côté, ne contient que des stylos et des carnets. Dans celui du milieu, toutefois, je trouve une boîte en argent au format carte de visite.

« Helena Winterhill » est imprimé sur les cartes ; la photo de l'hologramme, identique à celle sur le bureau. Je me sers et enfouis les quelques cartes dans mon sac à main.

Soudain le téléphone d'Helena vibre. Sur l'écran, je vois qu'elle a reçu un Zing et appuie sur l'icône : *Je sais ce que tu vas faire. NON. Ne fais pas ça. Surtout pas !*

Je me fige sur place. Qui est-ce ? Une amie d'Helena qui a compris sa petite excursion de locataire dans le corps d'une Starter ? Les Enders ont la critique facile.

Un nouveau coup de la voix ?

Je jette le portable dans mon sac. Autant filer d'ici, en évitant à tout prix de croiser la domestique. Je déverrouille la porte de la chambre et lance un regard furtif dans le couloir. Personne en vue, ni d'un côté ni de l'autre. La porte refermée derrière moi le plus discrètement possible, je descends l'escalier.

En tournant au niveau du palier intermédiaire, j'aperçois la domestique qui m'attend au bas des marches, un arrosoir à la main, et le dépose à terre, près de la table parée de fleurs.

— Bonjour, madame Winterhill.

Elle s'essuie avec son tablier. Dessous, elle porte une tenue sobre : pantalon noir et chemisier.

— Bonjour...

Je tente de deviner quelle pièce donne sur le garage. Difficile à dire avec certitude.

— Le petit déjeuner est prêt.

— Je n'ai pas faim. Je dois sortir.

— Pas faim ? s'exclame-t-elle avec un mouvement de recul, comme si ces mots n'avaient pu sortir de la bouche de sa maîtresse. Vous êtes souffrante ? Vous voulez que j'appelle le médecin ?

— Non, non. Je vais bien.

— Alors prenez au moins un café et un jus d'orange pour faire passer vos vitamines.

Elle pivote sur elle-même puis emprunte un couloir menant à une cuisine équipée ultramoderne. À l'instar des sanitaires, elle est en décalage temporel avec le reste de la maison. Pas un gadget ne manque.

L'odeur de cannelle sature l'air. J'ai un pincement au cœur en repensant aux brunches familiaux du dimanche. La domestique a dressé la table pour moi sur un large plan de travail central. Un énorme bol en argent regorge de fruits en tous genres, y compris mon préféré : la papaye. Je salive d'avance.

Je m'installe, ma serviette sur les genoux. Dos à moi, l'employée de maison s'affaire devant la cuisinière. D'un regard sur la droite, je repère un petit couloir qui débouche sur une porte. Le garage ? La femme s'approche, une poêle en main, pour me servir une tranche de pain perdu. J'en ai presque oublié le goût depuis le temps. Elle revient avec une saupoudreuse et l'asperge de sucre glace, exactement comme ma mère.

Je meurs de faim. J'ignore à quand remonte le dernier repas de Mme Winterhill, mais jurerais que c'était il y a plusieurs jours. La domestique a parlé de vitamines. Pourquoi ma locataire est-elle aussi encline à prendre soin d'un corps qui ne lui appartient pas ?

Tout est délicieux, propre et frais. Je me régale du nectar de fruits tropicaux et suis soulagée qu'il y ait également un pichet de jus d'orange sur la table : j'avais super soif. Je fixe la pyramide de fruits, rêvant d'en chiper deux ou trois pour Tyler et Michael.

Mon repas terminé, la femme m'apporte une petite coupelle avec plusieurs comprimés, de différentes couleurs. Je devine qu'il me faut tous les avaler.

— Vous devez prendre soin de ce corps, me conseille-t-elle. Même si ce n'est pas le vôtre.

J'approuve, la bouche pleine, avale une dernière gorgée de jus et repose ma serviette sur le comptoir avant de sortir de table.

— Merci. C'était succulent !

La femme me jette un regard étrange. J'ai dû dire quelque chose qu'il ne fallait pas. Déjà, elle brique l'évier. Je fais quelques pas vers la porte que j'ai repérée. Pourvu que ce soit la sortie.

La main sur la poignée, je tire et tombe sur le garde-manger.

— Vous cherchez quelque chose ? me demande, étonnée, l'employée de maison.

Un bref coup d'œil aux étagères et je pique une Maxitruffe.

— J'ai trouvé.

En revenant sur mes pas, je repère une autre porte au fond d'un petit hall latéral. Cette fois, c'est la bonne, me persuadé-je. Je suis sur le point de m'y engager lorsque la sonnette retentit.

La domestique s'empresse d'aller ouvrir. J'en profite pour regarder derrière la fameuse porte, et souris en découvrant la voiture de sport jaune et les autres véhicules.

J'entends soudain la femme m'appeler, et la vois débouler dans la cuisine en petites foulées.

— Qu'y a-t-il ?

— Un… garçon, chuchote-t-elle, le teint livide.

— Un garçon ?

La bouche couverte de sa main, elle confirme en secouant la tête. Son visage est déformé par un rictus disproportionné, digne de l'annonce d'une nouvelle catastrophe mondiale. Elle baisse enfin sa main ridée et tord nerveusement son tablier.

— Il dit que vous avez rendez-vous.

7.

Je me précipite dans le hall d'entrée, le cœur battant et la domestique sur les talons.
C'est le Starter de la boîte : Blake, en jeans et veste en cuir. Qu'est-ce qu'il fiche ici ?
— Salut, Callie.
— Blake...
Je me cramponne à la table en marbre. À la lumière du jour, ses yeux sont plus perçants encore.
— Tu te sens mieux ?
— Oui, merci.
Il est venu jusqu'ici pour savoir comment j'allais ?
— Comme je le disais à Eugenia, déclare-t-il en indiquant d'un coup de tête l'employée de maison dans mon dos, on devait se retrouver à midi. (Il plante ses yeux dans les miens.) Ne me dis pas que tu as oublié ?
Comment a-t-il fait pour me retrouver ? Je bafouille une excuse incohérente.

— Donc, tu as oublié, déplore-t-il avec un soupir.
Je considère un instant Eugenia, toujours aussi livide. Au moins, maintenant, je sais comment elle s'appelle.

— Vous pourriez... s'il vous plaît ?

Elle retourne dans la cuisine. Je fais face à Blake.

— À quel moment tu m'as demandé si on pouvait se revoir ? (Dans mon cerveau en ébullition, des images floues de la veille défilent.) Et quand est-ce que j'ai répondu oui ?

Il s'avance vers moi.

— Quand on était assis au bar, hier, au *Club Rune*. Tu ne te rappelles pas ? Tu n'arrivais pas à attirer l'attention du barman. J'ai commandé à ta place.

— Le bar ?

— On a discuté. On s'est bien marrés d'ailleurs. Tu m'as aussi raconté que tu aimais les chevaux.

J'étais au *Club Rune*, mais jamais je ne me suis assise au bar... Il a dû parler à Helena, avant que je reprenne possession de mon corps. Voilà pourquoi il connaît mon nom. Son regard intense me transperce. Je caresse la table en marbre ; elle est fraîche. Mais le parfum écœurant des fleurs gâche tout.

— Je n'étais pas dans mon assiette, hier.

Il baisse la tête pour pouvoir croiser à nouveau mon regard.

— On remet ça ?

Je suis à deux doigts de refuser sachant qu'en théorie, je *travaille*. Mais la *Banque des Corps* ne m'a pas encore contactée. Ils peuvent me localiser grâce à ma puce. Ou ils n'ont qu'à appeler chez Helena. Jusqu'à présent, je n'ai rien à me reprocher. J'attends juste qu'ils prennent contact avec moi.

Et, à en croire la mystérieuse voix, je ne suis pas vraiment censée retourner là-bas.

— Non.

Sur son visage, je peux lire : « Non, non ? Autrement dit, tire-toi, je ne veux plus jamais te voir ?... »

J'esquisse un sourire malicieux. Ça m'amuse de le taquiner.

— Non, pas besoin de remettre ça. Allons-y.

Je me persuade que j'ai accepté de sortir avec lui pour une simple et unique raison : qu'il me rende un immense service. C'est l'occasion rêvée de sympathiser avec un garçon de mon âge, ayant le permis, une voiture et la possibilité d'aller n'importe où. Qu'il joue les bienfaiteurs ! Ça profitera à Tyler et à Michael. Je patienterai jusqu'au moment opportun pour qu'il ne puisse refuser ma requête.

On quitte la demeure pour sa voiture, un modèle de course rouge, garée dans le tournant de l'allée. La peinture est métallisée, ses lignes fluides, sans fioritures. Il m'ouvre la portière avant d'aller s'asseoir au volant. Les ceintures nous attachent automatiquement.

Je remarque que le portail est resté ouvert. Depuis la nuit passée peut-être ?

Alors qu'on s'éloigne, j'aperçois Eugenia qui nous observe depuis la fenêtre du premier étage. Un masque désapprobateur lui colle au visage. Des fois que je n'aie pas bien compris le message, elle remue lentement la tête de gauche à droite, sinistre.

Alors que Blake franchit la grille pour s'engager dans la rue, un nœud se forme dans mon ventre. À quoi tu joues, Callie ?

— Ça va ? Tu es bien installée ? s'inquiète-t-il pour moi.

Je réponds par l'affirmative.

Je suis une imposteure. Blake est riche, je fais semblant de l'être dans mes vêtements signés de célèbres couturiers, d'habiter, soi-disant, une somptueuse demeure, avec une domestique. Je dois lui dire la vérité, je le sais ; ce que j'ignore, par contre, c'est la façon dont il la prendra. *Blake, tu ne devineras jamais : en réalité, je ne suis qu'une sale orpheline qui squatte les immeubles à l'abandon et fais les poubelles des restaurants pour ne pas mourir de faim. Je n'ai pas de maison, pas de vêtements, pas de famille. Rien. Pire, j'ai vendu mon corps à cette entreprise, là, tu as dû en entendre parler, la* Banque des Corps. *Il y a deux semaines, j'avais un tout autre look. Ils m'ont retouchée au laser, blanchie, récurée, et même épilée et polie. Techniquement, le corps que tu vois est la propriété d'une Ender du nom d'Helena Winterhill, parce qu'elle a payé pour. À l'heure qu'il est, tu pourrais sortir avec une centenaire sans même le savoir. À part ça, tu en penses quoi ?*

Je le scrute du coin de l'œil. Heureusement pour lui, il ne se doute de rien, mais conduit avec insouciance. Il surprend mon regard et me sourit avant de reporter son attention sur la route.

Le dos calé contre le dossier, je m'enivre de l'odeur de cuir neuf.

Cendrillon a-t-elle craché le morceau au prince, en plein bal, pendant qu'elle virevoltait dans sa magnifique robe ? A-t-elle, ne serait-ce qu'envisagé de lui dire : au fait, Prince, le carrosse n'est pas à moi, je ne suis qu'une sale petite bonniche en sursis ? Non. Elle a profité de sa soirée.

Puis elle s'est éclipsée, passé les douze coups de minuit.

En roulant, j'effectue quelques rapides calculs mentaux. J'avais treize ans au déclenchement de la guerre et je vis dans la rue depuis mes quinze ans. J'ai donc une parfaite excuse pour n'être encore jamais sortie avec un garçon avant. Le peu que je sais en la matière, je l'ai appris en regardant des films en compagnie de mon père cinéphile. On sortait au CompleXperience local voir des spectacles à la fois visuels, sonores et sensoriels. J'adorais les sièges : ils grondaient et bougeaient, entretenant l'illusion qu'on était dans le cockpit d'un vaisseau spatial, à bord d'un autre engin ou encore dans les airs, entourés de fées. J'étais tellement fan que je rêvais de rejoindre un jour l'équipe des créatifs d'eXperience.

Selon moi, quand on sort avec un garçon, deux options : la version comédie musicale où tout se déroule à la perfection et la version comédie pure, pleine d'acteurs ridicules. Quelle sera la programmation ?

Blake me conduit dans un ranch privé, sur les collines, au nord de Malibu. La seule fois où mon père nous a emmenés faire de l'équitation dans un manège ouvert au public n'est absolument pas comparable. J'avais trouvé les chevaux fatigués, ternes, et on avait majoritairement avancé au pas sur des passerelles en bois bordées d'arbustes rachitiques. À l'époque, je m'étais dit que c'était formidable. Je ne connaissais pas encore grand-chose à la vie. Blake et moi traversons au contraire des prairies luxuriantes sur de fougueux pur-sang arabes aux robes noisette lustrées. On trotte sur un sentier forestier où s'élèvent de grands pins, surplombant des ruisseaux bouillonnants. Nous sommes les deux seuls cavaliers et on ne croise personne. Blake monte mieux que moi mais il cale la cadence de son étalon sur celle du mien. Je ne veux pas dépasser le trot, de crainte de tomber et de me blesser.

Au bout de deux heures, Blake descend de sa monture.

— Tu as faim ? On déjeune ?

On est au milieu de nulle part.

— Oui. Mais je vois mal un fast-food avec drive-in se matérialiser sous nos yeux...

Il rit de ma blague.

— Suis-moi.

Il saisit les rênes de son cheval pour emprunter avec lui un tournant. Mon étalon et moi suivons. À l'ombre d'un grand chêne, une table est couverte de nourriture : assortiments de sandwichs, raisins, brochettes de fruits, brownies. En voyant l'expression sur mon visage, Blake éclate de rire avant de lancer avec sérieux et un haussement d'épaules :

— J'avais simplement commandé quelques bières et des chips !

Il m'aide à descendre. On noue les rênes à des branches. Des seaux d'eau et du foin attendaient les chevaux.

Blake sort son téléphone portable.

— Viens ici, dit-il, un petit rictus mystérieux sur les lèvres.

Je marque un temps d'hésitation avant de m'avancer. Il me fait pivoter pour que je regarde au loin. Ensuite, il passe un bras autour de mon cou et m'attire contre lui. Sa peau est chaude à cause du soleil. Il sent le citron vert et la crème solaire. Je m'agrippe à son bras des deux mains. Il est musclé. De sa main libre, il tient son téléphone, l'objectif de l'appareil photo vers nous.

— Souvenir, commente-t-il.

Clic.

Sans même un coup d'œil à l'écran, il enfouit l'appareil dans sa poche.

— Je meurs de faim, pas toi ? lance-t-il.

On s'attable et on remplit nos assiettes. Par terre est posé un panier de pique-nique.

— À qui doit-on ce festin ? l'interrogé-je entre deux bouchées.

— Aux fées.

Il me propose un soda.

— C'est un peuple très créatif. Elles ont même pensé au bouquet de fleurs.

Je touche le vase de mini orchidées. Blake en sort une pour me l'offrir. J'admire la fleur : ses pétales jaunes avec des taches violet foncé rappellent la fourrure d'un léopard.

— Je n'ai jamais vu une orchidée avec des pétales pareils, apprécié-je en effleurant le bout de mon nez avec la fleur.

— Je sais. Elles sont rares. Comme toi.

Je rougis et fais mine d'être absorbée par une tâche compliquée : l'ingestion de mon soda.

— Parle-moi de toi, Callie Woodland, mystérieuse créature. Comment se fait-il qu'on ne se soit pas rencontrés plus tôt ?

— Si je te le dis, ce ne sera plus un mystère.

— Quel est ton dessert préféré ? Ne réfléchis pas. Il faut que ce soit spontané.

— Le cheese-cake.

— Ta fleur préférée ?

— Celle-ci.

La tige tournoie dans ma main.

— Le film que tu as préféré cette année ?

— Impossible de choisir ; il y en a tellement.

Je ne veux pas avouer n'en avoir vu aucun.

— Ton animal préféré ?

— La baleine.

— Ouah ! Tu as dégainé plus vite que ton ombre sur ce coup-là.

Il secoue la tête et on explose tous les deux de rire.

— À ton tour, proposé-je.

— Couleur : bleu ; le truc que je préfère manger : les chips ; l'instrument que je préfère : la guitare. (Il débite ces réponses dans un seul élan.) Cause dont je me sens le plus proche : les espèces en voie de disparition.

— C'est une bonne cause. On peut la partager ?

Les yeux plissés, il fait mine de réfléchir sérieusement à la question.

— OK.

On reste assis au soleil un bon moment, à discuter. Je pourrais demeurer ici, avec lui, pour toujours. Mais je commence à avoir froid et me frotte les bras.

— On y va ? suggère-t-il.

J'acquiesce et me mets à débarrasser.

— Pas la peine. (Il me retient d'une main.) Quelqu'un va s'en charger.

— Qui ? Les fées ? Ce n'est pas très gentil de les forcer à travailler si dur, tu ne crois pas ? Elles risquent d'abîmer leurs petites mains fragiles.
— Elles aiment ça. Et ce qui leur plaît encore plus, c'est leur salaire féerique.
— Tu es propriétaire de ce ranch, n'est-ce pas ?

Ses lèvres se crispent dans une petite moue craquante. On dirait qu'il est gêné d'afficher son rang social.

— Il appartient à ma grand-mère.

Mais je décèle autre chose. De la tristesse. Le ranch a dû appartenir à ses parents.

— Alors laissons la magie des fées opérer, dis-je.

On détache nos montures pour chevaucher dans le soleil couchant, face aux montagnes. C'est la première fois depuis longtemps que je peux me laisser aller à une journée de détente, sans me soucier de trouver un moyen de survivre jusqu'au lendemain. J'ai mal au cœur à l'idée qu'elle se termine. Comme s'il lisait dans mes pensées, Blake s'interrompt et on admire le coucher de soleil, côte à côte, sur nos étalons.

— Tu as passé un bon moment ? s'inquiète-t-il.

Je dois me faire violence pour ne pas carrément l'encenser.

— Pas mal.

Je lui lance un regard en coin taquin auquel il répond par un sourire. Il soutient ensuite mon regard avec une intensité croissante. Sa joue est rougie par les reflets du soleil. Je sens une chaleur invisible transiter de lui à moi. Dans un univers de dessin animé ou de jeu vidéo, des cœurs rose bonbon auraient défilé sur l'écran entre nous, juste là.

Mais je me ressaisis en vitesse, coupable vis-à-vis de Michael, même si on ne sort pas officiellement ensemble. N'empêche, il y a quelque chose entre nous. Et puis, ce n'est pas la seule raison : tout cela ne mène nulle part. Nulle part.

J'inspire à pleins poumons. Me donne une gifle mentale. Et décide d'arrêter de tout analyser pour profiter du peu de temps qu'il me reste avec Blake. Derrière la crête des montagnes, le dernier ruban de soleil vient de disparaître.

Dans la voiture, je réfléchis au moyen de lui demander mon service. Sauf qu'il veut faire un arrêt chez son arrière-grand-mère. Elle a besoin d'un coup de main avec son airécran.

Son aïeule habite un grand immeuble résidentiel à Westwood. Dans l'ascenseur, Blake me raconte qu'elle se prénomme Marion, mais qu'il l'a surnommée Nani. Elle déteste parler de son âge, il lui en donne deux cents environ.

Lorsqu'elle nous accueille sur le pas de la porte, elle ne ressemble pas du tout à ce que j'avais imaginé. Ses cheveux ne sont ni gris ni blancs comme neige, mais plutôt blonds blancs. Gracile, elle est vêtue d'un pull en cachemire gris. La plus grande surprise, cependant, c'est qu'elle porte ses rides avec fierté sans recours à la chirurgie esthétique ou aux innombrables traitements disponibles sur le marché.

Nani ne lâche pas ma main, le temps de m'accompagner à ma chaise. Elle sent la lavande.

— Blakey, je n'arrive plus à allumer l'écran. (Elle s'assoit sur la causeuse près de ma chaise.) Il m'avait prévenue qu'il serait peut-être accompagné. Je suis ravie de vous rencontrer, ajoute-t-elle à mon intention.

Blake s'installe aux côtés de Marion avec l'écran plat. Elle lui tapote la main.

— C'est un bon garçon. Un très bon garçon. Je ne crois pas un traître mot de tout ce qu'on entend de nos jours à propos des jeunes. Vous savez, ceux qui n'ont pas de foyer confortable comme vous deux. Soi-disant qu'ils ne font que se battre, voler et vandaliser les biens publics. Je ne peux pas le croire. Ce sont des rumeurs. Et je refuse cette proposition de les interner de force. C'est une aberration. Comment seront-ils censés s'intégrer à la société si on les en exclut ?

Elle ne croit pas si bien dire. Seulement, je me contente d'un hochement de tête approbateur.

Marion se penche vers Blake et montre du doigt le moniteur.

— Ça fonctionne ? Tu as déjà fini ?

— Il y avait un faux contact.

— Vous avez rencontré mon fils ? Le grand-père de Blake ?

Marion indique un tableau, au mur. Je réponds non de la tête.

— Il est sénateur, vous savez.

— Ah oui ?

J'observe le portrait de l'Ender à la mine grave.

— Tu lui ressembles, dis-je à Blake.

— Vous trouvez ? Moi aussi, intervient Marion.

— Nani...

— J'ai tout de même le droit d'être fière de mon fils ! Et de mon arrière-petit-fils. (Elle lui pince la joue.) Qui est si gentil avec moi. Il m'appelle tout le temps. Il vient aussitôt que j'ai besoin de lui. Tous les arrière-grands-parents ne peuvent pas en dire autant.

Il rougit. Trop mignon.

En redescendant, dans l'ascenseur, j'envie encore plus la vie de Blake.

— Tu ne m'avais pas dit que ton grand-père est sénateur.

Il enfonce ses poings dans ses poches et joue des épaules.

— Maintenant tu sais.

Autant de modestie me plaît.

— Ton arrière-grand-mère est super, commenté-je en désignant le sommet de l'immeuble.

— On n'en fait plus des comme elle. Si seulement ma grand-mère pouvait prendre exemple sur elle...

Au rez-de-chaussée, on sort du bâtiment et Blake donne son reçu au voiturier.

— Elle ne voit pas les choses comme Marion ?

— Pas franchement. Du moment qu'elle peut aller dévaliser *Tiffany's,* tout est pour le mieux dans le meilleur des mondes. Et toi, Callie ? Elle est comment ta grand-mère ?

Je contemple mes pieds en attendant la voiture.

— Un peu comme la tienne.

— Dommage.

J'évite délibérément les questions sur son grand-père. Le fait qu'il soit un sénateur célèbre semble mettre Blake mal à l'aise. Son nom me dit pourtant quelque chose, mais c'est difficile de suivre la politique quand on vit dans la rue...

À notre retour à Bel-Air, la nuit est tombée. Blake se gare devant le portail de la demeure de ma locataire. Il éteint le moteur. Lentement, les lumières de l'habitacle se tamisent, leur teinte dorée est chaude.

— J'ai vraiment passé une super journée, finit-il par me confier.

— Moi aussi.

Le moment est venu de lui demander de m'aider. Je ne sais pas par où commencer. Du coup, je déballe tout en une fois.

— Blake, j'aurais besoin que tu me rendes un service.

Il m'examine une seconde.

— Vas-y. Ce que tu veux.

— Tu aurais une feuille ? Et un crayon ?

Dans la boîte à gants, il prend un stylo et un bloc-notes. Je dessine le plan de mémoire du mieux que je peux.

— J'ai besoin que tu ailles là-bas.

Je pointe du doigt l'immeuble. Il étudie mon schéma de près.

— C'est quel genre d'endroit ?

— Un bâtiment administratif désaffecté.

— Tu plaisantes ?

— S'il te plaît. J'ai un ami... Il a des ennuis. Et besoin de cet argent. (Je lui montre les billets.) Une fois sur place, gare-toi dans la rue d'à côté. Si tu repères qui que ce soit, tu ne sors pas. Dès que la voie est libre, tu entres par cette porte et tu montes directement au premier étage. Quand tu y seras, crie ce nom – Michael – et dis-lui que Callie a un message pour lui. Attends qu'il vienne à toi ; n'entre dans aucune pièce.

Je tends la liasse mais Blake ne bouge pas.

— Tu n'es pas sérieuse, là ?

Il laisse échapper un rire nerveux.

— Je suis tout à fait sérieuse.

Il me rappelle Michael. Il faut croire qu'il n'y a que les têtes de mule qui m'attirent. J'enfonce l'argent dans le creux de sa paume. En vain.

— Quand il sortira, tu pourras lui donner les billets. Dis-lui que c'est de ma part. Demande-lui si tout le monde va bien, il comprendra. S'il refuse l'argent, appelle-moi : je lui parlerai.

— Tu n'as pas envie de m'accompagner ?

—Je ne demande pas mieux. (Je veux tellement revoir Tyler.) Seulement, je ne peux pas.

Pas sans que les employés de la *Banque des Corps* sachent que je suis allée là-bas.

— Ça paraît louche, ton histoire, Callie...

— On fait plus sûr comme endroit, c'est clair. Alors ne traîne pas !

Il saisit finalement les billets sans conviction.

—Je rentre, je sors, compte sur moi.

— Merci, Blake. Pour tout ça.

— Hé ! Pour toi... (Il plonge son regard dans le mien.) Je ferais n'importe quoi.

Je lui dois une fière chandelle. Moi, j'ai l'habitude des endroits qui craignent mais lui, pas. Les autres verront au premier coup d'œil qu'il n'est pas des leurs. Mais je reste persuadée qu'il est assez intelligent pour s'en sortir. Avec cet argent, Michael pourra ainsi acheter des fruits et des vitamines pour Tyler.

— Merci aussi de ne pas poser de questions, Blake.

Je quitte la voiture ; avant que j'aie le temps de refermer la portière, il se penche de mon côté.

—Je ne te garantis pas que je n'en poserai pas à l'avenir.

Je lui adresse un sourire. C'est bon d'entendre le mot « avenir ». Mais je change aussitôt d'avis, me sentant coupable vis-à-vis du pauvre Blake. Comment pourrait-il savoir que nous n'avons pas d'avenir, lui le prince et moi la clocharde ? Ces états d'âme, brusquement, sont balayés quand la réalité me frappe de plein fouet.

Mes mains sont devenues glacées.

Engourdies.

Je suis prise d'un terrible vertige, comme si on m'avait fait tourner sur moi-même dix fois de suite. Et comme Alice poursuivant le Lapin Blanc, je tombe dans un long tunnel noir.

8.

En revenant à moi, je découvre que je tiens dans mes mains un pistolet.

Mais... pourquoi ?! Ai-je eu besoin de me défendre ?

Une goutte de sueur perle sur mon front. Mon cœur martèle avec une force telle que je jurerais qu'il bat derrière mes oreilles. Qui peut bien me poursuivre ? Je serre la crosse de l'arme à deux mains, un doigt sur la détente. Mon souffle saccadé résonne dans ma tête. Je semble prête à tirer.

Sauf qu'il n'y a personne. Pas de cible.

Je suis seule, debout, au milieu d'une pièce inconnue, vaste et luxueuse. On dirait un musée. Je reconnais l'endroit tout à coup.

La chambre d'Helena.

Que s'est-il passé ?

Par vagues, des flashes me reviennent enfin en mémoire. Visages, voitures, sourires déferlent tel un saumon qui bondirait en eau vive. Dès que je tente de me concentrer sur l'un d'eux en particulier, il disparaît aussitôt.

Je baisse les yeux sur le pistolet. Un Glock 17. J'en ai déjà utilisé un avant, mais celui-ci a subi des modifications.

On lui a rajouté un silencieux.

Je vérifie s'il est chargé. Non. Je le pose avec précaution sur le haut de la commode. Au même moment, une douleur fulgurante se déclenche en moi. Une tension si puissante, de mon cou à mon front, que j'ai l'impression que ma tête va imploser. Je me recroqueville sur moi-même.

Je me presse les tempes pour tenter de stopper la douleur. Sans succès. Tombée à genoux, je me balance maintenant d'avant en arrière. Peu à peu, l'élancement s'estompe et j'en déduis que la crise est passée quand – *baam !* – il reprend de plus belle.

Après ce qui me paraît une éternité, la douleur mystérieuse, enfin, s'évanouit. Je patiente, au cas où cette nouvelle rémission serait de courte durée, mais heureusement, ce n'est pas le cas. À croire que quelqu'un a actionné un bouton « arrêt » quelque part. Couchée sur le sol, pliée en deux, j'ai les mains moites et le corps en sueur.

Le calme de la pièce m'oppresse. Mes nerfs sont à vif.

Après m'être relevée lentement, je prends appui contre la commode. Mon cerveau bouillonne de questions. Que fabriquait Helena avec un Glock dans sa chambre ? Voulait-elle se protéger ? C'est une arme tellement plus lourde et plus grande que le traditionnel revolver court qu'on cache dans sa table de chevet. Elle doit être difficile à manier pour une Ender. Et pourquoi avoir ajouté un silencieux ? Tout cela n'augure rien de bon.

L'une des penderies d'Helena est ouverte. Béant, un étui gît sur la moquette, juste devant moi. Je m'approche. Mes soupçons se confirment : il s'agit bien de celui d'un pistolet. Je m'agenouille pour placer l'arme dans la forme en creux vide : elle rentre à la perfection dans la mousse.

Dans le placard, la moquette a été décollée, révélant une cachette sous le plancher dont la taille suffit à contenir l'étui. Je referme ce dernier et le replace dans la trappe avant de repositionner la moquette.

Aussitôt l'arme hors de ma vue, je me sens déjà mieux.

J'essaie encore de remettre de l'ordre dans mes idées. Qu'étais-je en train de faire au moment où j'ai perdu connaissance ?

Blake... Je lui disais bonsoir. Lui ai confié l'argent pour Tyler et Michael. Suis sortie de sa voiture. Il était tard... À présent, les rayons du soleil filtrent par les fenêtres. L'horloge indique 15 heures.

Où est passé le sac en cuir ? Après un demi-tour, je le vois, posé sur le bureau. Je consulte la date sur le portable.

Le jour d'après. Autrement dit, je suis restée inconsciente dix-huit heures. Puis, je suis revenue à moi, sans savoir comment. Pour la même raison que j'ai repris connaissance en boîte, probablement.

Les questions continuent à fuser dans mon esprit. Quelqu'un contrôle-t-il tout cela ou est-ce un pur hasard ? Ma puce fonctionne peut-être mal ? Les autres donneurs ont-ils rencontré les mêmes problèmes ou bien suis-je un cas isolé ?

Les locations, « aussi faciles que de dormir » ? Je ne le leur fais pas dire !

Je présume que ma locataire a repris le contrôle de mon corps : Helena cache déjà une arme dans sa chambre. J'en ai la preuve avec le compartiment secret. Et, en revenant à moi, je me suis retrouvée dans sa chambre à coucher, un pistolet en main. Si ma théorie est exacte, cela signifie qu'Helena a réussi à s'emparer à nouveau de mon corps après mon au revoir à Blake. Lui a-t-elle parlé ? S'est-elle au contraire contentée de rentrer chez elle ? S'est-elle entretenue avec Eugenia ?

Que faire ? Ou pas ? L'incertitude m'angoisse terriblement. Et ne pas savoir où mon corps est allé me plonge dans une torpeur encore plus effroyable.

Et mon frère ? Blake a-t-il pu lui transmettre les billets ? Je décide de lui envoyer un Zing. Pas de réponse.

Un pistolet. Et pas n'importe lequel. Un Glock muni d'un silencieux. Rien à voir avec un simple entraînement au tir ! Tout cela dépasse de loin ce à quoi je me suis engagée en échange de cet argent.

Je dois retourner chez Prime Destinations.

Dans le garage, je contourne le vaisseau spatial d'Helena pour aller jusqu'à la petite voiture de sport bleue, tout au fond. Elle sera beaucoup moins voyante que la jaune. À l'intérieur, un mini extraterrestre en peluche vert pend au rétroviseur. Pas franchement le style d'Helena. Je parie qu'il s'agit de la voiture de sa petite-fille.

La clé est accrochée au mur, avec un porte-clé. Le même extraterrestre, mais plus petit. Je monte dans le véhicule et allume le GPS. La voix, féminine cette fois, est celle d'un personnage de vieux dessin animé.

— Veuillez définir l'adresse d'arrivée, demande le système de navigation de sa voix enjouée.

— Prime Destinations, Beverly Hills.

Quelques secondes s'écoulent avant qu'elle déclare :

— Adresse inconnue.

Évidemment. Les locaux de la *Banque des Corps* ne doivent pas être répertoriés.

— Nouvelle adresse, annoncé-je pour activer la commande manuelle.

Je commence à taper leur adresse lorsque la voix dans ma tête refait son entrée.

Callie... Non... N'y va pas... Pas chez Prime. C'est dangereux... Tu entends ? Tu ne peux pas y retourner... C'est trop dangereux...

La chair de poule recouvre aussitôt mes bras. La voix a bien dit : « trop dangereux ». Et elle est cohérente quand elle refuse catégoriquement que je remette les pieds chez Prime Destinations.

— Pourquoi ? Je voudrais comprendre.

La voix se tait.

— Qui est là ? Helena, c'est vous ?

Silence.

D'abord, des mises en garde. Et puis une arme, avec laquelle je me réveille. Même si je sais m'en servir, ce n'est pas rassurant. J'ai soudain un terrible pressentiment sur ce qui m'attend à la *Banque des Corps*. J'éteins le moteur et rentre en vitesse dans la maison.

Je rallume l'ordinateur d'Helena pour essayer d'en savoir un peu plus sur elle. Si ma locataire est aux commandes chaque fois que je perds connaissance, autant que je fasse ma petite enquête. Pour quelle raison cache-t-elle un pistolet dans sa chambre ? Peut-être qu'on lui veut du mal ? Si oui, alors je suis dans le même bateau...

Combien de ses amis sont au courant qu'elle loue un corps ? À part la personne qui a envoyé le Zing et, de toute évidence, désapprouve. À supposer qu'il s'agisse d'un proche.

Je fouille dans les fichiers informatiques d'Helena. Plus de cent années de souvenirs compilées, de documents de travail, de lettres, de photos. Je passe tout au crible et apprend ainsi que son fils et sa belle-fille ont été tués durant la guerre comme la plupart des gens de leur génération. Ils avaient une fille de mon âge : Emma. La petite-fille d'Helena.

Je consulte CamPages. On peut y créer son profil pour publier des trucs en ligne. Les narcissiques y font en *live* le récit détaillé de leurs journées en ajoutant parfois des hologrammes. Les plus accros ne se déconnectent jamais.

Mais Helena n'a pas de profil. Cela n'a rien d'étonnant : bon nombre d'Enders les effacent, après cent ans. Ils se disent sûrement qu'ils ont passé l'âge pour ce genre de bêtise.

En revanche, le plus surprenant est que le profil d'Emma n'apparaît nulle part. J'entre son nom dans un moteur de recherche et trouve sa nécrologie. Datée de deux mois, elle ne mentionne pas les causes du décès.

Je me souviens tout à coup de la chambre d'ado que j'ai découverte en arrivant ici et pars y jeter un coup d'œil.

Dans la pièce sans vie, le soleil perce des voilages blancs d'apparence fragile, figés dans l'air immobile et le temps. Une sensation de tristesse m'envahit aussitôt. L'endroit ressemble davantage à un musée commémoratif qu'à une chambre à coucher. Un mouvement attire alors mon attention, sur le côté, près de la table de nuit. Un cadre laisse défiler en boucle des hologrammes, bien que personne n'en profite.

Je m'installe sur le bord du lit pour mieux voir. J'ai mal au cœur en repensant à notre propre cadre, perdu à jamais. L'inscription, au bas de celui-ci, dit « Emma ». Elle a les traits de sa grand-mère, même mâchoire carrée bien dessinée, même air décidé. Elle dégage cette confiance, cette insouciance propres aux filles riches. Sa beauté semble plus réelle que la mienne car elle est imparfaite, avec son teint éclatant et son nez aquilin mais un rien trop long. Les images témoignent fièrement d'une enfance dorée, à l'abri du besoin, de cours de tennis aux premières à l'opéra, en passant par des vacances en Grèce où on la voit enlacer ses parents.

Je balaie sa chambre du regard. Helena a tout gardé intact. J'aurais réagi pareil avec mes parents, si j'avais eu la chance de rester dans leur maison.

Il manque par contre quelque chose. Son ordinateur.

Je vais fureter dans le placard à la recherche de secrets dissimulés. En général, c'est la cachette idéale. Sur une étagère, en hauteur, des boîtes à chapeaux et de rangement sont empilées. J'approche une chaise pour mieux voir.

Je ne laisse rien de côté et après avoir vérifié tout le contenu de la penderie, j'inspecte sous le lit, puis dans chacun des tiroirs. Au final, le bilan est pourtant nul. Assise à son bureau, le menton appuyé sur ma main, je pose mon regard sur un objet que j'ai omis d'inspecter : la boîte à bijoux. Je ne m'attends pas à y trouver d'indice, mais c'est la dernière chose, avec sa trousse à maquillage, que je n'ai pas fouillée.

À l'intérieur, des bijoux en or, en argent, ainsi qu'un mélange de parures en pierres précieuses ou fantaisie, typiques d'une richissime fille de seize ans. Et aussi, un bijou tout à fait inattendu dans pareil endroit : un bracelet à charms.

Pas n'importe lequel : un bracelet en argent paré de petites breloques sur le thème du sport. Raquette de tennis numérique, airskis, patins à glace... En touchant ces derniers, je vois apparaître l'hologramme des patins en mouvement que je connais.

Je compare ce bracelet et celui, à mon poignet, que Doris m'a donné à la *Banque des Corps*.

Ils sont en tous points identiques.

Pourquoi Emma en avait-elle un ? Une seule réponse possible. Mon sang bouillonne à cette idée.

Pour vivre dans un tel palais, Emma devait être incroyablement riche et pouvait avoir tout ce qu'elle voulait. Alors pourquoi vendre son corps à la Banque ?

Ce soir-là, j'arrive au *Club Rune* dans la petite voiture de sport bleue d'Emma. J'ai enfilé une robe très courte portant la griffe d'un célèbre styliste trouvée dans son placard. Mes accessoires – talons hauts, colliers et sac de grand couturier – lui appartiennent aussi. Je me suis coiffée comme elle, d'après les photos : la nuque dégagée, les cheveux attachés grâce à une de ses pinces serties de diamants. De face, personne ne serait dupe, mais dans la pénombre d'une boîte de nuit, de dos qui plus est, ça vaut le coup d'essayer. J'arriverai peut-être à tirer les vers du nez de quelqu'un qui l'a côtoyée.

Il est encore tôt et le niveau sonore, modéré à cette heure, ne gêne pas les conversations. Ce soir, plus sûre de moi, je suis entrée sans me presser, laissant le temps à mes yeux de s'habituer à la pénombre. J'essaie tant bien que mal d'imiter la démarche de Madison quand je traverse la salle en examinant toutes les personnes que je croise pour leur faire passer mentalement son « test du locataire ».

Je jette un œil en direction du bar astrotech : tous les tabourets sont pris. Même chose pour les chaises antigravité dans le lounge. Je m'adosse alors à une colonne en miroir pendant un moment jusqu'à ce qu'une Starter vienne m'aborder. L'heure du test de Madison a sonné. La fille est sublime : longue chevelure auburn, yeux verts, teint de porcelaine qui semble irradier sous l'effet d'une lumière mystérieuse. Une locataire, aucun doute.

— Eh bien. Sacrée plastique ! s'exclame-t-elle en me toisant.

— Merci. Elle me plaît bien à moi aussi.

Elle se penche vers moi et baisse d'un ton.

— Salut, Helena. Devine qui je suis ?

Ensuite, elle me montre son téléphone. Des cœurs au sommet de l'écran clignotent avec, en dessous, le prénom de ma locataire.

— On n'échappe pas à mon Sync, lâche la fille, fière d'elle.

À mon tour, je sors mon portable. Des cœurs clignotent aussi, au-dessus du prénom « Lauren ».

— C'était toi, le Zing, l'autre jour ?

— Évidemment. Qui d'autre ? rétorque-t-elle, agacée.

Cette Ender n'est donc pas seulement une amie proche d'Helena, c'est peut-être également la seule personne qui sait qu'elle loue un corps, hormis son employée de maison. Je trouve quand même assez étrange que Lauren ait essayé de dissuader Helena de louer un corps, alors qu'elle en fait autant.

— Ma décision est déjà prise, répliqué-je sans entrer dans les détails. Tu me connais.

— Plus têtue qu'une mule !

Un compliment s'impose.

— Tu es superbe, Lauren ; tu as bien choisi.

— Comment peux-tu dire ça ? (Elle plaque une main sur sa joue parfaite.) Pourvu que le Ciel ne nous tombe pas sur la tête. Je me sens affreuse ! Me servir du corps de cette pauvre enfant de cette façon.

Elle baisse les yeux sur sa poitrine empruntée. Ses mèches auburn miroitent à la lumière des néons du bar.

— Mais comme tu le dis toujours, quitte à persécuter des milliers d'adolescents miséreux, autant en sacrifier quelques-uns nous-mêmes pour arrêter le carnage.

Apparemment, Helena a un plan et Lauren est dans le secret.

— Quelle mémoire, Lauren ! Tu m'étonneras toujours.

— Ne m'appelle pas comme ça ! (Elle s'avance, tout près.) Ici, c'est Reece, insiste-t-elle de ses yeux écarquillés. Bon, fini les bavardages : on va se faire remarquer. (Elle jette des regards nerveux autour d'elle.) Tu n'as pas encore commis d'imprudence, je l'aurais déjà lu en ligne...

— En effet.

— Alors continue comme ça. (Elle me pince le bras.) Je t'en supplie. On est d'accord sur le fond. Quant à la forme... Je pense qu'elle envenimera les choses, ni plus, ni moins.

La question « QUEL EST MON PLAN ? » me brûle les lèvres.

Finalement, elle me lâche et scrute les lieux.

— Allez, je file. J'ai une piste.

Je la retiens d'une main sur l'épaule.

— On peut se voir demain ? Dans un endroit plus tranquille ?

Lauren recule d'un pas et ma main reste suspendue en l'air.

— À une condition. Que tu écoutes la voix de la raison.

— Je pourrais bien te surprendre.

Et me surprendre moi-même.

Elle penche la tête de côté, visiblement intriguée. Après un nouveau pas vers l'arrière, elle s'arrête et m'examine des pieds à la tête.

— C'est à Emma, cette robe, non ?

Étant donné qu'à ses yeux, je suis la grand-mère d'Emma, ce détail doit en effet paraître d'extrême mauvais goût. Impossible, toutefois, de mentir.

— Oui.

— Et son collier ?

— Ses chaussures aussi.

Mes boyaux se tordent. Je ne peux surtout pas la perdre ! J'ai besoin d'elle pour comprendre ce qui m'arrive.

— Je me suis dit que ce serait un moyen de les attirer...

— Bien pensé, Helena.

Elle me laisse seule parmi la foule. Un rapide regard autour de moi : Blake est-il là ? Tous les tabourets de bar sont encore occupés, mais il reste un siège dans le lounge – le dernier de quatre fauteuils rembourrés disposés en cercle autour d'une table basse. Deux garçons et une fille sont assis sur les trois autres. Celle-ci, constatant que je les observe avec insistance, me fait signe d'approcher.

— Cette place est libre ?

La fille retire son sac de la chaise et la tape du plat de la main comme si elle flattait un caniche.

Je me joins à eux parce que ce sont clairement des locataires. Et même une belle brochette de fashionistas. Le premier Starter, brun, en veste et pantalon allumette, rivalise de beauté avec le second, un Asiatique au regard de braise, habillé en cuir noir. La fille a la peau ébène, luisante et lisse, et les cheveux longs, complètement défrisés. Pas un défaut sur leur corps ni sur leur visage. Peut-être pourront-ils m'apprendre quelque chose au sujet d'Emma ? Seulement, il va falloir que je redouble de prudence pour ne pas me trahir.

— Tu veux boire quelque chose ? me propose le garçon en costume.

Avec son accent chantant et ses iris gris-bleu, il me rappelle les stars de vieilles comédies musicales de Bollywood.

— Non merci.

Je m'efforce de paraître plus que mon âge et sophistiquée.

— Moi, c'est Raj. En tout cas, quand je viens ici.

Il adresse un regard en coin à son copain et, ensemble, ils éclatent de rire. Puis, avec leur copine, ils me considèrent sans mot dire, dans l'attente, vraisemblablement, que je me présente.

— Appelez-moi Callie. (Je lève les yeux au plafond.) Je n'arrive toujours pas à m'habituer à ce prénom.

— Ni moi à cet accent, reconnaît Raj en indiquant sa gorge.

Entre son copain et lui, les rires redoublent.

La fille se prénomme Briona. Elle a tout l'air d'un mannequin et ses bras et ses jambes interminables resplendissent sous la poudre de paillettes. L'Asiatique aux pommettes saillantes s'appelle Lee. Je dois m'infliger des piqûres mentales de rappel pour ne pas oublier que ce sont en réalité trois vieux Enders dégoûtants.

— C'est ta première fois, Callie ? lance Raj de but en blanc.

— Ça se voit tant que ça ?

Ils gloussent à l'unisson.

— On n'avait encore jamais vu ce corps, explique Briona. Il est joli d'ailleurs.

— Super joli, oui, approuve Lee.

— Comment ça se passe pour l'instant ? demande Raj.

— Bien, dis-je avec un haussement d'épaules.

— Qu'est-ce que tu as fait de beau ? reprend-il, un sourire suffisant aux lèvres. À moins que ça ne soit ta première nuit ?

— Pas grand-chose. De l'équitation...

Ensemble, ils sourient.

— Sympa. Où ? creuse Lee.

— Dans un ranch. Privé.

— Chez un locataire ? me presse Raj.
— Non.
Ils échangent soudain des regards soucieux.
— Un authentique adolescent ? insiste Raj.
— Il y a un problème ? lancé-je face à leurs mines inquiètes.
— C'est juste que... Disons que ce genre d'activité n'est pas très bien vu, précise Raj.
Briona pose une main sur mon bras.
— Laisse tomber. Tu as payé pour prendre du bon temps. On l'a tous largement mérité, non ?
— À ce propos, si on le fumait ce joint et qu'on allait un peu s'éclater ! propose Lee, penché par-dessus la table, un sourire malicieux aux coins des lèvres.
Raj vide sa bouteille d'eau et la repose avec force.
— Excellente idée.
On se lève dans un même élan. Briona glisse son bras sous le mien.
— Viens. On va papoter. J'adore aider les débutantes. Tu fais du crochet ? Du tricot ?
C'est peut-être lié à mon sentiment de m'incruster dans leur bande, mais je n'arrive pas à me défaire de la désagréable impression qu'ils savent quelque chose de plus que moi.
Avec un peu de chance et de temps, ils finiront par me mettre au parfum.

Dans la décapotable de Lee, mes cheveux battent au vent. Les filles sont à l'arrière, les garçons devant.

— Où va-t-on ? demandé-je.
— Va savoir, répond Briona. Un endroit probablement dangereux où faire les imbéciles.
— Et c'est parti pour une petite virée illicite ! s'exclame Lee, très excité.
— C'est une voiture volée ? m'inquiété-je.
Raj se retient de ricaner.
— Je voulais parler d'une autre sorte de virée...
Lee navigue d'une route à l'autre en toute décontraction.
— On y est presque.
Après un virage en épingle, on arrive devant un chenal surmonté d'un pont. Plusieurs voitures sont garées sur place. J'aperçois une silhouette qui s'élance dans le vide.
— Les voilà ! s'écrit Lee, le bras tendu.
— Ah non. (Raj désapprouve de la tête.) Jamais de la vie !
— Quelle vie ? La tienne ou la sienne ?
Lee ponctue sa blague sur le corps du Starter d'un petit coup dans le ventre de Raj. Tous deux pouffent de rire.
— C'est ça, votre plan ? leur lancé-je, ulcérée.
— Cela n'a rien de drôle, les gars, intervient Briona.
— Ce n'est pas censé être drôle, c'est censé être l'éclate ! rectifie Lee.
En quelques instants, on rejoint les autres voitures sur le pont. Les garçons bondissent de la décapo-

table pour se mêler à la foule de curieux au-dessus du chenal. J'empoigne Briona.

— C'est quoi, ça ?

— Saut collectif à l'élastique. Des crétins se jettent d'un pont et la seule chose qui les empêche de se transformer en crêpe ratatinée, c'est une mince sangle synthétique. Il paraît qu'elle s'adapte automatiquement au poids et à la vitesse des corps. Enfin, il paraît...

— Vachement rassurant.

— Au pire, ce ne sont pas *nos* corps.

On s'accroche à la rambarde qui nous protège d'une chute fatale dans le gouffre. Le vent ébouriffe nos cheveux tandis qu'on observe un type se jeter par-dessus bord, tête la première. Je pousse un petit cri d'effroi et ferme les yeux.

— Non, regarde, m'enjoint Briona qui ne rate rien de la scène en bas.

Le mec est passé à un cheveu de mordre littéralement la poussière, mais sa sangle l'a retenu au dernier moment. Il remonte dans un rebond à la distance idéale pour que les garçons, sur le pont, l'attrapent.

À quelques mètres de nous, Raj et Lee se disputent contre le garde-fou.

— Briona. J'ai une question à te poser.

— Vas-y, chérie, je t'en prie.

— As-tu déjà rencontré une locataire du nom d'Emma ?

Briona me fixe un long moment. Elle cherche peut-être dans ses souvenirs.

— Grande, blonde, bouclée, plutôt stylée, précisé-je.

— Ça ne me dit rien. Tu as quelque chose à lui reprocher ?

— Non, je voudrais juste parler à quelqu'un qui la connaît.

— Désolée. À force de louer, on a du mal à distinguer les donneurs entre eux.

— Et les garçons ?

— Ça m'étonnerait. Ils font de l'esbroufe en apparence, mais en réalité ils ne louent pas depuis longtemps. (Elle leur lance un regard. Lee est sur le point de sauter.) Pince-moi, je rêve !

Une seconde après, le corps de Lee se fond en une tache noire dessinant un arc de cercle au ralenti.

Adieu clauses du contrat, assurance et garanties.

9.

Rescapé de son terrible saut de l'ange, Lee nous ramène sans un mot au *Club Rune*. Raj reste dans la voiture pendant que le moteur continue à tourner. Briona sort pour me dire au revoir. Je lisse mes cheveux encore emmêlés par le vent.

— Promis, on reste en contact. D'accord, Callie ? Un truc me dit qu'on va bien s'entendre, toi et moi. Tu joues au bridge ? Mais qu'est-ce que je raconte, moi, avec mes occupations de vieille fille ?... Oublie ce que je viens de dire ! On pourrait aller faire les boutiques. Ou danser. Ou patiner.

Elle m'étreint un long moment. J'ouvre ensuite mon portefeuille pour lui donner une carte. Sauf que, surprise, je découvre une liasse de billets. J'ai pourtant vidé mon porte-monnaie la veille, afin que Blake donne tout à Michael.

— Qu'est-ce que tu cherches ?
— Ma carte de visite.
— Pas la peine. Il n'y a que les vieux Enders qui font ça, réplique-t-elle avec un clin d'œil.

C'est la première fois que j'entends un Ender parler des siens sur ce ton. D'un autre côté, elle est en mode ado et prend son rôle très au sérieux.

— On n'a qu'à échanger nos numéros, dit-elle en cherchant son téléphone. Et si jamais tu veux t'amuser un peu...

— Voire beaucoup, la coupe Lee, une main impatiente sur le dossier en cuir.

— ... appelle-moi, termine Briona. Quand tu veux. J'aimerais vraiment qu'on reste en contact. J'ai l'impression qu'on est de vieilles amies, toi et moi.

Sur l'adjectif, au moins, elle ne se trompe pas.

Pressée par les garçons, elle remonte en voiture à contrecœur et agite en partant sa ravissante main couverte de bijoux.

Personnellement, je n'ai la tête qu'à une question : que fout tout cet argent dans mon sac ? Une fois enfermée dans ma voiture, je profite de la proximité rassurante du voiturier pour compter les billets... et retombe sur la somme exacte que j'ai remise à Blake.

Le lendemain matin, je gare la voiture d'Helena à quelques rues de chez elle. Je téléphone alors à Blake mais tombe sur sa messagerie.

« Salut, c'est Blake. Vous connaissez la chanson. »
— Blake. C'est Callie. Tu peux m'appeler, s'il te plaît ?

Aussitôt raccroché, je regrette de ne pas avoir parlé davantage. Mais je ne vais sûrement pas le rappeler. Lui ne m'a pas téléphoné depuis notre premier rendez-vous.

D'ailleurs, sans cette histoire avec mon frère, je ne l'aurais même pas rappelé du tout.

Je retrouve Lauren à un restaurant thaï de son choix, dans la Vallée. Il est niché au fond d'un petit centre commercial saturé d'enseignes au néon. Pas le genre de lieu de prédilection pour une Ender aussi aisée que Lauren. Mais je devine qu'elle l'a sélectionné car le risque de tomber sur une connaissance y est vraiment minime. Non pas qu'on puisse nous identifier, mais il vaut mieux que les murs n'aient pas d'oreilles.

On s'installe sur une banquette, à l'arrière de la salle. La serveuse qui nous apporte de l'eau nous dévisage sans aucune discrétion. Les Enders sur le marché du travail ne soupçonnent pas l'existence de la *Banque des Corps*. Ils ne peuvent pas deviner que sous la jeune et pulpeuse « Reece » se cache en réalité Lauren la centenaire, ni que mon physique à tomber par terre n'est pas le fruit du hasard mais d'une technologie de pointe. Dans leur monde, tous ces concepts n'existent pas. Pour leur part, ils se contentent du bonheur d'avoir un emploi qui leur permette de subsister jusqu'à leur grand âge. Le fait que les Enders, grâce à leur espérance de vie rallongée, soient revenus travailler après la Guerre des Spores a d'ailleurs facilité la phase de transition chaotique.

Notre commande passée, Lauren inspecte les alentours. Sa chevelure rousse brillante se balance au rythme de ses coups de tête en tous sens. Les clients les plus proches sont attablés à deux banquettes de nous et la musique d'ambiance thaïe masque les conversations. Lauren a l'air rassurée : personne ne nous entendra parler.

— Helena, tu as toujours l'intention de mettre ton plan à exécution ?

Elle a insisté sur ce dernier mot et soutient maintenant mon regard avec insistance. Je bois une gorgée d'eau en réfléchissant à une réplique qui ne me trahisse pas. Je me décide pour :

— Je n'en sais rien.

Elle se redresse, les pupilles pétillantes. Mes paroles lui ont visiblement redonné de l'espoir.

— Tu as tort. Et tu sais que j'ai raison, Helena.

— C'est possible, oui.

— Évidemment. (Elle baisse d'un ton.) Il n'y a rien qui justifie que l'on tue quelqu'un...

Que l'on tue quelqu'un ?

Ses mots me font l'effet d'un coup de poing en pleine figure. Accoudée au bord de la table, je couvre mon visage de mes mains, le temps de masquer ma surprise par une fausse colère.

Il faut à tout prix que j'en sache plus. Mais sans lui poser de question directe. Je me mords la joue en ruminant. Quand, tout à coup, je me rappelle ce que Lauren a évoqué hier.

— Sacrifier ces ados me semble tout aussi injuste, tu ne crois pas ?

— Évidemment. Tous les jours, je me réveille en pensant à mon Kevin. Avec le décès de ma fille et de mon gendre, je n'ai plus que lui.

— Pareil pour moi, Lauren.

— Mais toi, tu as abandonné. Personnellement, j'ai encore l'espoir que mon petit-fils soit en vie, quelque part. C'est la différence majeure entre nous.

Si seulement elle savait…

C'est bizarre d'entendre un discours si posé sortir de la bouche d'une adolescente qui semble faire la moue.

— Je trouve ce casse-tête éreintant… Toujours chercher des gens qui auraient croisé Kevin, glaner des informations, petit bout par petit bout.

— Tu as trouvé quelque chose hier ?

Elle secoue la tête.

— Fausse piste. Ils ne le connaissaient même pas de vue.

Nos plats arrivent, mais ni l'une ni l'autre n'y prêtons grande attention.

— C'était un beau garçon. (Son regard se perd dans son assiette de pad thaï.) Il n'avait pas besoin de ce relooking.

Plusieurs scénarios possibles se bousculent dans ma tête alors que je tente de maîtriser ce jeu de devinettes. Lauren plaque brusquement sa main sur sa bouche.

— Oh, Helena ! Je te prie de m'excuser. Tu sais bien que je ne sous-entendais nullement qu'Emma avait besoin de...

Il manque encore des pièces à mon puzzle, mais je commence un peu à piger.

— Emma n'a jamais été d'une beauté classique, me risqué-je.

— Jusqu'à son relooking, complète Lauren tout bas.

Est-ce la raison qui l'aurait poussée à louer son corps ? Une opération de chirurgie esthétique ?

— J'imagine qu'elle en avait vraiment envie.

Lauren me donne une tape affectueuse sur le revers de la main.

— Ce n'est pas de ta faute. Combien de fois nos petits-enfants ont-ils réclamé des choses qu'on a dû leur refuser ? Idem pour nos enfants. En tant que tuteurs, on doit savoir dire non.

J'appuie mon menton sur ma main, acquiesçant d'un faible signe de la tête. Avec un peu de chance, elle va m'en dire plus.

— On a toutes les deux cru bien faire, poursuit-elle, concentrée. Chirurgie esthétique à base de titane, remodelage au laser ? À *seize* ans ? Nous n'allions tout de même pas dire amen, si ?

— Emma est parvenue à ses fins quand même.

— Kevin aussi. (Elle retire sa main de la mienne et se renfonce dans son siège.) Si on m'avait dit que les garçons étaient aussi vaniteux que les filles...

Ses épaules se soulèvent à ce commentaire.

Je me suis donc trompée. Emma et Kevin avaient beau vivre dans le luxe, ils n'avaient pas tout ce qu'ils voulaient. La perfection physique, voilà ce qui leur manquait. Et dans leur cas, seule la *Banque des Corps* pouvait exaucer leur rêve.

— Elle leur a probablement menti.

— Bien sûr. Les équipes de Prime Destinations auraient refusé s'ils avaient su que nos petits-enfants avaient encore des grands-parents en vie. Ce qu'ils recherchent, ce sont les jeunes sans attaches, sans rien à traîner derrière eux, et surtout pas de familles qui s'inquiètent en ne voyant pas leurs enfants rentrer à la maison. Ils ont relâché certains Starters pour recruter d'autres donneurs, mais nos petits-enfants ne faisaient pas partie de ce groupe, malheureusement.

Je jurerais pouvoir deviner l'âge de Lauren au fond de ces pupilles lasses.

Le puzzle se reconstitue peu à peu. Des gosses de riches ont menti à la *Banque des Corps* afin qu'on les prenne pour des orphelins démunis. Ils se fichaient de l'argent. Tout ce qu'ils voulaient, c'étaient les retouches esthétiques que leurs grands-parents leur refusaient. Seulement après, ils ne sont jamais revenus.

— Lauren...

— Essaie de m'appeler Reece, tu veux bien ? lâche-t-elle, limite désagréable.

— Reece, au sujet du meurtre : je suis inquiète. (Je baisse les yeux. Inutile de continuer à simuler un accès de colère.) J'y ai beaucoup réfléchi... et je crois que c'est une erreur.

— Vraiment ?

— Reste que chez Prime Destinations... (il faut que je la fasse avouer qui j'avais l'intention de tuer – certainement quelqu'un à la *Banque des Corps*)... ils sont coupables, d'après moi...

— Oh là, tu n'es pas la seule à penser cela.

— Oui, toi, moi...

Volontairement, je ne termine pas ma phrase dans l'espoir qu'elle prenne le relais.

— ... les Coleman, les Messian, les Post. (Elle compte sur ses doigts.) Les autres grands-parents qu'on a trouvés jugent Prime Destinations responsable, mais personne encore n'a parlé d'abattre quelqu'un.

C'est mon tour de jeter des regards nerveux autour de moi. Deux tables plus loin, je surprends la serveuse à nous fixer.

— Ne t'inquiète pas, je sais tenir ma langue, termine Lauren. Je n'en ai parlé à personne. Pour le moment.

— Le patron de Prime Destinations...

Ça doit être lui.

— Tu ne vas pas remettre ça, Helena ! Le Vieux est introuvable, tu le sais.

— Grand. Il porte un chapeau. Et un long manteau…

— Oui, c'est le signalement qu'on a aussi, mais je ne l'ai jamais vu.

Moi si. La fois où il se disputait avec Tinnenbaum dans leurs bureaux de la *Banque des Corps.* Lauren semble pourtant persuadée que ce n'est pas la cible de ma locataire. Si le P-DG de Prime n'est pas l'homme qu'Helena envisageait de supprimer, alors qui ?

Lauren se penche soudain vers moi, les yeux dans les yeux.

— Allez, dis-moi : qui est-ce ? Qui comptes-tu abattre ?

Elle n'en sait pas plus que moi.

— Je ne peux pas le dire, avoué-je en détournant le regard.

Là-dessus, au moins, on ne pourra pas m'accuser de mentir.

— Ta cible ne sera pas la seule victime, Helena. Cette malheureuse dont tu loues le superbe corps plein de vitalité ? (Lauren s'approche pour donner une pichenette à mes cheveux.) Tu signeras aussi son arrêt de mort.

Un ange passe.

Moi, c'est donc moi que j'ai également l'intention de tuer. Enfin… mon corps. Mais les mots ne sortent pas. La forte odeur de citronnelle mélangée à la sauce de poisson me file la nausée. Je me réfugie dans la contemplation de mon bol de curry jaune. Le premier plat, en un an, que je suis incapable d'avaler.

Quel meilleur moyen de se couper l'appétit que de découvrir que votre locataire est un assassin ? Et que vous y passerez vraisemblablement vous aussi.

Je fonce sur l'autoroute à la vitesse maximale autorisée, histoire d'éviter les marshals. Helena ne projetait donc pas de kitesurfer ou de sauter d'un pont, elle voulait se servir de moi pour éliminer quelqu'un sans avoir à se salir les mains. Pour tuer, puis se faire tuer. Cela explique qu'elle ait voulu à tout prix le corps d'une fille sachant tirer à la carabine...

Mon téléphone clignote. Blake m'a Zinguée au restaurant. Son message disait : « Il n'y a plus rien à dire, si ? »

Bizarre. J'appuie sur une commande du tableau de bord afin que la voiture compose automatiquement son numéro.

— Blake, rendez-vous au Beverly Glen Park dans trente minutes. Je t'expliquerai sur place.

Il rétorque sur un ton sec :

— Trente minutes !

Je traverse le parc devant les Enders étendus sur des chaises de jardin ou se dorant au soleil sur des transats. Sur des balançoires, deux d'entre eux se balancent doucement. Depuis la guerre, on voit rarement des enfants dehors. Et nombreux sont les Enders sans petits-enfants qui préfèrent rester à distance des gamins, peut-être parce qu'ils ont perdu les leurs. Les gens sont aussi paranos : vaccinés ou pas, ils ont une peur bleue des spores résiduelles encore présentes dans l'air.

Un vigile armé, des lunettes de soleil sur le nez et mains sur les hanches, monte la garde. La vue de son pistolet me crispe ; il me fait penser au Glock. Un couple d'Enders, leurs cheveux blancs à hauteur d'épaules, se dispute sous un arbre. Plusieurs fois de suite, la femme frappe de son index la poitrine de l'homme.

Cette scène me fait repenser à mes parents, il y a un an et demi. C'était l'été. Tyler et moi venions de finir de dîner et on regardait la R-TV. L'annonce du déclenchement de la guerre tombait juste. Le présentateur, la mine grave, racontait que, conformément aux rumeurs, les combats avaient empiré à cause des missiles spores à tête chercheuse. Les frappes étaient concentrées dans la région nord-ouest du pays. Je me suis ruée dans la cuisine pour tout rapporter à mes parents, mais, visiblement, ils semblaient déjà au courant. Je me suis figée net à la porte car ils se chamaillaient. Ma mère était debout, près de l'évier, un torchon à la main.

— Pourquoi tu ne peux pas te le procurer ? Avec tous tes contacts au gouvernement ?

Mon père s'est frotté le visage.

— Tu sais pourquoi : le protocole.
— On a besoin de ce vaccin, Ray ! Pour notre famille. Nos enfants.
Il s'est accoudé au plan de travail.
— Ces mesures protocolaires ont été établies pour la protection de tout le monde.
— Les célébrités se font vacciner. Les politiciens...
— Ce n'est pas une excuse, chérie
Ma mère a violemment claqué le torchon sur le comptoir, faisant sursauter mon père.
— Tu sous-entends qu'il vaut mieux abandonner nos enfants, les condamner à devenir orphelins, sans personne pour les protéger de la famine, des meurtriers, voire pire ?
Elle ponctuait chacun de ses arguments de petits coups dans le torse de mon père. Des larmes de colère mouillaient ses joues. Mon père l'a attrapée par les épaules pour l'immobiliser le temps qu'elle se calme. Ensuite, il l'a attirée tendrement contre lui. Elle s'est blottie, la tête posée sur son épaule. C'est à ce moment-là qu'elle m'a vue.
La terreur se lisait dans ses yeux.
Je chasse vite le souvenir pénible de son visage et scrute le parc à la recherche du couple d'Enders. Ils s'éloignent, main dans la main.
Où est Blake ? Au bout de quelques minutes, je finis par le repérer assis sur une table de pique-nique en béton et vais m'installer près de lui sans un mot.

À l'instar du vigile, il porte des verres teintés – un rempart qui s'élève désormais entre nous.

— Quoi de neuf ? me lance-t-il d'une voix frigorifique.

— Tu es allé voir mon copain ?

Je suis gênée de lui parler de Michael mais je n'ai pas le choix.

— Non, répond-il sur un ton exaspéré. Tu m'as dit toi-même de ne pas y aller.

Mon sang se glace.

— Moi ?

— Ouais. Tu as oublié ? Quand tu m'as demandé, furax, de te rendre ton argent ?

C'est ce que je craignais. Helena.

— Qu'est-ce que je t'ai dit d'autre ?

Il secoue la tête, incrédule.

— On ne va pas recommencer ! Tu le sais parfaitement.

— Eh bien, non. Ça va te paraître bizarre, mais j'ai besoin que tu me répètes ce que je t'ai dit, s'il te plaît.

Il fourre les poings dans ses poches.

— De ne pas t'appeler, ni de te Zinguer. Que tu ne voulais plus me revoir.

Les yeux au ciel, je pousse un profond soupir. Les paroles d'Helena…

— Blake, je suis vraiment désolée. (Je lui touche le bras ; il est chaud.) C'est une erreur. Je te le jure.

— Je croyais… je pensais pourtant qu'on avait passé un bon moment ensemble.

Il est blessé ; ça se voit dans ses yeux. Il n'a pas répondu à ma caresse mais il ne se dégage pas non plus.

— J'ai passé aussi une merveilleuse journée. (Ça me fait mal de l'avouer.) L'une des plus belles de ma vie.

Il regarde les Enders se balancer.

— Alors pourquoi... ?

— J'étais à côté de mes pompes. Ça arrive parfois, non ?

Je plonge la main dans mon sac pour en sortir les billets avant de poursuivre.

— Tu n'as jamais pensé, après une sale journée : ah ! si seulement je pouvais tout effacer et recommencer à zéro ? Allez, Blake, j'ai droit à une seconde chance, s'il te plaît ?

Je lui tends l'argent. Il hésite.

— Tu es certaine que tu veux que je le donne à ton copain cette fois ?

— Sûre et certaine.

— Et tu ne veux vraiment pas t'en charger ? Ou que je t'accompagne ?

Et que la *Banque des Corps* me voie aller là-bas ? Pas franchement, non.

— J'aimerais vraiment, mais c'est juste impossible. Et mon ami en a besoin tout de suite. (Je touche sa chemise avec les billets.) S'il te plaît, Blake.

Il finit par prendre la liasse et la serre dans son poing. Il croise alors enfin mon regard.

— D'accord. Les sales journées, je sais ce que c'est.

10.

Je m'éloigne après un demi-tour si brusque qu'il fait tournoyer l'extraterrestre d'Emma pendu au rétroviseur. Je réfléchis à mes options. Sans ce besoin pressant d'argent, je serais tentée de tout plaquer. Seulement, ma situation est plus compliquée. J'ai une neuropuce dans le crâne : je ne peux pas échapper à la *Banque des Corps*. Si j'y retourne, quel est le pourcentage de chances que ma parole l'emporte sur celle de ma locataire fortunée ? Je vois très bien le tableau : je me perds dans des explications, je m'énerve et je me retrouve enfermée à l'hôpital psychiatrique. Dans la rue, j'ai appris à prendre les problèmes comme ils viennent. Ici, je n'ai qu'à faire pareil.

De retour à Bel-Air, je gare la voiture et me faufile dans la luxueuse villa en évitant Eugenia. Une fois dans la chambre de ma locataire, je verrouille la porte à double tour. Et file droit sur la penderie dont je soulève la moquette afin de regarder dans la cachette. Je sors l'étui. Le Glock est toujours à sa place.

Comment faire pour m'en débarrasser ? J'aimerais bien pouvoir garder une arme sur moi, mais c'est impossible. Je dois veiller à ce qu'Helena ne l'ait pas lorsqu'elle se reglissera dans ma peau. Or cacher le pistolet quelque part dans l'immense demeure ne suffira pas : Eugenia risque de le trouver et d'en parler à sa patronne. Elle essaiera peut-être de se procurer une autre arme. Quoi qu'il en soit, cela la retardera, et c'est toujours ça de gagné pour empêcher qu'un meurtre ne soit commis. Ma locataire devra attendre la période de sécurité d'une semaine – une nouvelle loi sur l'achat d'armes depuis la guerre – ou perdre du temps et de l'argent en achetant un autre pistolet au marché noir. Pas trop le style d'Helena selon moi, même si elle doit être une femme pleine de surprises.

Où les gens vont-ils alors pour jeter leurs armes ? La côte, ravagée par la guerre, est interdite au public. Et si je donne le Glock à quelqu'un, on va me poser des questions auxquelles je n'ai pas les réponses. Ce serait super de pouvoir le confier à Michael, mais je me vois mal demander un service pareil à Blake. En outre, je ne veux pas qu'Helena puisse remonter sa trace quand elle aura réintégré mon corps.

Dans la salle de bains, je verse du démaquillant sur une serviette avec laquelle je frotte le pistolet et son silencieux pour effacer toute empreinte ou trace d'ADN. J'ai vu ça dans les films. Ensuite, je les range dans leur étui que je glisse dans un sac en papier *Bloomingdale's* trouvé dans le placard d'Helena.

Puis je roule jusqu'au parking d'un mégamarché. Un vigile armé fait sa ronde devant l'entrée principale. Je longe les places de parking trop proches de lui et opte pour un emplacement un peu plus éloigné. Le sac en papier à la main, je le replie pour le fermer. Ensuite, j'affecte un air décontracté avant de descendre de voiture.

Une Ender en train de manger de l'airyaourt sur un banc me dévisage au moment où je passe devant elle.

Je repère deux énormes poubelles et soulève discrètement le couvercle de celle de droite. Il est plus lourd que ce que je pensais. Je dois m'y prendre à deux mains ; le sac m'échappe et tombe par terre.

L'étui est à moitié sorti.

Je le ramasse en vitesse, rouvre la poubelle et le jette au fond. Le bruit, amplifié par les parois métalliques, me fait sursauter. La poubelle vient juste d'être vidée. Pas de bol !

Je me dirige vers ma voiture en forçant le pas, sous le regard soupçonneux de l'Ender. Qu'on soit riches ou pas, nous, les Starters, on est toujours coupables à leurs yeux. Soudain la femme se lève et fait signe au vigile, parti entre-temps de l'autre côté du bâtiment.

Quand enfin ils se rejoignent, je viens de quitter le parking.

La question du pistolet enfin réglée, je peux désormais concentrer mon énergie à découvrir qui Helena a l'intention d'assassiner. Je me gare devant une épicerie de quartier pour écumer la mémoire de son portable. Aucun indice du côté de ses z-mails : ni allusion étrange, ni référence à sa cible. Son agenda est rempli jusqu'au jour où elle s'est rendue à la *Banque des Corps*. À la date du transfert, elle a noté Prime, ainsi que d'autres infos.

Je n'ai pas le temps d'aller plus loin, coupée dans mon élan par des bruits. En levant le nez, j'aperçois une bande de perdus. Ils s'élancent déjà vers ma voiture en criant. Par chance, je ne conduis pas une décapotable cette fois. J'enfonce la pédale de l'accélérateur et m'enfuis dans un crissement de pneus. À part me lancer des cailloux ridicules, ils ne peuvent plus m'atteindre.

Contente de moi, je souris, alors qu'il y a moins d'une semaine encore, j'aurais été terrifiée. Dans la vie, tout est affaire de perspective. Et découvrir qu'on risque de tuer quelqu'un remet drôlement les choses à leur place.

À une dizaine de rues de là, je profite du feu rouge pour consulter à nouveau l'agenda d'Helena. À la date du 19 novembre, « 20 heures » est entouré. Après ça, toutes les dates sont vierges.

Le jour de l'assassinat.

Si mon raisonnement s'avère juste, il me reste donc trois jours pour résoudre cette énigme. Un peu moins, en réalité. J'ai la réponse aux questions « quoi ? » et « quand ? ». Il me reste à découvrir « qui » et « où ». Ainsi qu'un moyen de déjouer les plans d'Helena.

Le feu passe au vert. Je rejoins l'autoroute et n'hésite pas à vivement accélérer – une marque d'assurance pour les Enders. Les mains agrippées au volant, je me place vite sur la dernière voie, réservée aux véhicules les plus rapides. J'ai des fourmis dans les doigts. Et j'ai beau les remuer, ça ne passe pas.

Soudain, je suis prise d'un vertige.

Oh, non !

Je reconnais les signes avant-coureurs : je ne vais pas tarder à m'évanouir.

Le compteur indique cent dix kilomètres à l'heure...

En revenant à moi, je souffre d'un mal de tête lancinant, mais sans comparaison avec la redoutable migraine dont j'ai souffert la première fois. Je m'adosse au mur en marbre noir du hall d'un immeuble de bureaux, décoré de moulures. Je ne reconnais pas l'endroit.

À l'extrémité du vestibule, un vigile regarde une course automobile sur un airécran, derrière son comptoir d'accueil. Les couleurs se reflètent sur son visage impassible.

L'horloge approche des quatre heures et demie. Je porte les mêmes habits. On est donc le même jour, une heure plus tard seulement.

Dans mon sac, mon portable sonne. L'intitulé « MÉMO » s'affiche. J'appuie sur le bouton d'envoi et écoute la voix de robot me lire le message.

— Vous avez un nouveau mémo. En provenance de : vous-même. Heure de rappel : 4 h 30.

La voix qui suit n'est pas la mienne. C'est celle d'une Ender.

« Callie ? Helena Winterhill à l'appareil. Ta locataire. »

J'étouffe aussitôt un hoquet de surprise. Je la reconnais : c'est la voix dans ma tête ! Je hausse le volume.

« Je ne sais pas par où commencer. Au moins, j'ai une idée du temps qu'il me reste avant de regagner mon propre corps. Comme tu as dû t'en apercevoir, nous sommes parfois déconnectées. Il y a un grain de sable dans l'engrenage. J'espère que le problème sera bientôt résolu. En attendant, ne contacte surtout pas Prime Destinations. Sous aucun prétexte. J'espère que c'est clair. »

La main plaquée sur mon autre oreille pour ne rien rater du message, je crois déceler, au-delà du ton autoritaire, une pointe de nervosité.

« Tant que j'y suis, je te demanderais de ne plus porter les vêtements de ma petite-fille. (Sa voix se brise.) Ça m'a fendu le cœur lorsqu'en revenant brusquement dans ton corps, je me suis aperçue que tu les avais mis… Mais ce n'est pas la raison de ce message. Je veux te garantir que si tu continues à honorer les termes de notre contrat, quoi qu'il arrive, tu recevras un bonus à la fin. Un très gros bonus. À condition, évidemment, que tu coopères à 100 %. »

Le message se termine sur ces mots.

Je n'en reviens pas. Helena ne se doute pas un instant que je suis au courant de ses projets d'assassinat. Il est vrai que ses connaissances sont limitées à ses brefs passages dans mon corps. Elle ne sait rien de ma conversation avec Lauren par exemple.

Elle a mentionné « un très gros bonus ». Sauf que je vais sûrement terminer mon contrat de location avec une balle dans la tête. Facile de promettre le jackpot à une fille sur l'échafaud.

Étant donné que je suis restée inconsciente une petite heure, Helena n'a pas dû avoir le temps de rentrer chez elle. Elle ignore que je me suis débarrassée de son arme. Excellent ! Le mauvais point : je reste prisonnière de ses machinations.

Je relève la tête ; le garde est maintenant en train de me dévisager. Je suis plantée au milieu de ce hall depuis trop longtemps. Je lui tourne le dos pour consulter mon répertoire. Les roulettes de sa chaise couinent lorsqu'il se lève.

Qui Helena est-elle venue voir ici ? Elle s'apprêtait à rejoindre l'accueil car je faisais face au vigile quand j'ai réintégré mon corps.

J'inspecte la liste alphabétique du répertoire : des avocats, pour la plupart, quelques comptables. À un tiers de la liste environ, un nom sort du lot.

Sénateur Clifford C. Harrison.

Le grand-père de Blake.

11.

Les yeux rivés à la colonne de noms, j'entends le garde approcher. Helena connaît-elle le grand-père de Blake ? Trop gros pour une simple coïncidence. Blake ne doit pas être au courant ; il m'en aurait parlé. Dans le cas contraire, il aurait précisé que son grand-père connaissait ma soi-disant grand-mère... Enfin, je suppose.

— Je peux vous aider, mademoiselle ? me demande l'Ender.

À son ton, je comprends qu'il est sur le point de me jeter dehors. Un furtif examen du reste du répertoire : rien de particulier.

— C'est à vous que je parle. Oui, vous, la mineure !

Dernier avertissement avant qu'il alerte les forces de l'ordre. Je pivote face à lui et m'efforce de lui sourire.

— Je vais au quinzième. Le bureau du sénateur Harrison.

— Vous avez rendez-vous ?

— Non, je dois juste parler à son assistante.

Je ne sais pas si c'est le ton de défi dans ma voix ou la magie liée au relooking de Prime Destinations, mais le type acquiesce de la tête sans broncher. Ensuite, il pointe du doigt une tablette électronique intégrée au comptoir de la réception.

— Signez ici. Et laissez votre empreinte de pouce à côté.

Je m'exécute. La sonnerie de l'ascenseur retentit lorsque ses portes s'ouvrent. En quelques secondes, il m'emmène jusqu'au quinzième étage. J'espère bien découvrir quel est le rapport entre ma locataire et le grand-père de Blake. Il y a quelque chose de louche d'après moi.

En sortant sur le palier, je tombe sur des doubles portes dont l'inscription, en lettres de métal découpées au laser, annonce : « Bureau du District, Sénateur Harrison. »

À l'intérieur, le réceptionniste m'accueille avec un sourire exagéré et condescendant.

— Le sénateur Harrison est-il là, s'il vous plaît ?

— Désolé, mademoiselle, il est à une levée de fonds. Je peux vous aider ?

Un bref examen des locaux révèle un couloir menant à plusieurs bureaux. Je parie que celui d'Harrison est le dernier.

— Quand sera-t-il de retour ?

— Il ne reçoit ses administrés que sur rendez-vous... Vous n'êtes pas un peu jeune pour voter ? lâche l'Ender en me toisant.

Il glousse à sa plaisanterie stupide. La médecine permet toutes sortes d'améliorations sur les Enders, mais ne peut malheureusement rien à leur pauvre sens de l'humour.

— Et si j'étais plus âgée que ce que vous pensez ?

Son sourire s'efface aussitôt, détrôné par une expression de perplexité. Il se ressaisit au plus vite.

— Voilà ce que je vous propose. (Il me tend une carte.) C'est son site internet. Vous n'avez qu'à le contacter de cette façon.

Sans montrer mon agacement, je ramasse la carte en sachant pertinemment que seul un stagiaire du département de la communication lira mon z-mail – et encore...

— J'aurais dû commencer par me présenter : je rédige une dissertation pour mon prof particulier et voudrais interviewer le sénateur. Ce serait possible d'avoir une entrevue ? Pas plus de quelques minutes.

Le réceptionniste semble se détendre à mon explication.

— Le sénateur est un homme très occupé. Il se représente aux prochaines élections, vous savez.

Soudain une Ender à la mine assassine sort en trombe du premier bureau du couloir et vient se poster derrière lui.

— Vous ! (Elle me foudroie du regard.) Je vous avais pourtant prévenue de ne jamais remettre les pieds ici, non ?

— Moi ? Je ne vous ai jamais vue !

— Je ne savais pas..., se défend l'homme, les mains en l'air.

— Tu étais malade ce jour-là, lui lâche-t-elle sans me quitter une seconde des yeux. Appelle la sécurité ! Cette fois, on va la livrer aux forces de l'ordre.

Le réceptionniste ne se fait pas prier et pianote déjà sur l'airécran de son téléphone.

Helena est donc déjà venue ici auparavant. Mon corps habité par elle, plus précisément.

— Quand suis-je venue ?

— Oh, je vous défends de me faire cet affront !

Hystérique, l'Ender s'approche à grandes enjambées. Je bats en retraite vers la double porte.

Demi-tour. Je l'ouvre, me précipite dans le couloir, et agite la main devant le capteur de l'ascenseur mais il est bloqué à un autre étage. Je m'élance alors vers l'escalier de secours où je m'engouffre pour descendre les marches quatre à quatre. Des toiles d'araignées me collent au visage, aux cheveux, à la bouche. Fichus Enders qui ne prennent jamais les escaliers ! Je me demande si je suis capable de semer l'employé de la sécurité à l'accueil. Je l'imagine, prêt à me cueillir avec ses menottes automatiques.

Au rez-de-chaussée, je m'arrête quelques secondes pour reprendre ma respiration, puis jette un œil prudent par la porte entrebâillée : le garde est face à l'ascenseur. Il m'attend, de toute évidence. Pas d'hésitation : je fonce vers l'entrée principale. Le temps qu'il se retourne et se lance à ma poursuite, je suis déjà loin. Ses jambes de vieillard ne font pas le poids. Il n'est pas encore sorti de l'immeuble que j'approche du prochain carrefour.

— Helena, qu'avez-vous fait de ma vie ?

On a beau être théoriquement en contact, ma locataire reste muette.

Dans sa chambre, je m'assois devant son ordinateur et passe scrupuleusement en revue les Pages à la recherche de renseignements sur le sénateur Harrison. Ma vie est en jeu ! Qu'a bien pu raconter Helena au sénateur ? Étant donné qu'elle lui a parlé avec mon corps, cela ne peut remonter à plus de quelques jours. La moindre information est susceptible de m'aider, au cas où les employés du sénateur aient donné mon signalement aux marshals.

Je me dépêche. En tant que sénateur, Harrison a été impliqué dans de nombreux projets portant sur les Starters, mais son dossier phare concerne un truc appelé « Ligue de la Jeunesse ». Y a-t-il un rapport avec la petite-fille d'Helena ? Ma locataire a-t-elle tenté d'obtenir son aide pour enquêter sur sa disparition ? Et s'il avait refusé de s'impliquer ? Et qu'Helena, lorsqu'elle l'avait supplié de fermer la *Banque des Corps*, avait essuyé un refus ? Elle pourrait tout à fait le rendre responsable de la mort de sa petite-fille...

Un mobile suffisant pour le tuer ?

Je doute sérieusement de ma théorie jusqu'à ce que je tombe sur une date clé dans les Pages. Harrison est l'invité d'honneur de la cérémonie de récompense de la Ligue de la Jeunesse le 19 ; autrement dit, la dernière date à laquelle Helena a inscrit quelque chose dans son agenda. L'information remonte à deux jours seulement. Et l'article mentionne la même heure que celle indiquée par ma locataire : 20 heures.

Je sais qui pourra me fournir un maximum de détails sur le sénateur. Sans perdre une seconde, je compose le numéro de Blake.

Lorsque j'arrive sur l'aire d'observation de Mulholland Drive, le soleil a déjà entamé sa descente vers l'horizon. La voiture de sport de Blake est la seule rangée sur le bas-côté. Je gare la mienne tout près.

Blake porte encore ses lunettes noires et est assis sur le garde-corps face à la crête montagneuse embrasée par les derniers rayons.

— Salut.

Il me tend une main galante pour m'aider à le rejoindre. Je mets un pied sur la traverse inférieure et m'agrippe à celle du dessus. Derrière, la pente tombe à pic.

— J'ai vu ton copain, m'apprend Blake, le regard perdu dans le vide. Je lui ai donné l'argent.

Les muscles de mes épaules se détendent.

— Qu'est-ce qu'il t'a dit ?

— Il m'a demandé qui j'étais ; j'ai répondu que j'étais un ami à toi.

— Tu as vu quelqu'un d'autre, là-bas ?

Il me fait signe que non.

— Ensuite, il a voulu savoir pourquoi on ne s'était jamais rencontrés, lui et moi.

— Et tu lui as dit quoi ?

— La vérité. Que je ne te connaissais que depuis quelques jours. C'est dur à croire d'ailleurs. Ça semble tellement plus long, soupire-t-il en retirant ses lunettes et les glissant dans sa poche. Bref, moi je suis pour la franchise. Pas toi ?

Je déglutis avec peine et sonde son visage ; que sait-il au juste ?

— Qu'est-ce que Michael t'a répondu quand tu lui as demandé des nouvelles des autres ?

— Il a dit que tout le monde allait bien. (Blake étudie le canyon.) C'est qui, ce mec, exactement ?

Ma gorge se serre. J'ai comme l'impression qu'un ennemi imaginaire m'étrangle.

— Il n'a pas eu de chance. Ses parents sont morts pendant la guerre. Il a aussi perdu ses grands-parents.

Mon regard se perd dans l'obscurité naissante. La rambarde me paraît soudain branlante. Je suis prise de vertige. Les arbres, les rochers, la terre se mélangent ; tout devient flou. Je tombe vers l'avant. Blake me rattrape, d'une main sur le ventre, l'autre dans mon dos.

— Fais gaffe ! Ça va ?

Mon cœur martèle ma poitrine. Les mains de Blake, heureusement, me rassurent, me protègent.

— Je ne sais pas trop...

— Viens. Mieux vaut que tu descendes de là.

Il me retient par l'épaule, le temps d'enjamber le garde-fou et de m'assurer en me soutenant par la taille.

— Tu veux t'asseoir un peu dans ma voiture ?

Je hoche la tête. Au même moment, un couple d'Enders se gare et sort pour admirer la vue. Blake m'enlace délicatement au cas où je perdrais encore l'équilibre. J'aime cette sensation.

Une fois dans l'habitacle sécurisant de sa voiture, mes étourdissements cessent. J'hésite à aborder le sujet de son grand-père. À quoi bon ? Corroborer ma théorie selon laquelle il est peut-être en danger ? Cela supposerait que je lui explique la *Banque des Corps*, un secret bien gardé du public. Et, pour ce faire, il faudrait que je lui avoue qui je suis en réalité. Il y a de fortes chances qu'il ne me croie pas. Voire, qu'il me prenne pour une folle. Je lui ai menti depuis le début alors maintenant, c'est mission impossible de démêler les nœuds sans briser quoi que ce soit entre nous.

Son regard est perdu dans le lointain.

— Callie... J'ai l'impression que tu me caches quelque chose. (Il soutient soudain mon regard.) Un truc important.

Mes mâchoires s'entrouvrent mais aucun son ne sort.

— J'ai raison, n'est-ce pas ? (Ses yeux me transpercent à présent.) C'est écrit sur ton front.

Une boule énorme s'est formée dans mon ventre.

— Tu es malade, c'est ça ?

Mes paupières papillonnent.

— Hein ?

— Je comprends. Tu n'es pas obligée de tout me raconter. Ça se voit que tu es malade : tes vertiges, tes pertes de connaissance. Et quand tu reviens à toi, tu n'es plus la même. (Il garde le silence quelques instants.) Mais ne t'inquiète pas, je ne te mettrai pas la pression. Rends-moi juste une faveur, tu veux ?

— Laquelle ?

— Promets-moi que la prochaine fois que tu te sens mal, tu m'avertiras. Ça évitera que tu tombes d'une falaise. Entre autres.

Il me lisse les cheveux sur les côtés avant de me caresser l'arrière de la tête. Je tressaille.

— Un problème ?

— Non, non.

Je ne veux pas qu'il sente la cicatrice de ma micropuce. Un peu tremblante, je prends sa main. Ça fait un bien fou, malgré le fossé qui se creuse inexorablement entre nous – lui, d'un côté, inquiet pour ma santé, heureux qu'on se tienne par la main ; et moi, en face, qui mens comme je respire. Ma culpabilité m'étouffe.

Je prends une profonde inspiration et me lance :
— Blake ?
— Oui ?
— Tu m'as dit que tu n'étais pas proche de ta grand-mère ?
— C'est vrai.
— Et ton grand-père ?

Il plisse les paupières, puis regarde dans le vide.
— Il est cool. Super occupé. Il voyage beaucoup. (Il se tourne vers moi.) Au moins, il fait des efforts. Il ne s'est jamais vraiment remis de la mort de mon père, alors il essaie de se rattraper avec moi, qu'on soit proches, *et cætera*. Même s'il n'est pas toujours facile.

Je pose les yeux sur nos doigts toujours enlacés. Aucun de nous ne semble vouloir lâcher.

— Et ses fonctions de sénateur, elles impliquent quoi ? Il a beaucoup d'ennemis ?

— Ça oui ! Z-mails de menaces, colis piégés. Tout ce qu'on n'a pas personnellement commandé file droit aux services de sécurité. Il y a un tas de vieux dérangés dans la nature.

Je peux imaginer, oui. (Je lève les yeux au ciel avant de le fixer à nouveau.)

— J'aimerais vraiment pouvoir le rencontrer...

Il hausse les sourcils, surpris.

— Ah bon ?

Je confirme en remuant la tête.

— Tu sais, Callie, avec son emploi du temps chargé, ce n'est pas évident. Il a plein d'apparitions publiques programmées avant son départ à Washington. Il va rendre visite au Président.

— Le Président ?

— Ouais. Il veut que je l'accompagne. Il dit que c'est l'occasion d'étoffer ma personnalité.

De ma main libre, je dégage mes cheveux.

— Ton grand-père a un truc spécial de prévu le 19 ?

Blake penche la tête.

— Tu es au courant ? C'est sa dernière apparition avant de partir. Le Gala de remise des prix de la Ligue de la Jeunesse, à la Salle des concerts du Pavillon Dorothy Chandler.

— Dans le centre de Los Angeles.

La fameuse date entourée dans le calendrier d'Helena. Tout concorde : la cible d'Helena est le sénateur en personne.

— Laisse-moi deviner : la soirée commence à 20 heures ?

— Ouais. Je dois y être pour remettre un prix. Mais comment tu sais tout ça ?

Il faut absolument que je trouve un moyen d'empêcher ma locataire de mener à bien son sinistre plan.

— Blake, je suis désolée : il faut que j'y aille !

— Attends.

Il me tire par la main. Nos visages ne sont plus qu'à quelques centimètres.

— J'ai un truc à te dire.

Je me perds dans ses yeux. Il sent le citron vert, l'herbe fraîchement coupée et... un parfum secret.

— Quoi ?

— Callie. (Ses yeux caressent mes joues, mes paupières, mes lèvres.) Je ne sais pas pourquoi, je n'arrive pas à me l'expliquer, mais je sens qu'il y a quelque chose entre nous...

— Je sais. Moi aussi.

— Mais tu comprends pourquoi ?

Je n'ai pas la réponse à cette question, non. Juste une impression.

— Parfois, il ne faut pas chercher d'explication, Blake.

— C'est comme ça.

— Oui, c'est comme ça.

Mon cœur joue du tam-tam ; il doit le sentir.

Tendrement, il prend mon visage entre ses mains. Elles sont chaudes et douces.

— Tu es vraiment à part, Callie.

Sur ces paroles, il se penche pour m'embrasser.

Du bout des lèvres.

Avec délicatesse.

Ensuite, il recule, une expression enfantine sur le visage : on dirait un gamin de cinq ans qui vient de gagner un poisson rouge à la fête foraine.

12.

De retour à la villa, je rejoins comme à l'accoutumée la chambre d'Helena sur la pointe des pieds. Je suis consciente que rêvasser de Blake est un luxe et une distraction que je ne peux pas me permettre ; pourtant, je n'arrive pas à m'en empêcher. Quelque chose, en lui, m'attire. Ses manières et son aisance, à des années-lumière de mon quotidien, peut-être ? Il me rappelle, d'une certaine façon, ma vie d'avant. Une vie civilisée. Non pas que mes parents étaient riches, mais au moins on avait une vie structurée, équilibrée.

Allez ! Fini de jouer les fleurs bleues ! Si j'apprécie Blake, c'est pour sa gentillesse, parce qu'il est attentionné envers moi ainsi qu'envers son arrière-grand-mère. Maman disait toujours : il suffit de regarder comment un garçon se comporte vis-à-vis de sa mère pour savoir comment il te traitera plus tard. Sa mère, son arrière-grand-mère, du pareil au même.

Si seulement le grand-père de Blake n'avait pas été mêlé à toute cette affaire. Au moins, ce n'est pas ma faute. Helena a dû aller le consulter sous sa véritable apparence la première fois, il y a plusieurs mois, à propos de la disparition d'Emma.

Sur le bureau de ma locataire, je cherche des indices concernant le Gala de remise de prix à la Salle des Concerts. Rien dans son ordinateur, mais en ouvrant un tiroir, je tombe sur un dossier. Dedans, une enveloppe, et à l'intérieur, deux billets pour la soirée organisée par la Ligue de la Jeunesse à 20 heures, au Pavillon Dorothy Chandler.

Mes soupçons sont malheureusement confirmés : j'en ai maintenant la preuve. Tremblante, je serre les billets entre mes doigts. Si je contrôle encore mon corps à cette soirée, aucun souci. Mais si je perds connaissance, Helena passera à l'action pour tenter d'assassiner le sénateur.

Le grand-père de Blake.

Face à cette éventualité, je déchire aussitôt les papiers en deux, et encore en deux. Puis je cours à la salle de bains tout en les écrasant jusqu'à former une boulette que je jette dans la cuvette des toilettes.

Enfin, d'une pression sur la chasse d'eau, j'élimine toute possibilité d'être à l'origine de l'assassinat du sénateur. Malgré tout, je ne veux pas être ici quand la cérémonie des récompenses aura lieu dans deux jours. Il me faut un plan.

Dans la penderie, je retrouve la pochette que j'avais emportée à la discothèque. La carte de Madison est dedans. Disons plutôt celle de Rhiannon, la fille marrante et sexy dissimulant en réalité une Ender délurée.

Le lendemain matin, je constate avec soulagement que Rhiannon loue toujours le corps de Madison ; elle est plus facile à repérer. J'arrive au lieu de rendez-vous : une patinoire pour superblades.

Il y fait très froid, à cause de la glace. Seuls quelques Starters issus de familles aisées et une poignée de courageux Enders patinent. Ils ont revêtu un équipement dernier cri conçu pour garantir une vitesse et une sécurité maximales, même si tout cela est complètement superflu. Les superblades, explique un panneau, sont munis de microlasers situés juste au-dessus du niveau de la glace, contrôlés au moyen de commandes intégrées aux gants. Les lasers font légèrement fondre la glace de sorte que le patineur gagne en vitesse. Mais le plus sympa, ce sont les boutons d'activation du jet-stream qui propulse vers l'avant au point qu'on décolle. On ne peut les activer plus de cinq secondes chaque fois et on ne s'élève que de quelques centimètres mais la sensation de voler est tout de même bien rendue.

L'argent achète tout ! Le prix d'une journée ici équivaut à ce qu'il faut pour nourrir dix bouches d'alliés pendant une semaine.

Je repère Madison qui virevolte au centre de la patinoire. Elle marque une pause et me salue d'un geste de la main. Je le lui rends avant de la rejoindre.

— Callie, je m'amuse comme une folle. Je me sens tellement agile. Enfile des patins, tu vas voir.

— Une autre fois, Madison. J'ai une faveur à te demander.

— Je t'écoute. Qu'est-ce que je peux faire pour toi ? (Elle s'approche et parle tout bas.) Entre locataires, on doit se serrer les coudes.

Elle recule et rit à gorge déployée.

— Madi, tu habites toute seule, n'est-ce pas ?

— Qui voudrait vivre avec moi aujourd'hui ? Tu m'as bien regardée, chérie ? dit-elle en s'esclaffant. Ma domestique a son propre logement.

— Je pourrais dormir chez toi demain soir ?

— Chez moi ?

Je confirme. Elle frappe des mains aussitôt.

— Super ! Une soirée entre filles !

— Génial. Merci.

— Ça signifie... qu'on est meilleures amies maintenant ? relève-t-elle avec un large sourire.

Elle me présente son petit doigt. Plutôt gamin comme truc, mais j'y noue le mien malgré tout et, ensemble, on secoue.

Assise dans ma voiture, en troisième position dans la file du drive-in d'un flash-food, j'attends ma commande. Madison est la solution idéale pour m'occuper demain. Elle est assez naïve pour ne pas déceler mon problème de location. Je l'aime bien mais m'en faire une amie, en dépit de ses cent cinquante ans passés, ne figure pas exactement dans le *Top Ten* de mes priorités. Tout ce que je veux, c'est terminer mes deux semaines de contrat sans accroc, assassinat compris.

La voiture de devant s'éloigne après avoir récupéré son repas. J'avance de quelques mètres et plonge la main dans mon sac pour prendre mon porte-monnaie. Quand brusquement, ça recommence.

Le vertige. Le trou noir...

À mon réveil, la crosse d'un fusil d'assaut est pressée contre ma joue, mon œil aligné avec le viseur. Tout doucement, je commence à appuyer sur la détente. Je suis adossée à un mur, près d'une fenêtre entrouverte. Face à moi, en dessous, une foule de spectateurs.

Non. Non, non !

Hors d'haleine, je relâche délicatement la détente jusqu'à ce qu'elle revienne en position normale et enclenche le cran de sûreté. Pendant une fraction de seconde, le monde s'immobilise et devient silencieux. Puis je perçois soudain une sorte de battement frénétique et m'aperçois qu'il s'agit de mon cœur.

Une goutte de sueur glisse avec lenteur de mon front à mon sourcil. Dans mon cerveau, un millier de pensées se bousculent. Que s'est-il encore passé ? Suis-je arrivée trop tard ?

Un rapide coup d'œil autour de moi. Je me tiens debout dans une chambre d'hôtel. Dehors, neuf étages plus bas, une foule de personnes est réunie dans un square, face à un podium vide.

Mon cœur accélère encore. Le sénateur est-il déjà mort ?

Faites que non. Pitié…

J'examine le fusil. Il est chargé. Or il ne manque aucune cartouche dans le chargeur et le canon n'est pas chaud. Pas d'odeur de poudre non plus. Les spectateurs semblent calmes…

Je recommence à respirer. Je n'ai tué personne.

Où suis-je ? Les immeubles s'élèvent très haut sur ce qui ressemble au centre de Los Angeles. En analysant les buildings, je repère la *Library Tower*. Le parc en dessous doit donc être Pershing Square.

Sur une table, je trouve une chemise en cuir. *The Biltmore Hotel*, disent les lettres en relief dorées à l'or fin. Bel endroit pour tuer quelqu'un. Helena tout craché ! Je retire la première cartouche engagée dans le fusil.

Callie. Je t'en supplie. Ne fais pas ça.

Sa voix est plus claire que jamais.

Ne le décharge pas.
— Helena ?
Oui.
— Vous m'entendez ?
Maintenant, oui. La connexion est meilleure.
— Comment est-ce possible ? (Je frissonne et voudrais qu'elle sorte de ma tête une bonne fois pour toutes.) Où m'avez-vous entraînée malgré moi ?
Je pose la cartouche sur la table.
Recharge le fusil, sois gentille. On n'a pas beaucoup de temps.
Je me surprends à hurler.
— Non ! Hors de question ! D'ailleurs, vous ne devriez même pas avoir d'arme. (Dégoûtée, je jette le fusil d'assaut sur le lit.) Elle vient d'où ?
Si tu t'en débarrasses comme mon pistolet, je m'en procurerai une autre, tout simplement.
Je file jeter un coup d'œil inquiet par la fenêtre.
Le sénateur Harrison vient juste d'arriver. Il monte sur le podium et entame son discours.
— Je ne vais certainement pas tirer sur quelqu'un pour vous plaire. Vous n'avez pas le droit de m'utiliser pour commettre un meurtre !
Je referme violemment la fenêtre.
Écoute-moi, Callie. J'essaie d'empêcher un crime. Un crime contre des dizaines de milliers de personnes de ton âge...
Je secoue la tête, incrédule.
— Après toutes les fois où vous m'avez menti, vous vous êtes grillée.

Je préfère me tenir à distance du fusil et du poste de tir, au cas où. Par précaution, je me précipite vers la porte.

Callie, arrête !

Déterminée, je claque la porte derrière moi et m'élance dans le couloir.

— Il faut être complètement malade pour échafauder un plan pareil !

Ne cours pas. Tu viens de subir une intervention chirurgicale.

Je ralentis. Est-ce une ruse pour me contrôler ?

Ta puce.

En touchant l'arrière de mon crâne, je constate que la cicatrice est sensible, en effet. Plus que lorsque Blake m'a caressée à cet endroit.

— Qu'est-ce que vous m'avez fait ?

Un couple d'Enders sort d'une chambre et me dévisage ; pour eux, je dois être une folle qui parle toute seule. Je fonce droit devant en direction des ascenseurs et m'engouffre dans celui qui est ouvert. En se refermant, les portes en laiton me renvoient mon reflet. Je porte une combinaison-pantalon noire. Mes cheveux sont ramassés dans une queue-de-cheval serrée. Helena cherchait-elle à passer pour une ninja classe ?

Nous avons modifié ta puce.

Je m'accroche à la rampe de l'espace confiné.

— Vous m'avez réopérée sans mon consentement ?

C'est un expert en biopuces. Doublé d'un chirurgien. Il fallait qu'on neutralise le pare-crime.

— Le quoi ?

L'ascenseur s'arrête ; un Ender entre. Je n'ai plus le choix, si ce n'est celui de me taire et d'écouter Helena.

La puce est conçue pour empêcher les locataires de commettre un acte criminel. Mon ami a court-circuité cette sécurité au tout début de ma location. D'où les problèmes, les pertes de connaissance sporadiques, mon exclusion du... de ton corps, le constant va-et-vient, etc. J'ai fini par lui demander d'arranger les choses. Le mieux qu'il a pu proposer est qu'on communique de cette manière.

L'Ender, à en juger par ses yeux qui me dévorent, apprécie ma tenue. Manquait plus que ça ! Quand l'ascenseur s'ouvre au rez-de-chaussée, je le laisse passer devant moi et s'éloigner assez pour être sûre qu'il ne m'entende pas.

Hors de moi, je peux enfin lancer à Helena :

— Je vous interdis de toucher à mon crâne ! Vous m'entendez ? Ou encore d'infiltrer mon cerveau. Ce n'était pas prévu dans le contrat...

Mes joues s'enflamment.

Le hall grouille de monde. Je presse mon visage contre la baie vitrée pour apercevoir le sénateur dans le parc, de l'autre côté de la rue.

— Où est la voiture ? demandé-je à Helena.

Par pitié, ne pars pas.

Au fond de ma poche, je trouve un reçu de service voiturier. Plus une seconde à perdre. En sortant de l'hôtel, je le tends au portier.

Un microphone amplifie la voix du sénateur qui porte jusqu'à moi.

« Les jeunes de notre société pourraient jouer un rôle actif », déclare-t-il.

Menteur !

— Tous les hommes politiques mentent, dis-je pour sa défense. Ça fait partie des conditions pour décrocher le job.

Il ment comme un arracheur de dents... Ou un tueur d'enfants.

En route, Helena insiste pour partager avec moi son opinion sur le sénateur. Au début, elle pensait que son programme électoral visait à améliorer les conditions de vie des jeunes, en particulier ceux ayant été internés. Mais au cours des six derniers mois, elle s'est aperçue qu'il avait un plan secret.

Il est partie prenante dans Prime Destinations.

— Comment ça ?

Je dépasse d'autres conducteurs occupés eux aussi à parler aux voix dans leurs têtes. Les leurs, au moins, sortent d'un écouteur.

Il a investi dans la société. Il se rend à Washington afin de persuader le Président d'utiliser Prime Destinations avant les prochaines élections. Il songe à un usage gouvernemental.

— De quel ordre, exactement ?

Je n'ai pas la patience d'écouter les théories farfelues d'Helena.

Je n'en suis pas certaine. Mais le plus tragique, c'est que ces adolescents ne participeront pas de leur plein gré. D'après mes sources, ils seront recrutés d'office, dans le meilleur des cas. Et kidnappés, au pire.

Tout va trop vite. Je n'arrive plus à suivre. Helena me semble aveuglée par la douleur d'avoir perdu Emma plus qu'autre chose. Et s'il n'y avait pas de complot ? Et qu'Emma avait fugué, tout simplement ? Qui sait si Kevin, le fils de Lauren, ne l'a pas suivie lui aussi ?

Impossible de ne pas formuler la question suivante :

— Et selon vous, ils mijotent quoi ?

Toute opération où ils auront avantage à combiner l'expérience et la sagesse d'un Ender de plus de cent ans avec la force et la jeunesse du corps d'un adolescent. Je pense à l'espionnage, par exemple. Mais ce n'est qu'un début, d'après moi.

— Et vous avez découvert ce complot simplement parce que votre petite-fille a disparu ?

Ils l'ont assassinée. La Banque des Corps.

La colère qui filtre dans sa voix me glace.

— Vous avez des preuves ? On n'a jamais retrouvé son corps, si ?

J'ai des preuves accablantes, oui. Tu crois que je suis parvenue à une telle décision à la légère ? J'ai consacré les six derniers mois à cette enquête. Il y a d'autres victimes, d'autres grands-parents.

— Mais ils ne sont pas tous d'accord avec vos conclusions.

Helena se tait un moment.

Tu as parlé à Lauren. Elle est naïve. Elle n'arrive pas à croire qu'une entreprise puisse vouloir tuer des jeunes.

— Comme vous qui comptiez m'éliminer indirectement ? Abattue par les marshals après mon assassinat du sénateur Harrison ?

Son silence en dit long. Elle finit malgré tout par le rompre.

Tu es rapide. Et forte. Je comptais sur ton évasion.

— Je ne suis pas plus rapide qu'une balle de revolver.

Elle change de ton, affecte une voix quasi enfantine : *Où va-t-on ?*

— Pas « on » ! Moi ! C'est mon corps, OK ? Vous, vous faites un petit tour, c'est tout.

Je l'imagine dans les locaux de la *Banque*, sanglée sur son fauteuil.

Pas chez Prime Destinations ! C'est impossible !

— Dommage, c'est précisément là que je me dirige.

Pourquoi vouloir aller là-bas ? Tu ne seras pas payée si tu ne remplis pas ton contrat.

— Je pense que le pourcentage de chances que je sois payée un jour diminue à vue d'œil quoi qu'il en soit. Avec votre plan, j'étais assurée de mourir avant. (Je quitte l'autoroute.) Je négocierai peut-être la moitié.

Que crois-tu pouvoir leur dire pour qu'ils t'écoutent ? Je te répète que tu vas rompre ton contrat : c'est tout ce qu'ils verront.

— Je vais leur parler de vous. Je leur dirai que vous avez trafiqué ma puce. Ils n'auront qu'à la réparer.

Si tu avoues être au courant de toute cette affaire – du meurtre des donneurs, des projets du sénateur Harrison – ils te tueront.

— Vous omettez un petit détail, Helena. Je ne vous crois pas. Pas une seconde.

Il le faut, pourtant. La neuropuce modifiée, tes trous noirs, le fait même que je sois capable de te parler de cette façon sont autant de preuves de ce que j'avance.

Je m'agrippe de toutes mes forces au volant. Cette histoire de puce est vraie. Mais le reste ? Un battement douloureux se déclare dans mes tempes. Je me gare le long du trottoir. On est à quatre rues de Prime Destinations.

— Sortez de ma tête, Helena. Laissez-moi tranquille. Maintenant !

N'y retourne pas. Je t'en supplie...

Le ton de sa voix me crispe. Elle a l'air d'avoir tellement peur.

— Donnez-moi une bonne raison de ne pas y aller, alors.

Si tu remets les pieds là-bas, on est mortes, toi et moi.

13.

Je traîne près d'un café, sur mes gardes, en cas d'éventuelle attaque. Pourtant, aucune bande de perdus à l'horizon.
— Helena. Il va me falloir plus de preuves.

Ma locataire est persuadée qu'à la *Banque des Corps*, ils vont la tuer – ce que je crois aussi. De même, on sait toutes les deux que c'est le sort qu'ils me réservent. Pour me convaincre alors de ne pas retourner chez Prime Destinations, elle m'a proposé de me conduire dans un endroit où on me retirera la puce. Chez son copain, je suppose, le pro des biopuces qui a déjà bidouillé la mienne. Comment lui faire confiance ? Sachant qu'il a neutralisé le pare-crime de ma puce et m'a ainsi transformée en nettoyeur attitré d'Helena.

La voix dans ma tête garde le silence.
— Helena ?

Parfois, elle reste muette un bon moment avant de parler, mais là, la sensation est différente. C'est vide. Comme s'il n'y avait plus personne au bout du fil. J'appuie un peu sur la puce au niveau des points de suture, réflexe stupide pour rétablir le « signal » d'Helena, mais à part déclencher une vive douleur, cela ne sert à rien.

— Aïe.

Elle ne réagit même pas à cela. Elle est partie, c'est évident. De son plein gré ou non, là est la question...

Avant que la voix d'Helena ne surgisse, je croyais que la tentative d'assassinat aurait lieu dans la Salle des Concerts. Alors qu'en réalité, ma locataire m'a surprise à la programmer à Pershing Square. Elle a donc avancé son passage à l'acte, voyant que je risquais de lui mettre des bâtons dans les roues après m'être débarrassée de son arme, notamment. Les assassins détestent ce genre de revirement de situation.

Je décide de continuer sur mon idée de départ, convaincue d'une chose : Helena va en faire autant.

Le lendemain, je débarque comme prévu chez Madison. Je meurs d'envie de tout lui raconter. Tout ce que j'ai découvert. Comment la voix d'Helena s'infiltre en moi chaque fois que je reprends possession de mon corps.

Seulement, Madison risque de flipper. Si elle apprend que, en réalité, je ne suis pas une Ender comme elle, que depuis le début je lui mens, elle n'aura plus confiance en moi. Elle serait même capable de me livrer à la *Banque des Corps*. Je ne compte pas trop sur sa compassion à ce stade-là.

Chez elle, la décoration a dû être à la mode, disons… il y a vingt ans, à l'époque du « spatiochic ». Des chaises au tissu vert chatoyant sont suspendues dans les airs, les chandeliers ont été remplacés par des hologrammes bizarres tandis que des paysages lunaires en 3D couvrent les murs.

En m'accompagnant dans un couloir, elle m'explique qu'elle loge dans telle ou telle chambre en fonction du « personnage » qu'elle incarne. Autrement dit, dont elle loue le corps. Dans sa vaste demeure, elle n'a que l'embarras du choix.

On pénètre dans la salle de jeux – un endroit de rêve où tous mes soucis s'envolent un temps. Madison me montre le buffet, le long du mur, et me tend un bol. Des plateaux en Plexiglas avec un assortiment de délicieux trucs à grignoter nous font de l'œil. Je remplis mon bol de bonbons, de chocolats et de bretzels. Dernier arrêt à un distributeur de soda qu'elle peut programmer pour que le sirop coloré dessine des formes marrantes dans le verre.

On emporte notre butin jusqu'à un canapé d'angle en velours immense, où l'on s'affale dans un même élan. Au centre de la pièce flotte un invisécran de cinq mètres sur neuf sur lequel on peut projeter des hologrammes. Je n'en ai jamais vu de pareil chez un particulier. Outre des films et des émissions, on peut également disputer une partie de superfoot avec les plus grandes stars, un match d'airtennis ou un tournoi de golf contre un champion international.

Autre possibilité : jouer dans des séries télé accessibles uniquement pour les abonnés figurant sur sa liste d'amis. Pas le genre de luxe que pouvait s'offrir ma famille. Mais pour des personnes aussi riches que Madison, l'éventail des offres proposées aux accros du star system est infini.

— Avant, j'étais directrice de la production, donc j'ai bénéficié d'une réduction grâce à mon ancien boulot, me confie-t-elle avec un clin d'œil complice.

Apparemment, être richissime n'empêche pas d'aimer les bonnes affaires.

Madison commande le dernier volet d'un film très tendance. Les personnages apparaissent, projetés dans l'espace en grandeur nature. Les voir d'aussi près, en taille réelle, dépasse de loin ce que j'ai connu avec eXperience. Passé quelques minutes, Madison se lève et rejoint le cœur de la scène. Le plus grand des acteurs se tourne vers elle.

— Salut, Madison. Ravi que tu te joignes à nous.

— Incroyable ! Comment tu fais ? lui demandé-je, fascinée.

— Viens ici, m'explique-t-elle en indiquant le milieu de la pièce. Sinon, ça ne marche pas.

Je m'exécute et, aussitôt, l'autre acteur, plus petit et plus ténébreux, pivote face à moi.

— Salut, Callie.

Je fonds en l'entendant prononcer mon prénom.

Il se rapproche. Je sens son odeur boisée, proche du cèdre. Toutefois il ne donne pas complètement l'illusion du réel. Il ressemble plutôt à ces hologrammes qui vous amadouent au premier abord mais qui, quand on y regarde de plus près, sont trahis par l'aura autour de leur silhouette. N'empêche, c'est quand même hallucinant.

— Comment ça marche ?

Difficile de quitter des yeux le garçon sublime pour regarder Madison, en pleine conversation avec son acteur. Le mien me caresse le bras pour attirer mon attention :

— La question n'est pas « comment » mais « qui ».

Il me décoche un sourire. Je sens sa peau contre la mienne. C'est comme un souffle. J'en ai la chair de poule.

Mon téléphone sonne. Tout le monde se fige, bras croisés, en attendant que je l'éteigne.

— Callie, me prévient Madison, une main sur son front. Tu gâches tout, là !

— Désolée.

Je rejoins sans attendre le canapé. Sur l'écran de mon portable, je découvre le dernier prénom que j'ai envie de lire en ce moment.

— Blake ?

— Callie, comment ça va ?

Du coin de l'œil, j'aperçois Madison, tout sourire, sous le charme de son acteur qui tripote maintenant ses mèches de cheveux. Le mien, lui, m'attend les mains dans les poches.

— Callie, désolé de te prévenir à la dernière minute : j'attendais le OK de mon grand-père. Tu veux toujours m'accompagner au Gala de la Ligue de la Jeunesse ?

— Ce soir ?

— Ouais.

— Je... je ne peux pas.

— J'aimerais vraiment que tu sois là. Et tu voulais que je te présente mon grand-père. C'est l'occasion rêvée.

— Il sera sûrement très occupé.

— Il y a un cocktail après. Tous les *people* y seront, y compris le maire. Ça devrait être sympa.

Cet endroit est vraiment le dernier où aller. Je me mords la lèvre pour ne pas dire oui. Je suis impatiente de revoir Blake, mais, en même temps, c'est ce que j'essaie à tout prix d'éviter pour ne pas côtoyer le sénateur. Et si je perdais connaissance et qu'Helena prenne ma place ?

— Je voudrais tellement, Blake. Je te le jure. Mais j'ai promis à Madison que je passerais la soirée ici. Ce ne serait pas cool de ma part...

On raccroche. Je sens à quel point il est déçu. Et je partage pleinement sa déception. Je remets mon portable dans mon sac à main sous le regard interrogateur de Madison.

— Tout va bien ?

— Oui, oui..., dis-je en m'écroulant sur le canapé.
— Allez, reviens !

Elle appuie sa requête d'un geste impatient. Les deux acteurs sont à présent en train de lui parler.

Je secoue la tête.

— Je vous regarde.

Après un haussement d'épaules, Madison se fond dans un décor de jungle, main dans la main avec les deux hologrammes. Je m'aperçois soudain qu'Helena n'a pas repris le contrôle de mon corps depuis un certain temps. Elle ne m'a pas non plus parlé depuis ce qui me semble être une éternité.

Je hoquette brusquement d'effroi. Et si elle avait quitté la *Banque des Corps* ? Mis fin à la location à cause de la mauvaise connexion ? Elle s'est peut-être aperçue que je ne passerai jamais à l'acte et aura préféré quitter Prime Destinations pour aller assassiner le sénateur elle-même. À la cérémonie de remise des prix, comme prévu.

Si je vais au Gala, je pourrai parler au grand-père de Blake, l'avertir du danger. Je n'ai plus d'arme ; avec moi, il ne risque donc rien.

Refuser la proposition de Blake était vraiment stupide. Je prends congé de Madison en bafouillant des excuses et m'isole avec mon portable dans les toilettes les plus proches.

Blake se gare dans le parking souterrain d'un immeuble du centre-ville. Il est super content que j'aie changé d'avis. Je lui rappelle que je suis impatiente de faire la connaissance de son grand-père, voire de passer un moment avec lui en tête-à-tête. Sans réserve, Blake me promet d'essayer. Si seulement tous les garçons étaient aussi gentils que lui !

En découvrant le pass spécial de Blake, le portier du sous-sol nous accompagne jusqu'à un ascenseur privé, moquetté dans des tons or et noir. L'employé insère son propre pass dans une fente. Les portes se referment devant nous alors qu'il nous salue d'une pichenette sur le rebord de son chapeau.

— On n'est pas à la Salle des Concerts ?...

— Ah non ? répond Blake. Mince, j'ai dû me tromper d'adresse.

Je ricane de son petit numéro. Blake semble content de lui. L'ascenseur s'arrête au dernier étage, marqué par la lettre « P ». Les portes s'écartent sur un couloir étroit menant à une autre pièce. Blake l'ouvre avec son pass. Elle est tapissée de bois foncé et baignée de lumières diffuses. Sur la droite, un Ender essuie un verre derrière un bar en demi-lune.

— Bienvenue, Blake.

— Hé, salut Henry !

Blake traverse la pièce en passant devant des fauteuils en cuir jusqu'à une porte vitrée coulissante. Il présente la paume de sa main à un boîtier mural. La baie s'ouvre et l'on sort ensemble sur une terrasse immense.

Une fontaine carrée de style moderne en occupe le centre ; son bouillonnement apaisant couvre l'effervescence de la ville, en bas. Je m'approche du bord pour jeter un œil entre les arbres en pot qui entourent la terrasse. La raison d'être de ces palmiers va de soi : tout autour de cette oasis s'élèvent des immeubles en ruine, aux fenêtres condamnées. Certains ont été entièrement démolis, comme si un monstre géant les avait écrasés.

— Cet endroit appartient à ta famille ?

— Ouais, on s'en sert pour les réceptions avant les sorties à l'opéra ou au théâtre. Mais le personnel n'aime pas me servir quand mon grand-père n'est pas là. À leurs yeux, je ne suis qu'un gamin.

— L'important, c'est d'être dans un lieu aussi magique, pas de se faire servir…

Blake m'attire vers deux fauteuils. Je m'assois sur le bord de l'un des deux. Il se penche et appuie sur un bouton ; mon dossier s'incline.

— Allonge-toi. Détends-toi.

— Je risque de m'endormir.

— Pas grave.

— Mais on n'est pas censés aller au Gala ?

— On a le temps.

Le barman nous apporte deux sodas qu'il pose sur la table basse, près de nous, avant de repartir aussitôt. Je prends mes aises dans le fauteuil. Ça fait un bien fou.

— Callie, comment tu te sens ?

Je lève la tête vers le ciel bleu troué de boules de coton. J'ai très envie de pouvoir enfin me confier.

— Ça va.

Il étend le bras jusqu'au dossier de mon fauteuil et me caresse les cheveux. Quand il approche de ma cicatrice, je l'arrête.

— Qu'y a-t-il ?

— Rien, dis-je en lâchant sa main.

— Allez, Callie. Explique-moi ce qui ne va pas.

Il lance un regard insistant à mon crâne.

— Pas là, Blake, c'est tout.

— Pourquoi ?

La situation semble soudain l'amuser. Il place sa main juste au sommet de ma tête pour me taquiner. Je la saisis.

Que puis-je lui dire ? J'opte pour la vérité.

— J'ai été opérée, juste là.

Son sourire s'évanouit.

— Quel genre d'opération ?

Je réfléchis à un mensonge qui tienne la route. Sans succès. Je joue la carte de l'honnêteté.

— Je n'ai pas envie d'en parler.

Je plonge mes yeux dans les siens – un puits sans fond d'inquiétude.

— C'est... personnel.

Blake me prend la main.

— Je sais qu'on ne se connaît pas depuis longtemps, mais je croyais que tu avais confiance en moi.

— Ça n'a rien à voir. Au contraire, je ne veux pas tout gâcher.

— Tu as peur que je ne t'aime plus si tu me dis de quoi on t'a opérée ? Tu me prends pour un crétin ?

Ma lèvre se met à trembler.

— Pas du tout !

Blake me serre la main.

— Rien de ce que tu pourras me dire ne changera les sentiments que j'ai pour toi. Je veux tout savoir de toi. Tout.

Mon secret est si lourd, pourtant.

— Ne me force pas à en parler, s'il te plaît, dis-je avec un regard de supplication. C'est juste que, parfois, on fait des choses qu'on regrette ensuite...

— Qui n'a pas de regret ? Tu n'es pas la seule, Callie.

Son pouce court maintenant le long de mes cheveux. Blake est d'une telle délicatesse. Il respecte mon silence. Si seulement les choses étaient plus simples. Je regrette d'être allée à la *Banque des Corps*. D'un autre côté, sans cela, je ne l'aurais jamais rencontré.

Le soleil entame sa descente derrière les blocs rectangulaires de la ville.

— C'est bientôt l'heure, non ?

— Suis-moi, lâche Blake en m'aidant à me relever.

Il m'emmène dans une pièce au fond d'un couloir. Véritable repaire de nana, elle est décorée dans un dégradé de rose tendre.

— Mademoiselle, je vous présente votre boutique personnelle !

Il ouvre en grand la penderie, pleine à craquer de robes de soirée aux couleurs chatoyantes, de la plus longue à la plus courte – une robe de cocktail à couper le souffle.

— À qui est-ce ?

— Ma sœur. Elle est un peu accro au shopping, commente-t-il avec de gros yeux rieurs.

La plupart des robes sont des petits bijoux de confection à la pointe des techniques actuelles de fabrication, légères comme des plumes et capables de changer de couleur. D'autres sont tendance rétro, inspirées par des vieux classiques du cinéma datant du siècle passé. Sur l'étagère, au-dessus, des talons et des sacs à main assortis brillent dans leurs boîtes transparentes.

Blake agite la main devant un capteur sensoriel ; les boîtes se réorganisent toutes seules pour en laisser apparaître de nouvelles.

— Je ne savais pas que tu avais une sœur...

— Elle vit au nord du pays, chez ma grand-tante.

Je caresse les étoffes.

— Qu'est-ce qu'elle fait là-bas ?

— Les boutiques.

Il s'adosse au mur, à quelques centimètres de mon épaule, et plonge son regard dans mes yeux... avec l'envie évidente de reprendre où on en était. Son visage touche presque le mien.

— Ne t'inquiète pas. (Il lève une main et remue les doigts avant de la cacher dans son dos.) Pas de vilain jeu, cette fois.

Impossible de ne pas sourire. Lentement, il approche ses lèvres des miennes et m'embrasse. Encore et encore. Je voudrais que le temps s'arrête. Je me dis que je suis au paradis, que ça ne pourrait pas être mieux, et aussitôt me contredis. Je passe mes bras autour de son cou et l'attire contre moi. Il me prend par la taille. Nos corps se pressent, nos fronts s'effleurent. Le souffle court, je sens mes jambes se dérober sous moi.

— On ferait mieux d'y aller, parviens-je finalement à articuler, tout bas. Sinon on va être en retard.

Il acquiesce et quitte la pièce d'un pas tranquille.

— Fais-moi signe quand tu es prête.

Dès qu'il est sorti, je porte ma main à mes lèvres. Elles sont gonflées. De l'autre, je tâte les merveilleux vêtements. Lequel choisir ? C'est tellement dur. Comme de ne pouvoir prendre qu'une boule chez le meilleur glacier. Pas de temps à perdre ! J'enfile une robe bleue sans manches et un châle assorti. Elle miroite jusqu'au sol mais pèse moins qu'un mouchoir. Elle est jolie, avec un décolleté parfait. Je tiens à être crédible aux yeux du sénateur. J'ai entendu, une fois, que le bleu est une couleur qui inspire confiance aux gens.

Passé quelques minutes, Blake frappe déjà à la porte.

— Entre.

Il porte un smoking. Sublime. Il écarquille les yeux en me voyant, puis tente aussitôt d'afficher un air détaché. Dans le placard, il prend une baguette en métal et l'agite autour de ma robe.

— Blake, ce n'est pas le moment de s'amuser...

— Regarde.

Dans le placard, un airécran s'anime soudain et la robe que j'ai choisie apparaît en 3D. Elle tourne sur elle-même, environnée d'images de chaussures, sacs à main, boucles d'oreilles et bracelets.

Les boîtes de chaussures se réalignent : au premier rang, tout à coup, les mêmes escarpins que sur l'écran. J'ouvre la boîte ; les deux talons sont décorés d'un petit pendentif argent en forme de baleine.

— Ton animal préféré, commente Blake.

— Ouah ! (Je les enfile.) Elles me vont. Impeccable !

Il me tend le sac à main, puis un magnifique bracelet ancien, serti de pierres bleues avec une paire de boucles d'oreilles assorties.

— Tu es sûr que ta sœur serait d'accord pour que je porte ses affaires ?

— Vise un peu sa garde-robe. On en enlèverait la moitié qu'elle ne s'apercevrait de rien.

Il referme le bracelet autour de mon poignet.

— Elle, peut-être pas, mais l'ordinateur, si.

J'enfile les boucles d'oreilles et me tourne face à Blake. Il sourit d'abord en coin avant de découvrir toutes ses dents avec une expression radieuse. Ses paupières se plissent de rides heureuses.

— Callie, tu es absolument magnifique. Tu vas voler la vedette à mon grand-père !

14.

En approchant de la Salle des Concerts, j'ai l'âme d'une princesse sur le point de faire son entrée au bal. Un paysage féerique s'étend devant moi ; des petites lumières clignotent dans les arbres tandis que d'autres, plus grandes, baignent les bâtiments. Des spots invisibles éclairent la cascade sculpturale qui danse devant le Grand-Théâtre.

Les lustres scintillants du Pavillon Dorothy Chandler rivalisent en taille avec des minivoitures. Blake et moi grimpons le luxueux escalier en colimaçon avec la grâce de deux stars de cinéma sur le tapis rouge. Le cocktail d'avant-soirée bat son plein. Des serveurs, leurs plateaux couverts de verres de champagne et de punch, fendent la cohue parée d'un halo multicolore. Parmi les invités fortunés, des Enders, majoritairement, et quelques Starters issus de milieux aussi favorisés que Blake.

Et moi, hors catégorie.

— Où est ton grand-père ?

Blake m'offre un verre de punch.

— Je vais le chercher. Ça ira, toi ?

— Oui, ne t'en fais pas, dis-je en contemplant la table du buffet.

Il tend le cou par-dessus les vagues de chevelures blanches, puis disparaît, happé par la foule. Je rejoins le buffet croulant sous les montagnes de crevettes, de crabes et de homards. Tyler n'en croirait pas ses yeux. Je m'apprête à goûter quelque chose lorsqu'une voix me coupe dans mon élan.

Callie. Tu as finalement changé d'avis.

Helena est de retour. Elle n'a donc pas quitté la *Banque des Corps*.

— Ah, vous revoilà ! lancé-je tout bas. Il va me falloir un exorciste.

Par chance, les gens qui m'entourent, trop absorbés par leurs conversations ou par ce qu'ils mangent, ne m'entendent pas me parler à moi-même. Je suis partagée entre colère et soulagement.

Ravie que tu sois revenue à la raison.

— Inutile de me remercier, Helena. Je ne vais assassiner personne.

Le sénateur est un monstre ! Si tu le laisses filer, il sera dans l'avion pour Washington d'ici quelques heures et des dizaines de milliers d'adolescents seront condamnés.

Son discours larmoyant ne prend plus avec moi.

— Vous n'avez aucune garantie là-dessus.

On dit qu'on peut juger un homme à l'aune des entreprises dont il est actionnaire. Eh bien, le sénateur est de mèche avec le dirigeant de Prime Destinations. Le Vieux, comme ils l'appellent. Cet homme est une insulte à l'espèce humaine.

— Alors je devrais peut-être l'éliminer.

J'espère qu'elle a saisi le sarcasme dans ma voix.

En effet. Seulement, il est intouchable. Trop protégé ! Pour l'instant, concentrons-nous sur le sénateur.

Sa liste noire de gens à abattre s'allonge à vue d'œil, on dirait.

Si on empêche le sénateur de prendre son avion tout à l'heure, on a des chances de désamorcer cette sinistre bombe. Je te paierai cinq fois ce qu'ils t'ont promis chez Prime Destinations. Et tu auras une maison où loger.

Je fais exprès de ne pas réagir et sors sur le balcon qui entoure l'étage. Des mégots de cigares rougeoient dans la pénombre. Les Enders fumeurs ont depuis longtemps cessé de mourir prématurément. Au bout de la terrasse, je m'arrête pour admirer la silhouette des immeubles alentour. Leur architecture raffinée contraste avec les bâtiments délabrés couverts de graffitis, au loin.

La proposition d'Helena n'est pas rien. Ça me rend malade de me laisser aller à l'envisager ne serait-ce qu'une seule seconde.

— Même si je consentais à vous obéir, je n'ai pas d'arme quoi qu'il en soit.

Erreur. J'en ai caché une pour toi. Ici même. C'était mon plan à la base, tu te souviens ?

Un sac de nœuds me tord l'estomac. La vie du grand-père de Blake est une nouvelle fois remise en jeu.

Je vais te dire où elle est.

— Non. Surtout pas. Je ne veux pas savoir.

J'enfoncerais bien mes doigts dans les oreilles en chantant un air quelconque, mais ça ne suffirait pas à me débarrasser d'Helena.

Quelqu'un s'approche derrière moi. Blake.

— La voilà ! Grand-père, je te présente Callie.

Le sénateur Harrison. C'est le moment ou jamais. Je peux l'avertir du danger. Mais, pour cela, il va falloir la jouer fine. Sinon, il va penser que je suis complètement cinglée.

— On vous a cherchée partout, jeune fille, déclare le sénateur, une main tendue.

Passer pour une sauvage, pas super comme entrée en matière.... En lui serrant la main, l'expression de son visage me frappe. On dirait qu'il a de la peine pour moi.

— Où avez-vous rencontré mon petit-fils ?

— En boîte.

— En boîte ? Quelle boîte ? presse-t-il Blake.

— Grand-père...

— Au *Club Rune*.

J'ai répondu trop vite.

— Le *Club Rune*..., répète le sénateur, soudain raide comme un piquet.

Je suppose qu'il n'approuve pas l'endroit. J'aurais dû laisser la parole à Blake. Je lui jette un coup d'œil mais son visage est impassible.

— Tu n'as pas froid ? s'inquiète-t-il à mon sujet.

Je remue la tête. En l'examinant, j'ai comme la sensation d'avoir raté quelque chose.

Le sénateur s'éclaircit la voix.

— Votre robe est ravissante.

— Merci.

Je baisse les yeux et la lisse du plat de la main.

— Jolies boucles d'oreilles également. Votre bracelet, c'est un bijou de famille ? Il me dit quelque chose...

— Votre petit-fils me l'a prêté.

Le sénateur foudroie aussitôt Blake du regard.

— Ah, je vois ! Prenez-en bien soin. Il est dans notre famille depuis des générations.

Un assistant vient subitement murmurer quelque chose à l'oreille du sénateur.

— Nous devons rejoindre les coulisses. La cérémonie commence dans trente minutes, annonce l'Ender à son petit-fils.

— J'arrive tout de suite.

— Les apparitions, Blake. Cruciales, les apparitions, marmonne-t-il après un soupir.

— J'arrive, je t'assure.

Le sénateur tourne les talons sans un au revoir.

— Pas franchement l'impression qu'il m'apprécie, confié-je à Blake.

— Nan. Il avait sa tête de « elle me plaît vraiment, cette demoiselle ». Tu n'as pas vu ?

D'une pression de paume, il me rassure. Je ne peux réprimer un sourire.

— Tu as ton billet ? Je te retrouve après la cérémonie. On prend le dessert dans la salle de réception.

Blake tire la langue sur le côté en se frottant le ventre avant de filer.

Au moins, maintenant, tu sais à quoi ressemble le sénateur. Ne le laisse pas t'amadouer. C'est un politicien. C'est inné chez eux.

— Vous étiez là depuis le début, Helena ?

J'en ai des frissons. Avec elle, impossible d'avoir la moindre intimité.

Écoute-moi bien, Callie. Le revolver est dans les dernières toilettes pour femmes du premier étage, rangée de droite.

« Et il va y rester », songé-je pour ne pas alerter ma locataire. Évidemment, elle finira par voir que ce n'est pas là que je me dirige...

Il faut que tu ailles chercher le revolver, Callie !

— À quoi bon ? Je ne compte pas m'en servir.

Tu ne peux pas le laisser là-bas.

— Et pourquoi pas ?

Parce qu'il y a tes empreintes dessus.

Dans les toilettes pour dames, d'élégantes Enders se pomponnent devant l'enfilade de miroirs en attendant de pouvoir se soulager. Au fond à gauche, des femmes font déjà la queue devant les deux rangées de toilettes.

File de droite.

J'obéis. Il y a quatre toilettes, dont une dernière pour handicapés.

Celle du milieu se libère en premier pour moi.

Pas celle-là. Va dans celle du bout.

Je laisse passer l'Ender derrière moi. La porte des toilettes du fond finit par s'ouvrir. Je m'enferme aussitôt à l'intérieur et cherche l'arme.

— Je ne vois rien, chuchoté-je à Helena.

Sous la petite poubelle.

Je la repère, au bas du mur. Je m'accroupis en veillant à ne pas tremper ma superbe robe dans la cuvette. Le bras tendu, je tâte à l'aveuglette et sens une bosse. L'arme est scotchée au-dessous.

Tu y es.

Je lutte pour déchirer le scotch. Soudain un carillon retentit, signe que la cérémonie est sur le point de commencer. Je parviens enfin à détacher le revolver que je glisse dans mon sac.

Je sors précipitamment des toilettes quand je me rends compte que je n'ai pas pris le temps de vider le chargeur. Les placeurs sont déjà en train de fermer les portes. Discrètement, j'actionne le cran de sûreté de l'arme, dans mon sac, juste au moment d'entrer dans le théâtre.

C'est inutile.

— La sécurité avant tout, murmuré-je en retour.

Je m'assois. Les discours ont commencé. On loue le sénateur, un « homme d'État très respecté ». Ce dernier explique dans quelle mesure il considère que sa mission, dans la vie, est d'empêcher les jeunes d'avoir des ennuis en les occupant. Helena commente ses propos dans ma tête au fur et à mesure, déformant chaque phrase pour en révéler toute l'atrocité sous-jacente.

Elle ne va pas me lâcher aussi facilement.

Tu as le revolver. Maintenant tue-le.

Si je pouvais rétorquer à voix haute, je lui ordonnerais de la boucler. L'arme pèse lourd dans mon sac, sur mes genoux. Les discours de présentation n'en finissent pas. À la fin, je me mêle à la foule pour sortir.

— Une question, Helena. Pourquoi ici ?

Plus il y a de témoins, mieux c'est.

J'erre dans la salle de réception en attendant Blake. Helena se tait. Un silence apprécié à sa juste valeur. La montagne de desserts, sur la table du buffet, m'appelle. Mais je n'ai pas d'appétit et je ne sais où me poser pour ne pas gêner. Je mise sur le côté de la salle, près de la rangée de fenêtres.

Rapidement, quelqu'un me donne une petite tape dans le dos. Le sénateur. Seul.

— Callie, c'est bien ça ? Vous passez une bonne soirée ?

Le moment idéal pour le mettre en garde.

— Hum... pas franchement. Je... j'aimerais vous parler.

Il plisse les yeux.

— Vous êtes vraiment magnifique.

Dans sa bouche, le compliment n'en est pas un. Primo, il n'y va pas par quatre chemins ; secundo, le ton de sa voix est carrément flippant. Il avance d'un pas. C'est un pas de trop. Il analyse mon visage à la manière d'un dermatologue. À la loupe.

— Un problème ?

— Non. Je constate simplement que vous êtes... parfaite.

Il prend ma tête à deux mains et la tourne sur le côté.

J'ai peur. Si seulement je pouvais rejoindre le centre de la salle, là où il y a plus de monde.

— Absolument parfaite. (Il observe maintenant le revers de mes mains.) Pas une seule cicatrice, ni la moindre tache.

Il reporte son attention sur mon visage.

— Pas même une trace de bouton d'acné.

Ses lèvres se crispent dans une moue. Il s'approche davantage. Son haleine empeste les relents de cigare.

— Je sais ce que vous êtes.

Il m'empoigne le bras. J'essaie de me dégager mais il serre trop fort.

— Que faites-vous ici ? C'est Tinnenbaum qui vous envoie ?

— Non.

Paniquée, je me débats.

— Qui d'autre est avec vous ?

— Personne. Il n'y a que moi.

— Fichez le camp ! Et laissez mon petit-fils tranquille. (Il me secoue.) Pour qui vous prenez-vous ?

— Vous ne comprenez pas. J'ai quelque chose d'important à vous dire.

— Pas de temps à perdre avec vous.

Les veines sur ses tempes ressortent, tels des vers sous la peau.

Dans notre coin, seules quelques personnes sont susceptibles de nous remarquer. Une Ender se faufile dans la cohorte d'invités, l'air décidé. Son visage me dit quelque chose.

— Sénateur Harrison, c'est elle ! La fille qui s'est présentée à votre bureau, annonce la femme.

Voilà d'où je la connais. Génial...

Une Ender élégante l'accompagne. Je devine qu'il s'agit de la grand-mère de Blake. Celle avec laquelle il n'a pas d'affinité.

— Clifford, commence-t-elle, des signaux de détresse dans les yeux. Non.

Elle le saisit par le bras. Son mari me lâche à regret. Il attrape l'assistante par le coude afin de la prendre à part.

— Excusez-nous, me lance la grand-mère de Blake.

Alors qu'elle s'en va, les murs semblent se refermer sur moi. Sous le choc, je scrute un à un les visages qui m'entourent en frottant mon bras endolori.

Tu vois, Callie ? Son genre de tempérament ? C'est de la folie de lui faire confiance.

J'ai vu, oui, merci. Mais je n'ai pas le temps de creuser pour l'instant : des mains m'agrippent une nouvelle fois. On me tire vers l'arrière. Un marshal, probablement.

— Lâchez-moi !

Furieuse, j'essaie de me libérer.

— Calme-toi, Callie, c'est nous. Briona, tu te rappelles ?

Je découvre le trio de locataires que j'ai rencontrés au *Club Rune*. Briona, Lee et Raj, tous deux cravatés, en costume noir, m'escortent jusqu'à l'entrée de la salle de réception. Je ne peux malheureusement pas partir. Pas encore.

Je me surprends à leur crier :

— Arrêtez !

Coupés dans leurs conversations, des Enders nous dévisagent. Briona et les garçons me lâchent mais forment aussitôt un cercle autour de moi comme si j'étais un veau affolé échappé d'un ranch.

— Il ne faut pas rester ici, miss, décrète Raj tout bas.

— Le sénateur Harrison t'a démasquée, dit Lee.

— Il sait que tu es une locataire, me murmure Briona à l'oreille.

— Mettons les voiles, décide Raj. Il doit prévenir la sécurité en ce moment même.

— Mais Blake va me chercher...

Je retire mon bracelet.

— Qu'est-ce que tu fabriques ? siffle Briona. Allez, il faut s'en aller !

— Je dois rendre tout ça à Blake.

J'enlève aussi mes boucles d'oreilles.

— Je m'en charge, déclare Lee en prenant les bijoux.

— On n'a pas le temps, lui répond Briona.

— Si le sénateur la surprend avec son petit-fils, il va péter les plombs. Je me dépêche.

Il fourre les bijoux dans ses poches.

— Fais attention, s'il te plaît. Ils ont beaucoup de valeur. Ils appartiennent à sa famille.

— L'inverse est rare, chez les Enders comme nous, commente Raj.

— Ne t'en fais pas, me rassure Lee. Je travaillais dans le secteur bancaire il y a quarante ans. Les objets de valeur, ça me connaît.

Il pivote sur lui-même et s'enfonce en vitesse dans la foule. Briona reprend mon bras.

— Viens, ma puce. Pressons.

Raj saisit mon autre bras. Les gardes nous toisent et marmonnent entre eux.

— Dépêchez ! insiste Briona.

Juste à la sortie, on prend à gauche vers le grand escalier entouré de miroirs. On n'est pas les seuls à s'en aller. Plus facile pour se fondre dans la masse papotante qui descend les marches. Dans la précipitation, je me tords la cheville et j'en perds mon talon gauche.

— Ma chaussure...

Je me retourne et la cherche des yeux. Raj me retient pour m'éviter de tomber.

— Ne t'arrête surtout pas. Avance, avance !

Je suis le regard de Briona : en haut, des types de la sécurité, penchés par-dessus la balustrade, nous fixent méchamment.

— Allez, allez ! commande-t-elle.

On se précipite cette fois à travers le vestibule en marbre. Je clopine à cause de mon unique talon. Devant le tourniquet, on doit se lâcher pour sortir. Briona passe la première. Raj, en dernière position, me pousse de toutes ses forces. Une fois dehors, sur la place, j'enlève ma chaussure restante. Briona me prend à nouveau par la main. La fontaine derrière nous, on file en direction de la rue.

— Où est-ce qu'on va ? demandé-je, inquiète.

— Là-bas. (Briona m'indique un 4 × 4 gris métallisé garé en bordure de trottoir.) Ne t'arrête pas. Cours !

D'un regard par-dessus mon épaule, j'aperçois des civils et des gardes à nos trousses. On saute sur la banquette arrière ; Raj s'assoit devant, près de Lee, déjà installé au volant.

— Tu as fait vite, constate Briona.

— Sortie de secours, lâche Lee.

Ma ceinture de sécurité s'attache automatiquement. Par les vitres teintées, je regarde les gardiens et une poignée d'autres Enders ralentir. Trop tard pour nous rattraper. C'est alors que je le vois. Blake. Seul. Qui court derrière eux.

J'essaie de baisser ma vitre pour le héler. Briona m'en empêche.

Les portes de la voiture se verrouillent dans un clic sourd. Lee vient d'en activer la commande.

J'aurais tant voulu parler à Blake. Lui dire au moins au revoir. De l'autre côté du verre fumé, il ne peut pas me voir. Je suis condamnée à le fixer alors qu'il me cherche en vain du regard. Il a l'air tellement déçu quand notre véhicule s'éloigne.

De loin, je remarque qu'il tient quelque chose. Ma chaussure.

15.

Les paumes plaquées contre la vitre, je ne quitte pas Blake des yeux avant que sa silhouette soit réduite à un simple point. Raj et Briona ordonnent à Lee d'accélérer. Pourtant les hommes du sénateur ne nous poursuivent pas. Qui essayons-nous de semer ? Les marshals ? Les locataires les craignent-ils autant que les Starters qui tentent de se vieillir ? Je me doute que les locations sont illégales mais, avec de l'argent, on peut tout acheter, non ?

Visiblement non. Autrement, ils n'auraient pas quitté aussi vite le théâtre.

— Comment ça va, Callie ? s'inquiète Briona avec une pression maternelle de la main et en me sondant des yeux.

— Ça va.

Délicatement, je retire ma main. Raj se retourne, un bras autour du dossier de Lee.

— Tu es sûre ? Je te trouve pâle, dit-il.

— C'est vrai, renchérit Lee. Comparée à nous, en tout cas.

Il me sourit dans le rétroviseur. Je n'ai pas la force de lui rendre la pareille. Mon regard se fond dans le paysage au-dehors. Je suis incapable de me sortir Blake de la tête.

Sur l'autoroute, en l'absence de sirènes, on se détend enfin sur nos sièges.

— Où va-t-on ? veut savoir Raj.

Pose-leur la question au sujet d'Emma.

Helena ! Elle est sûrement furieuse que je n'aie pas tué Harrison. Je décide de me rattraper en glanant des informations sur sa petite-fille.

— Raj, une fille du nom d'Emma, ça te dit quelque chose ?

— C'est le prénom de la donneuse ?

— Oui.

— Je ne crois pas, non.

— Tu m'as déjà demandé et je t'ai répondu que les garçons n'en sauraient rien non plus, me reproche Briona.

— Tu en es certain ? insisté-je auprès de Raj. Blonde, grande. Tiens, j'ai une photo.

Je lui montre l'écran de mon portable.

— Non. Connais pas. Dommage, d'ailleurs.

— Et toi, Lee ?

J'incline le téléphone vers lui. Il l'examine dans le rétroviseur intérieur et nie à son tour.

— Au moins, j'aurais essayé, dis-je tout haut pour qu'Helena puisse entendre.

Merci.

Un merci sincère mais très déçu.

On roule au hasard dans la ville pendant un moment. Je trouve bizarre que les autres ne posent pas de question à propos d'Emma. Briona se masse les tempes en grommelant.

— Ça ne va pas ? lui demandé-je.

— J'ai commencé à avoir des maux de tête atroces dernièrement. Je crois que ça vient de la puce qu'on a implantée à ma donneuse. (Elle arrête le massage et se cale contre l'appui-tête.) Ça ne t'arrive jamais, Callie ?

— Non...

La soirée déjà bien avancée, je leur demande qu'ils me déposent chez Madison.

— Bonne nuit.

Ils redémarrent sur les chapeaux de roues à peine ma portière claquée.

Je lève les yeux sur la façade de la maison. Trop fatiguée pour affronter Madison. Surtout qu'après mon coup de fil à Blake, je me suis éclipsée par la porte de derrière. Pas cool de ma part, mais j'étais pressée.

Pour finir, je marche jusqu'à ma voiture.

Allongée dans le lit d'Helena, les yeux rivés au ciel de lit en satin, je m'apitoie sur mon sort. Blake est dans l'avion pour Washington. À l'heure qu'il est, son grand-père doit lui avoir expliqué qu'en réalité je ne suis qu'une vieille peau qui loue le corps d'une petite jeune.

Blake ne voudra plus jamais me revoir. Je me mets à sa place. Même s'il apprenait la vérité et que c'est bien moi, à l'intérieur de mon corps, serait-il capable de me pardonner de lui avoir menti et d'avoir fait semblant d'être riche, alors que je ne suis qu'une pauvre fille des rues ?

Réprimant des larmes, je serre fort les draps. Ma seule motivation, dans tout ça : Tyler. Je voudrais tellement qu'il ait une vie meilleure.

Et si ce qu'Helena raconte sur la *Banque des Corps* est vrai ? Je ne verrai probablement jamais la couleur de mon argent... Ma locataire a proposé de me payer plus et de me loger.

À condition que je tue Harrison.

J'adore mon frère. Je veux qu'il soit bien, au chaud, en sécurité, soigné. Mais abattre quelqu'un ? Jamais ! Peu importe la cible. Je suis une Starter, pas un assassin. J'ignore comment gérer Helena. Si elle dit vrai, je peux comprendre qu'elle soit bouleversée par la disparition de sa petite-fille, mais aujourd'hui on ne compte plus les Starters qui disparaissent. Certains sont retrouvés morts. Est-ce pour autant la faute de la *Banque des Corps* ?

Reste que... le sénateur Harrison a mentionné le nom de Tinnenbaum.

Je m'assois sur le lit. Il était furieux à l'idée que le directeur m'ait envoyée. Si Helena a raison, si le sénateur a l'intention de convaincre le Président de conclure un accord entre la *Banque des Corps* et le gouvernement, pourquoi s'énerver que Tinnenbaum m'envoie ? Que craignait-il ? Qu'il annule l'accord ?

Callie ?

Je me raidis, surprise une nouvelle fois par Helena. Depuis mon retour chez elle, ma locataire ne s'était pas encore manifestée.

— Quoi ?

Pourquoi avoir signé avec la Banque des Corps *?*

— Mon petit frère est malade.

Je suis désolée. (Elle se tait un instant.) *Tu n'as plus tes grands-parents ?*

— Non.

C'est à lui que tu voulais donner la liasse de billets, la dernière fois. Par l'intermédiaire de ton ami.

— Exactement.

Je voudrais pouvoir le faire venir ici, mais ce serait trop risqué. En revanche, je te propose quelque chose.

J'attends. Impatiente.

Ouvre le tiroir du bas de ma commode.

C'est fait.

Passe ta main sous le tiroir.

Je sens un paquet scotché en dessous. Je l'arrache. C'est une grosse enveloppe.

Ouvre-la.

Elle est pleine d'argent. J'en ai des fourmis dans les bras.

Prends une chambre quelque part pour ton frère. À l'hôtel.

— Les mineurs n'ont pas le droit.

Je te dirai où aller et à qui t'adresser.

— Je ne peux pas y aller moi-même. La *Banque des Corps* connaît mon adresse. S'ils l'apprennent, ils vont m'accuser d'avoir rompu mon contrat.

J'ai une idée. Dans le tiroir du haut, va chercher la boîte bleue.

Je l'ouvre aussitôt ; elle contient un pendentif rond incrusté de pierres bleues et vertes.

— Joli.

Il sert à brouiller les signaux de localisation mais il ne marche pas à la perfection.

Je m'apprête à l'enfiler.

Non. Il faut le porter le moins possible. Autrement ils s'apercevront que leurs canaux de transmission sont corrompus.

— Qui l'a fabriqué ?

Mon expert. Quand je serai sortie de Prime Destinations, je te le présenterai.

Mais je doute qu'elle fasse tout ça pour rien.

— Pourquoi vous m'aidez, Helena ?

J'ai encore besoin de ton aide pour savoir ce qui est arrivé à Emma. Si j'y parviens, j'aurai peut-être suffisamment de preuves pour faire fermer cet endroit abominable. Et notre marché tient toujours.

— Comment va-t-on faire ? Même en découvrant ce qui est arrivé à Emma ?

On a un avantage sur eux. Personne ne sait qu'on communique toutes les deux. Deux esprits dans un seul et même corps.

À l'entendre, elle a tellement changé : plus calme, plus attentive, plus posée, surtout depuis qu'elle a abandonné son projet d'assassinat.

Repose-toi. On verra tout ça demain.

Je dépose le collier sur la commode et remonte sur le lit moelleux. Pourtant, je n'ai pas sommeil. Je pense à Tyler, j'imagine que je l'installe dans sa douillette chambre d'hôtel avec un vrai lit, le chauffage et un room service.

J'éteins la lumière. Le clair de lune tapisse la chambre de bleu argent.

— Helena, vous voyez quoi quand je rêve ?

Rien.

Au moins, mes rêves et mes pensées continuent à m'appartenir. Je reste étendue sans rien dire quelques instants.

Callie ? Parle-moi de ta mère. Elle était comment ?

Ma mère. Je revois son visage souriant. Par où commencer... Il y a tant à raconter.

Tu lui ressembles ?

— Pas vraiment. Elle faisait partie de ces gens qu'on adore dès qu'on les rencontre.

Je suis certaine que les gens t'aiment, toi aussi.

— Pas comme elle. On la traitait aussitôt comme une sœur. Elle s'adaptait à toutes les situations. Un vrai caméléon. Elle a participé aux Jeux olympiques une année, en tir à l'arc. (Un souvenir d'enfance resurgit dans mon esprit.) Elle me préparait des macaronis au fromage quand j'étais malade.

C'est marrant, le genre de détails dont on se souvient.

— Et Emma ? Parlez-moi d'elle.

Têtue. Très têtue. C'est peut-être vrai de toutes les jeunes filles de seize ans, mais je dois dire qu'elle était particulièrement rebelle. Elle savait ce qu'elle voulait. Pas évident pour moi quand j'en ai eu la garde, après la guerre. Je ne pouvais remplacer ses parents. Et cela la mettait terriblement en colère. Normal. Tu me fais un peu penser à elle...

Les propos d'Helena semblent plus sensés que jamais.

Exténuée, je ferme les paupières.

Bonne nuit, Callie.

16.

Je me gare dans une ruelle non loin de l'immeuble de Michael et scrute les alentours à l'affût de perdus. Personne en vue, mais il est facile de se cacher dans l'entrée d'un immeuble. Je quitte précipitamment la voiture, le sac de nourriture, les bouteilles d'eau et les médicaments sous le bras. J'espère que le collier d'Helena va fonctionner et empêcher la *Banque* de me localiser.

Je pénètre dans le hall. Et si Michael et Tyler n'étaient plus là ? Vivre dans la rue, c'est pouvoir partir en vitesse, sans laisser d'adresse. Sur la pointe des pieds, je m'approche du comptoir de la réception pour vérifier que personne n'est tapi derrière.

Négatif. La voie est libre.

Je m'engage dans la cage d'escalier dépourvue de fenêtres. Privée de ma lampe de poing, je n'y vois rien : il fait trop sombre. Comment ai-je pu oublier aussi vite cette vie ? J'avance dans le couloir à tâtons. Soudain, je me rappelle que j'ai le portable d'Helena. Je m'en sers comme d'une torche. Au bout du couloir, j'hésite. Leur chambre est-elle sur la gauche ? Je fais demi-tour et remonte le long couloir.

Un type à moitié débraillé surgit devant moi. Il tient une barre de fer. Mon cœur bondit. Mais le garçon est aussi surpris par mon côté *clean* que moi par son look hirsute. Les gens bien habillés et lavés ne courent pas les rues des quartiers de squat.

— Je suis des vôtres, lui dis-je. Je viens voir Tyler et Michael.

Il indique l'extrémité du couloir.

— Merci.

Ma dernière visite ici remonte à deux semaines, quand Tinnenbaum a accepté que Rodney m'accompagne. J'ai l'impression que c'était il y a des années. En entrant dans la pièce, je remarque qu'ils ont changé des trucs : bougé les meubles et complété leur collection de récup'. On se croirait presque dans une maison. Une bande de tissu acrylique avec un imprimé fleuri recouvre la table en guise de nappe. Un autre tissu à fleurs est agrafé au-dessus des fenêtres et sert de rideaux. Il teinte en jaune la lumière qui filtre à travers.

— Tyler ?

Je contourne sa forteresse. Il est assis, une fille penchée au-dessus de lui. Effarée, je laisse tomber par terre mon sac à dos.

— Je peux savoir ce que tu fous ici ?

La fille se tourne vers moi.

— Distribution d'eau. T'as un problème ?

Tout à coup, je la reconnais. C'est Florina. Michael me l'a présentée quand je repartais pour la *Banque des Corps*. Elle semble à deux doigts de me balancer son verre d'eau à la figure quand Tyler crie mon nom. Je m'élance, tombe à genoux près de lui et prends mon petit frère dans mes bras pour le serrer fort contre moi.

— Tu m'as tellement manqué !

Ses cheveux sont doux sous ma main.

— Tu es enfin rentrée, Callie !

Je m'écarte pour mieux le regarder.

— Je voudrais bien...

— Non ! Pas encore. Tu as dit la même chose la dernière fois.

— Je sais, Ty, mais là, c'est presque terminé.

Florina le contemple avec tendresse.

— Encore un peu de patience, OK, champion ?

Je rêve. De quoi elle se mêle, celle-là ?

— C'est Florina, explique Tyler en la désignant de la tête.

— Oui, on s'est rencontrées avant que je parte. Où est Michael ?

— Je ne sais pas trop.

Elle examine ses pieds. Un gouffre se creuse soudain au fond de moi. Je ne laisse rien paraître à Tyler qui joue avec mes doigts.

— J'ai une surprise pour toi.

— C'est quoi ? me lance-t-il.

— Si je te le dis, ce ne sera plus une surprise.

Il pousse un petit grognement.

— Comment te sens-tu ?

Je dégage les mèches de ses yeux. Il est si pâle. La lumière blafarde ne doit rien arranger.

— On n'a pas eu la vie facile, ces temps-ci, me confie Florina.

Cela signifie qu'elle s'occupe de lui depuis un moment.

Je me tourne aussitôt vers Tyler.

— Et ça va mieux ?

Il confirme puis me pince le haut du bras.

— Tu as grossi...

Il tire sur le collier d'Helena autour de mon cou.

— Non, ne touche pas. Regarde, je t'ai apporté plein de trucs que tu adores. Depuis quand Michael est-il parti ? lancé-je à Florina.

— Hier, répond Tyler à sa place.

Ça ne ressemble pas à Michael. Je n'ose pas poser la question devant mon frère, mais Florina la devine : « Michael s'est fait arrêter ? »

— On s'est pris la tête, avoue-t-elle. Il s'est tiré juste après...

— Il doit être en train de se calmer quelque part.

Les scénarios possibles ne manquent pas. Il a pu rencontrer une connaissance. Se faire tabasser. Il est peut-être inconscient, seul, dans une impasse. Peut-être...

— Pourquoi vous vous êtes disputés ?
— Des bêtises.
— Et tu n'es pas partie à sa recherche ?

Elle répond non de la tête avant d'indiquer mon frère. Évidemment ! Elle ne pouvait pas laisser Tyler. Je me sens nulle d'avoir été aussi vache avec elle, tout à l'heure.

— Merci de t'être occupée de lui. Merci beaucoup, Florina.

Elle lui caresse les cheveux.

— Pas de souci. On est copains maintenant, toi et moi, pas vrai Tyler ?
— Ouais, et on s'amuse à des tas de jeux !
— Je parie qu'elle te bat, dis-je, un peu jalouse.
— Mais non ! C'est moi qui gagne.

Quand Tyler et Florina ont fini de se régaler du festin de fruits, fromage et sandwichs que je leur ai apporté, je vais m'asseoir avec elle sur les marches de l'escalier pour lui parler en privé. D'où on est, si quelqu'un tente de pénétrer dans le bâtiment, on ne le ratera pas. En plus, avec le type poilu qui loge à notre étage, Tyler a un garde du corps tout trouvé.

— La semaine dernière, Tyler a eu de la fièvre, m'apprend Florina. On a réussi à trouver des anti-douleur pour enfants. Michael avait de l'argent de côté.

Les billets que j'ai demandé à Blake de lui remettre.

— Pourtant, son état ne s'est pas franchement amélioré. Je lui ai changé régulièrement ses compresses froides sur le front. Elles se réchauffaient presque instantanément.

Rongée par la culpabilité, je prends ma tête à deux mains.

— Je repars avec lui. Dès ce soir.

Florina se raidit.

— Sérieux ? Pour aller où ?

— À l'hôtel. Tu viens avec nous.

— Mais Callie, tu as dit que tu n'avais pas terminé ton travail. Et comment tu comptes payer ?

— On m'a versé une avance. (Ce n'est pas tout à fait faux.) À son retour, Michael n'aura qu'à vous rejoindre.

Florina sourit à cette nouvelle.

— Je lui laisserai un message.

Visiblement, leur relation a dépassé le stade de l'amitié. Cela fait trois semaines en tout que je suis partie. C'est long, trois semaines. Il suffit de regarder Blake et moi. J'ai un pincement au cœur. Je sais que je n'ai pas le droit d'être jalouse mais c'est plus fort que moi.

On retourne dans la chambre pour emballer les affaires qui comptent le plus. Tyler semble avoir retrouvé son énergie grâce au repas et à ma présence. Il met la main à la pâte et rassemble ses objets préférés dans un sac marin.

— Où est-ce qu'on va ? s'inquiète-t-il.

— Dans un endroit où tu pourras dormir dans un grand lit douillet, regarder la R-TV et boire des chocolats chauds à volonté.

— C'est vrai ? (Il écarquille les yeux.) On va rester longtemps ?

— Je ne sais pas trop. Ça dépend.

— De quoi ?

— Si tu es sage.

Je me mets à le chatouiller. Plié en deux, il me supplie d'arrêter.

— On emporte les bouteilles d'eau ? demande Florina.

— Non.

— Tu es sûre ?

— Bon d'accord. Au cas où.

On fait nos valises en silence en réfléchissant au peu d'affaires qu'il nous reste. Les poings sur les hanches, Florina doit se demander si ses souvenirs valent le coup de porter un sac aussi lourd. C'est son problème, pas le mien.

Très vite, on est prêts à partir. Ensemble, on descend l'escalier, nos trésors sur le dos. Deux Starters plus jeunes sont en train de baver devant ma voiture.

Je les chasse d'un geste de la main. Par sécurité, je balaie ensuite les environs du regard avant d'ouvrir le coffre.

— Une voiture ! s'écrie Tyler.

Je lui fais signe de se taire. Si on pouvait filer d'ici sans avoir à semer des ennemis... Je suis venue avec la voiture la moins flashy d'Emma.

— Où tu l'as eue ? m'interroge Florina.

— Tu sais conduire ? ajoute Tyler.

Après avoir refermé le coffre, je presse tout le monde à l'intérieur.

— *La Banque des Corps* me l'a prêtée, raconté-je, une fois les portes verrouillées.

— Ouah, ça a l'air cool comme endroit, commente mon frère.

Les ceintures nous attachent et mes passagers s'extasient devant le luxe de l'habitacle. Ça a beau être la voiture la moins tape-à-l'œil d'Helena, elle est quand même au top de la technologie. Sur la banquette arrière, Tyler appuie sur tous les boutons.

— Ça sert à quoi, ce truc ?

Il actionne un bouton près de la vitre.

— À ouvrir la portière, mais j'ai mis la sécurité enfants, lui expliqué-je en l'observant dans le rétroviseur. Logique, quand on a un enfant dans sa voiture...

Je lui tire la langue. Il m'imite.

— Copieur !

— Elle est pas belle ta langue...

Je démarre en faisant rugir le moteur.
— Incroyable ! Une guenon au volant ! me taquine mon frère.

À l'hôtel, Tyler et Florina se pâment devant le hall somptueux, décoré de gigantesques compositions florales. Helena a tenu sa promesse. Et dans un cinq étoiles, madame ! L'Ender de la réception toise notre trio d'un drôle d'air. Une mineure pleine aux as, flanquée de deux mendiants avec des bagages miteux, c'est louche. Mais je demande à voir la gérante – Helena la connaît – et tout se passe comme sur des roulettes. Je lui montre ma pièce d'identité. Il y est écrit « Callie Winterhill ». Je raconte que je suis la petite-nièce d'Helena. La femme empoche mes billets avec joie et nous donne une chambre au quatorzième étage.

Après m'être amusée à les faire patienter devant, j'ouvre la porte. Tyler reste sans voix. La chambre est immense, avec deux grands lits doubles et un canapé-lit.

— Tant pis pour Michael, il prendra le canapé, décrète mon frère. Il n'avait qu'à être là pour la répartition des lits.

Florina et moi échangeons un regard entendu.

— S'il nous rejoint un jour…, me murmure-t-elle.

Tyler s'émerveille devant un bocal rempli de noix posé sur une table.

— Tu n'as pas tout vu !

J'ouvre le minibar avec un geste magistral.
— Ouah !
Une Maxitruffe fait son bonheur. Florina s'approche ; je lui tends un paquet de chips et une canette. Elle avale le soda d'un trait et s'attaque aux chips.
— Je prends le lit près de la fenêtre, déclare Tyler, un bonbon en bouche.
— Minute, papillon. D'abord, au bain !
— Avec plein de mousse, alors !
Florina passe après lui et reste un moment sous la douche. Tyler est si maigre en caleçon : ça me fout les boules. Je défais sa belle couette blanche. Il s'étend ; je le borde.
— C'est tellement moelleux... Je vais m'envoler.
— Tu restes où tu es, rétorqué-je en lui pinçant le nez.
Le voir, si petit, au milieu de ces oreillers énormes me rappelle des souvenirs d'enfance. Couchés chacun dans notre chambre, entre les lampes à motif papillon et les animaux en peluche, on attendait le moment où les parents viendraient nous dire bonne nuit.
J'ai quitté ce monde depuis bien longtemps, mais Tyler a peut-être encore espoir d'y retourner un jour. Un poids terrible, invisible, me cloue sur place. Je suis incapable de retenir mes larmes.
— Hé, Callie. C'est super.

Il prend ma main. Je serre la sienne et sens ses os sous mes doigts.

— Excellent, acquiescé-je entre deux sanglots.

Partir s'avère plus dur que je ne pensais. Je prie pour revoir Tyler très vite. Et ne plus jamais devoir le quitter. Si Helena tient sa promesse de me payer et de me loger, alors mon frère et moi aurons à nouveau un foyer. Je lui trouverai un bon médecin ; il ira tous les jours un peu mieux. Jusqu'ici j'ai imaginé que Michael vivrait avec nous, mais étant donné que Florina et lui sont désormais ensemble, ça me paraît difficile. Et tellement injuste. Je suis partie gagner de l'argent et on n'a jamais pu savoir si ça marcherait entre nous.

D'abord Blake. Ensuite, Michael. C'est insupportable.

J'ai laissé à Florina assez d'argent pour trois nuits d'hôtel ainsi qu'une rallonge pour payer le room service. J'ai également planqué de l'argent dans le sac de mon frère. Il aurait voulu que je reste plus longtemps, mais le compteur tourne et Helena a besoin de moi. J'ai pu m'éclipser sans qu'il y ait de scène déchirante, profitant que Tyler se soit endormi après sa razzia dans le minibar.

Tandis que j'attends le voiturier devant l'hôtel, Helena refait irruption dans ma tête avec les prochaines instructions.

Je voudrais que tu ailles voir une fille : il se peut qu'elle ait des informations sur Emma.

— Elle habite où ?

Ça ne va pas te plaire...

Je réfléchis brièvement aux quartiers malfamés que je connais, seulement ils le sont tous de nos jours. La *Banque des Corps* ? Helena ne peut pas m'envoyer là-bas après m'avoir suppliée du contraire.

— Je donne ma langue au chat.

L'Institut 37.

Secouée, je dois prendre appui contre le mur.

— Je peux choisir l'enfer à la place ?

Je sais. Ces instituts sont de terribles endroits. Des prisons plus qu'autre chose. J'en ai visité beaucoup quand je cherchais Emma. Mais j'ai entendu parler de cette fille, Sara. Elle saurait quelque chose. Le jour où j'y suis allée, elle était partie travailler dans les champs.

— J'en suis incapable. Je pourrais la voir en dehors de l'établissement. N'importe où, mais pas là-bas !

Non. Si on procédait de cette façon, il nous faudrait une escorte. Et elle ne serait pas libre de parler.

Mes paumes sont moites. Je les essuie sur mon pantalon.

Tout ira bien, tu verras. Passons d'abord par la maison pour récupérer des vêtements à donner. Tu vas arriver dans une belle voiture, bien habillée, pomponnée. Ils te réserveront le traitement de faveur de tout mineur aisé.

C'est pire qu'un terrain miné où je n'ai nulle envie de m'aventurer. Un cauchemar éveillé ! Je pousse un long soupir.

Ça va aller, Callie. N'oublie pas qui tu es, c'est la clé : Callie Winterhill.

17.

Debout dans la rue, j'observe les grilles de l'Institut 37. Je donnerais tout ce que j'ai pour être ailleurs. N'importe où. Pas le moment de penser à mon frère et à Florina dans leur hôtel !

Callie, qu'est-ce que tu attends ?

— Vous êtes sûre que je ne crains rien ?

Soyons honnêtes : tu n'es en sécurité nulle part. Cela dit, tu cours peut-être un moindre danger ici, où personne ne viendra te chercher...

— Je me sens vachement rassurée tout à coup.

J'ai laissé le collier chez Helena. Elle préférait, de peur qu'à la *Banque des Corps,* ils remarquent qu'ils avaient perdu ma trace. Je traverse la rue, deux sacs pleins de vêtements de grande marque dans les mains. Sur la plupart, il y a encore l'étiquette. Je les ai trouvés dans les penderies d'Helena : de nouveaux habits qu'elle avait achetés pour Emma, pas même portés une fois. Helena ne supporte pas l'idée de se débarrasser des vêtements que sa petite-fille a mis, même s'il est clair qu'elle ne reviendra jamais.

Une grande enceinte grise surplombe l'établissement. À la grille, je parle au garde devant le micro d'un interphone crasseux.

— Mon nom est Callie Winterhill. J'ai dit que je passerais donner des vêtements.

L'Ender consulte sa liste et trouve mon nom. Il actionne alors un bouton de commande qui ouvre la grille après un « clic » sourd. Je suis bloquée, mes pieds collés au sol.

Allez !

C'est le petit coup de fouet qui me manquait. Après une longue inspiration, j'entre. Le portail claque lourdement dans mon dos. Le bruit du frottement métallique contre le sol m'a fait mal aux dents. L'allée mène directement au bâtiment administratif face à moi. Sur les murs gris foncés, je peux lire, invisibles, les mots « Défense d'approcher ».

— Charmant...

J'avance à reculons le long de l'allée, traînant au maximum.

Ne va pas jusqu'au bout. Tourne ici.

Soulagée, je m'exécute en direction des dortoirs aux fenêtres à barreaux.

— À l'accueil, ils vont se demander où je suis passée, non ?

Oui. Mais on doit d'abord trouver Sara. On m'a dit qu'elle loge dans le premier dortoir. Dépêche-toi avant qu'on t'arrête !

Je gravis quelques marches jusqu'aux portes d'entrée peu attrayantes. À l'intérieur, deux couloirs se rejoignent dans un petit vestibule. Une odeur âcre m'agresse aussitôt. La peinture s'écaille et tombe sur le sol en béton.

— Et maintenant ? murmuré-je.

Couloir de droite.

J'avance de quelques pas et jette un œil par la première porte. Une dizaine de lits superposés aux cadres métalliques sont entassés dans une pièce aux murs tristes. À l'extrémité de chacun, une boîte en bois, remplie de modestes effets personnels – brosse à cheveux usée, livre abîmé… Cela me rappelle les images des casernes militaires avec leurs couvertures vert olive fané qui retombent par-dessus les pieds de lit. En pire, parce que ces enfants, eux, n'ont pas de famille chez qui rentrer un jour. Tout ce qui leur reste est contenu dans ces petites caisses.

— Il n'y a personne.

Continue.

Je passe devant plusieurs pièces, toutes vides. À l'extrémité du couloir, je m'apprête à rebrousser chemin lorsque je remarque des pieds dépassant de sous un lit.

Je m'accroupis. Une fille, allongée par terre, essaie de se cacher.

— Salut, toi.

Elle recule, tapie.

— N'aie pas peur. (Je m'approche.) Je t'ai apporté de beaux habits.

Je me redresse et j'attends.

— Des habits ? relève-t-elle, sans quitter sa cachette.

— Super beaux. Des pantalons, des jupes, des pulls. (Je pose mon sac par terre et j'en sors un.) Tiens, celui-là est rose, en cachemire.

— Du cachemire ?

Elle sort enfin de sous le lit en rampant et se met debout. Dans les douze ans, elle a un joli visage et les dents du bonheur. Son uniforme, chemise blanche râpée et pantalon noir en fin de vie, est deux fois trop grand pour son corps squelettique. Sa maigreur est banale pour une mineure sans famille, seulement, elle ne vit plus dans la rue. Visiblement, ici les pensionnaires sont rationnés.

Demande-lui son prénom.

Je lui donne le pull. Elle le caresse comme s'il s'agissait d'un chaton.

— Il est drôlement doux !

Elle le presse contre sa joue.

— Il est à toi.

— Vrai de vrai ?

Je confirme en hochant la tête.

— Oh, merci beaucoup !
Elle enfile le vêtement.
— Comment tu le trouves ?
Elle me répond en portant son poing droit à son cœur qu'elle recouvre de sa paume gauche. Puis elle frappe ses mains l'une contre l'autre en imitant un battement cardiaque.
— Ça veut dire que je l'adore. Tu as vu, on dirait un cœur qui bat ? Vas-y, essaie.
Elle me prend les mains. Je me sens bête.
— Là, voilà, c'est mieux si tu enfonces ton poing dans ton autre main.
Elle me force à battre en rythme.
— C'est bon, je crois que j'ai compris. (Je me dégage.) Comment tu t'appelles ?
— Sara.
Mon pouls s'accélère brusquement. Helena, dans ma tête, lâche un hoquet de surprise.
— Depuis combien de temps tu vis ici ?
— Presque un an.
— Où sont les autres ?
— C'est journée de corvée dans les champs, aujourd'hui.
Elle s'assoit sur le rebord du lit.
— Pas pour toi ?
Elle pointe du doigt le côté gauche de sa poitrine.
— Malformation d'une valve cardiaque.
Je ne sais pas trop comment réagir. J'opte pour une formule de compassion toute faite, puis me tais.

— Pas grave. Je n'ai pas mal et, en plus, j'échappe aux pires corvées. (Elle enroule ses bras autour du pull.) C'était à toi ?

— À une amie. Il te va bien, Sara. Je suis certaine qu'elle serait ravie de savoir que c'est toi qui le portes.

Elle découvre l'adorable écart entre ses dents de devant, tout en caressant les manches.

— C'est vraiment agréable.

Elle me fait signe de venir m'asseoir près d'elle. Le matelas s'affaisse sous mon poids. La couverture rêche sent le moisi.

— Pourquoi tu te cachais tout à l'heure ?

Elle hausse les épaules.

— On ne sait jamais.

Elle baisse la tête. De mon sac à main, je sors une Maxitruffe pour elle. Sara ouvre de grands yeux.

— Prends-la.

Sans se faire prier, elle la saisit et mord dedans. Je me demande à quand remonte son dernier repas.

— Sara, on m'a dit que tu connaissais peut-être une fille qui s'appelle Emma ? C'est elle, là. (Je lui montre la photo sur mon portable.) Ça te rappelle quelqu'un ?

De ses doigts frêles, elle tient l'appareil pour examiner la photo de plus près.

— Elle est venue une fois faire du bénévolat. Il y a environ six mois. Elle m'a coiffée. C'était comme dans un salon de beauté.

Elle me rend mon téléphone.

— Je l'ai revue, quelques semaines plus tard. Je m'étais cassé le poignet – ne me demande pas comment – et j'ai dû aller passer une radio. J'ai aperçu Emma dans la rue. C'était bizarre.

— Pourquoi ?

— Elle ne m'a pas reconnue. J'ai crié son nom. Emma m'a regardée droit dans les yeux mais c'est comme si elle ne m'avait jamais vue. Elle avait l'air un peu différente, plus jolie, mais je sais que c'était elle. Elle portait les mêmes bijoux qu'avant. Je suppose qu'elle était gênée. Qu'elle ne voulait pas qu'on nous voie ensemble. (Sara tire sur son pull.) Mais après la super journée qu'on avait passée elle et moi...

Je voudrais tellement pouvoir dire à Sara qu'elle se trompe. Qu'il ne s'agissait pas d'Emma, mais d'une Ender, louant son corps.

— Où est-ce que tu l'as vue exactement ?

— Je ne sais pas trop. Pas loin d'ici, à Beverly Hills.

Pensive, je range le portable dans mon sac.

— Je suis désolée, dis-je autant pour elle que pour Helena.

Je n'ai pas récolté beaucoup d'informations.

— Ça ne fait rien. (Sara glisse vers moi.) Je peux te poser une question ?

— Bien sûr.

— Tu me trouves jolie ?

— Évidemment. Tu as un très beau visage. Pourquoi tu demandes ?

— La semaine dernière, on a appris que certains d'entre nous vont être choisis : on va les relooker et ils pourront travailler. À des postes importants. Et gagner de l'argent. Il faut absolument que je sois choisie. Je n'ai pas envie de moisir ici.

— Quand ? Sara, c'est prévu pour quand ?

— Je n'en sais rien. Demain, on passe tous à la douche alors que d'ordinaire, c'est le dimanche seulement.

L'angoisse assombrit soudain ses traits enfantins. Elle regarde dans mon dos en se levant brusquement. Je me retourne : une Ender, l'air menaçant, se tient à la porte du dortoir. Elle a dû être élégante autrefois, mais plus maintenant, dans son tailleur sombre et terne, un Taser à la ceinture.

— On peut savoir ce que vous fabriquez ici ?

Elle entre. Je bondis sur mes jambes et pointe les sacs du doigt.

— J'ai des vêtements à donner !

Sur son badge, je lis : MME BEATTY, CHEF DE LA SÉCURITÉ.

— Tous les dons doivent d'abord être examinés par le directeur. On n'entre pas ici comme dans un moulin pour distribuer ses cadeaux ! Pour qui vous vous prenez ? La mère Noël ? (Elle ramasse les deux sacs.) Vous voulez le bazar entre les pensionnaires ? On a assez de bagarres comme ça !

Je croise les doigts pour qu'elle ne remarque rien... Seulement, le beau pull de Sara ne se fond pas dans le décor. Ni gris ni noir, il fait plutôt tache avec ses mailles roses. Évidemment, il saute aux yeux de Beatty.

Sara croise aussitôt les bras pour le protéger.

— Enlève ça tout de suite !

— C'est à moi. Elle me l'a donné.

— Exact. (Je me poste devant elle.) Il est à elle.

Reste en dehors de ça, Callie, me commande Helena.

— Donne-moi ça tout de suite.

Beatty lâche les sacs et me contourne. Elle passe brutalement le pull par la tête de Sara pour l'enlever.

— Vous n'avez pas le droit ! Il est à moi ! (Des larmes coulent de ses yeux rougis.) C'est la première fois qu'on me donne quelque chose.

Callie, ne reste pas là. Va-t'en.

— Le directeur et lui seul se charge de faire la distribution. (Beatty m'interpelle d'un sévère signe de la tête.) Vous, suivez-moi : on va aller le voir.

Non ! Non, non, non. N'y va surtout pas !

La voix d'Helena me stresse. Beatty m'enjoint de passer devant et lance un ultime regard à Sara, l'air de dire « toi, tu ne perds rien pour attendre ». Je marque une pause au niveau du cadre de la porte. Comme je m'engage dans le couloir, le corps fragile et maigre de Sara apparaît une dernière fois dans mon champ de vision. Des bouloches roses sont restées collées à sa chemise blanche, rappelant le triste incident.

Je ne peux rien pour elle.

Dans le couloir, je marche à côté de Beatty. Elle porte de gros talons dont l'écho résonne, creux. Une idée folle me passe soudain par la tête : après avoir faussé compagnie à la chef de la sécurité, j'imagine que je m'élance vers Sara pour aller la frapper au visage. Avec un œil au beurre noir ou un nez cassé, il y a de fortes chances qu'elle soit refusée par la *Banque des Corps*.

C'est moche d'en arriver là. En descendant les marches du perron, je n'arrive pas à effacer de ma mémoire le visage de Sara. C'est mon double, ou presque, à quelques années près. Une orpheline sans espoir, affamée, qui se contente des restes, et à la merci d'une société plus soucieuse de ses chiens errants que de sa jeunesse.

Devant l'entrée du bâtiment principal, Helena reprend la parole.

Prends à gauche. Pars comme si de rien n'était.

Disciplinée, je suis son conseil. Les talons de Beatty cessent de claquer.

— Mademoiselle ! Suivez-moi. Le bureau du directeur est par là.

Elle indique la droite. Sa voix, stridente, agresse mes tympans.

— Je sais. Je ne me sens pas bien : je rentre chez moi.

— Nous avons un médecin sur place. Un professionnel. Je vais l'appeler.

— Non merci.

Beatty s'ébroue en grimaçant. Je me dirige droit vers les grilles de l'Institut, la tête haute, le regard droit devant, à fond dans mon rôle de Callie Winterhill.

Dans sa guérite, le garde m'observe avec intensité. Je me force à fixer le portail et lui commande mentalement : « Ouvre-toi ! »

Raté. Le téléphone du type sonne. Il décroche et répond. On n'est pas à la pointe de la modernité ici.

L'homme me dévisage, puis raccroche. Il me fait signe d'approcher. J'obéis.

— Bonne journée. À bientôt, me salue-t-il.

Les grilles s'ouvrent avec paresse. Je dois lutter pour ne pas courir. Lorsqu'elles se referment derrière moi, je recommence à respirer et traverse la rue. Sur le trottoir d'en face, j'examine le bâtiment. Les dortoirs dépassent du mur d'enceinte.

À sa fenêtre, Sara semble minuscule. Elle me fait un triste coucou de la main. Je déglutis péniblement, une boule dans la gorge.

Au moins, maintenant, on sait à quoi s'en tenir.

— Cet institut est pire que ce que je croyais ! Et vous avez entendu ? La *Banque des Corps* va recruter les enfants les plus beaux et s'en servir pour ses locations. Il faut se bouger et empêcher ça !

Enfin. Tu comprends ce que je veux dire.

18.

Quel soulagement d'être sortie de cet enfer ! Helena comptait-elle réellement sur Sara pour obtenir des indices au sujet de la mort d'Emma ? Ou bien était-ce une excuse pour me faire réagir ?

La sonnerie de mon portable interrompt ma réflexion. Je m'enferme dans ma voiture et décroche. C'est Madison. Elle m'a laissé un message me disant de venir chercher les affaires que j'ai laissées chez elle la veille. Helena me donne le feu vert pour ce détour, à condition que je sois brève. Sa maison n'est pas loin : dix minutes de trajet.

Madison ne me laisse pas le temps de sonner. Elle ouvre la porte, puis me dévisage, ahurie.

— On se connaît ?

Oh, oh. Une autre Ender aurait-elle loué son corps ?

— Évidemment que tu me connais. Le coup du petit doigt, tu as oublié ?

Je remue mon auriculaire. Elle croise les bras.

— Tu m'as bien eue. Je t'ai prise pour la fille qui a disparu comme par enchantement hier soir.

— Madi, je te demande pardon.

— J'ai imaginé tout un tas de scénarios catastrophes, à commencer par un accident de voiture. Je te voyais déjà en sang, puis mortifiée devant ta fortune de dédommagement à la *Banque des Corps.*

— Il s'agissait d'une urgence…

— Je m'en suis doutée. Elle ne s'appellerait pas Blake par hasard, ton urgence ? Allez, entre.

Je lui emboîte le pas.

— Il a fallu que je le rejoigne à une soirée de gala. Son grand-père était là. Un truc de dernière minute.

En balayant le vestibule des yeux, je ne vois pas mon sac avec mes affaires.

— J'imagine, ils sont à Washington en ce moment. Tu le savais ? s'enquit-elle, ses pupilles joyeuses. Ton copain passe à la télé, avec le sénateur.

— En ce moment ?

— Au journal de six heures, m'apprend Madison.

Le sénateur ? Je ne veux pas rater ça, s'exclame Helena.

Je passe devant, direction la salle de jeux.

— Tu as vraiment cru que je t'appelais simplement pour que tu viennes chercher tes affaires ? Je me doutais que tu aurais envie de voir l'émission.

Au centre de la pièce, le sénateur Harrison, plus grand que nature, couvre tout l'airécran. Un groupe de reporters se tient au premier plan, au pied du podium. On aperçoit au loin la Maison Blanche.

— Aujourd'hui, le Président a entériné une décision historique, annonce Harrison, très fier, face à une rangée impressionnante de microphones. Comme vous le savez, en vertu de la Loi sur la Protection de l'emploi des seniors, il était interdit aux mineurs de travailler. Compte tenu de l'allongement de l'espérance de vie, nous avons en effet dû garantir aux seniors qu'ils ne perdraient pas leurs places sur le marché de l'emploi. D'où l'interdiction à toute personne de moins de dix-neuf ans de travailler. Ensuite, comme vous le savez, la guerre a éclaté. Cela fait plus d'un an qu'elle est terminée à présent et nous sommes nombreux à penser que des changements s'imposent. J'ai donc l'honneur de vous annoncer la création de la Loi sur les critères spéciaux d'embauche des jeunes : elle permettra à certains adolescents d'être employés par un groupe restreint de sociétés accréditées. Dans un premier temps, elle s'appliquera aux mineurs sans famille ni tuteurs, placés en instituts. L'entreprise pionnière de ce programme s'appelle Prime Destinations ; elle est située sur la côte Ouest. Notre objectif consiste avant tout à donner un but aux innombrables mineurs qui en sont cruellement dépourvus.

Helena n'a pas menti : on est tous en danger.

Le sénateur achève sa déclaration et propose de répondre aux questions des reporters quand le cameraman change d'angle. Je peux alors voir Blake, debout près de son grand-père. Ça me fiche un coup. Que sait-il sur moi à présent ? Son grand-père lui a-t-il dit que j'ai menti sur mon identité ? Si le sénateur Harrison est de mèche avec Prime Destinations, l'a-t-on informé que je ne suis pas une cliente lambda, mais une donneuse ? En liaison mentale constante avec sa locataire, qui plus est ?

Blake me déteste-t-il ? Je scrute son visage à la recherche d'un indice. Quand, soudain, je remarque un objet accroché à sa cravate. Le pendentif en forme de baleine qui était clipsé à mes chaussures ! Il l'a trouvé sur le talon que j'ai perdu en sortant du théâtre et s'en sert comme d'un fixe-cravate... C'est un message : il ne m'en veut pas.

Mieux, j'en déduis qu'il tient vraiment à moi. Je pénètre son espace holographique mais il est déjà parti. À sa place, un reporter récapitule les dernières nouvelles avant de rendre l'antenne. Tant pis, le souvenir de son beau visage et son geste symbolique me suffisent.

— Tu m'en diras tant..., commente Madison. La *Banque des Corps* qui embauchera en premier. Ah, ah ! Au moins, ce sera désormais officiel. Plus besoin de faire tous ces secrets.

— Tu crois ?

Dans le coin de l'écran, un voyant bleu clignote. En dessous, le chiffre 67.

— C'est quoi, cette lumière bleue ?

— FSA. Flash Spécial réservé aux Abonnés. Je verrai ça plus tard. (Debout, elle scrute l'écran.) 67, c'est le code de Prime Destinations. Bizarre... Juste après le discours d'Harrison..., estime-t-elle, le nez retroussé. Vraiment bizarre.

— À mon avis, ce n'est pas un hasard. Écoute le message.

Madison active l'icône d'un geste de la main. Un commentaire défile au bas de l'écran : RESTEZ AVEC NOUS. FLASH SPÉCIAL DE PRIME DESTINATIONS.

Sur l'écran, un décor vide apparaît, avec, en arrière-plan, des colonnes en marbre.

— Qui d'autre peut voir ces images ?

— Seuls les abonnés Titanium.

— Vous êtes combien ?

Elle hausse les épaules et se laisse tomber sur le canapé.

— Je n'en sais rien. La plupart des abonnés sont des abonnés Silver. C'est ton cas, non ?

— Han-han.

— Chut. (Elle replie une jambe sous l'autre.) Ça commence.

Tinnenbaum, en faux présentateur télé, s'avance dans le cadre de l'écran, sur la gauche. À droite, Doris fait son entrée, un sourire fabriqué aux lèvres.

— Chers amis, commence Tinnenbaum en fixant la caméra. Merci de nous accueillir chez vous !

— Nous sommes ravis d'être ici, ajoute Doris.

— Ce flash spécial est réservé à nos abonnés Titanium Premium ; il est personnel et confidentiel, assure Tinnenbaum.

— Si vous n'êtes pas seul, nous vous conseillons donc de visionner ces images plus tard, recommande Doris.

J'échange un regard surpris avec Madison. Ça a l'air important.

Tinnenbaum et Doris se sourient tandis qu'ils laissent le temps aux abonnées d'éteindre au besoin le programme. Puis l'homme donne le signal hors-champ qu'ils peuvent poursuivre.

— Nous avons une surprise spéciale pour vous, dit-il, guilleret. Le P-DG de Prime Destinations ici présent est venu vous informer d'une grande nouvelle.

Madison se redresse :

— C'est la première fois qu'on le voit !

Callie, c'est lui, resurgit la voix d'Helena. *Le Vieux. En personne.*

J'ai les yeux rivés à l'écran. La caméra change d'angle. Ailleurs, dans ce qui pourrait être un tout autre bâtiment, une caméra zoome sur une cabine plongée dans la pénombre. Elle est montée sur une plateforme. Dedans, on aperçoit aux trois quarts la silhouette d'un homme.

— Apparemment, ce n'est pas encore aujourd'hui qu'on le verra, constaté-je.

La caméra cadre la tête. Soudain les lumières s'allument dans la cabine, mais le visage n'est pas celui d'un Ender de cent cinquante ans. Une sorte de halo électromagnétique l'entoure. Certains de ses traits ont une apparence féminine, d'autres, masculine, tantôt âgés, tantôt jeunes. On dirait des milliers de pixels se pourchassant les uns les autres.

Ce spectacle énigmatique me rebute autant qu'il me fascine.

— Merci, Chad et Doris, lance le Vieux d'une voix de synthèse métallique, mais au flot naturel. Chers abonnés Premium, votre loyauté est incomparable. Depuis le début, vous nous avez soutenus. Pour cette raison, nous tenions à vous offrir la primeur de l'information. D'abord, nous allons étendre notre gamme de produits afin d'enrichir notre catalogue de nouveaux types de corps, y compris des nationalités étrangères qui vous permettront de faire rimer jeunesse et exotisme, selon vos envies.

— Chic ! se réjouit Madison. Moi qui voulais essayer une Chinoise !

Je me retiens de vomir. Dans la bouche de Madison, un peuple tout entier paraît aussi trivial qu'un plat à la carte.

La métamorphose du visage du Vieux se poursuit dans un scintillement proche de celui d'un masque 3D à cristaux liquides. Je devine ses principaux traits en dessous mais serais incapable de dire précisément à quoi il ressemble. La caméra zoome encore : ça sent le scoop.

— Mais il y a plus important, lâche-t-il. La prochaine avancée révolutionnaire sera disponible bien plus tôt que nous ne l'avions imaginé. (D'une pause, il entretient le suspense.) On l'a baptisée... Programme Permanence !

Madison porte sa main baguée à sa bouche béante.

— Au lieu d'être de simples locataires, vous pourrez devenir propriétaires, explique le P-DG.

Non ! crie Helena dans ma tête.

— Vous pourrez choisir un corps pourvu de toutes les qualités spécifiques que vous recherchez et le garder votre vie durant. Ainsi, vous deviendrez une nouvelle personne pleine de vitalité. Vous pourrez renouer des relations intemporelles et prolonger la magie éternellement.

Le sang bat à mes tempes.

— Étant donné les progrès communs en matière de rallongement de l'espérance de vie, votre expérience est donc assurée de s'étendre considérablement. Nous pouvons d'ores et déjà vous garantir deux cents ans de vie dans votre corps. Bientôt, on parlera de deux cent cinquante ans. Un de mes employés répète souvent que ce chiffre équivaut aux centenaires du siècle passé.

Tinnenbaum et Doris apparaissent brièvement à l'écran, les yeux rivés sur un moniteur où ils doivent observer leur patron. Le temps de les voir s'esclaffer bêtement et déjà la caméra recadre sur le Vieux.

— Vous pourrez ainsi jouir de vos meilleures années de vie pendant la maturation de ce superbe corps dans sa vingtaine, sa trentaine et même au-delà. Chez Prime Destinations, l'horizon des possibilités que nous envisageons pour vous est sans fin.

Les lumières s'atténuent dans la cabine jusqu'à s'éteindre complètement. La caméra revient sur Tinnenbaum et Doris.

— Comme toujours, vous pouvez compter sur notre engagement à vous garantir une totale confidentialité, déclare le premier. Nous attendons la même chose de votre part. À l'heure où nous allongeons la liste de notre catalogue, le nombre d'abonnés Premium en attente des essais pilotes ne cesse de grossir lui aussi.

Doris sourit, comme aux anges.

— Pourquoi ne pas vous joindre à eux ? N'hésitez pas. Contactez-nous vite pour discuter de notre offre de bain de jouvence éternel !

L'image se brouille et leurs visages laissent place à un écran noir où défilent un nombre incommensurable d'avertissements et de clauses légales sur fond d'une voix *off* les lisant en accéléré.

Madison coupe le son et affiche un air béat.

— C'est incroyable ! Tu ne trouves pas ?

— Incroyable, c'est le mot...

J'ai du mal à respirer. J'ai l'impression qu'on m'étrangle.

— Oh, j'ai tellement hâte... (Ses yeux s'illuminent.) Quel visionnaire, cet homme !

Je bondis du canapé.

— Quoi ? Tu serais partante ?

— Pourquoi pas ? Je trouve ça amusant d'essayer plusieurs corps, mais tous ces transferts sont pénibles. Ce serait sympa de faire la transition une bonne fois pour toutes.

— Madison, tu te rends compte de ce que tu dis ? On ne parle pas de choisir une robe, une voiture ou une maison. Il est question de gens, ici. D'êtres humains ! Des adolescents avec toute la vie devant eux. À moins qu'on la leur vole.

Elle fait la moue.

— Madi, tu as vraiment envie d'être dans le corps de quelqu'un d'autre pour le restant de tes jours ?

— À ma première location, je me suis sentie revivre, me répond-elle après un moment de silence. J'étais chez moi. Je renouais avec mon tonus et ma vitalité d'avant. Tu comprends ?

Je croise les bras.

— Non. C'est de la poudre aux yeux. Ça ne dure pas. En revanche, voler son corps à quelqu'un signifie qu'en face, la fille n'aura plus jamais de répit. Elle ne reprendra pas où elle en était après un mois de location : elle n'ira jamais à l'université, ne tombera pas amoureuse, ne se mariera jamais. Elle n'aura pas d'enfants. Toi, tu pourras éventuellement revivre tout ça. Pas elle. Son cerveau ne se réveillera jamais.

— Mon Dieu ! (Madison s'affale sur le canapé.) Ça sonne tellement inhumain dans ta bouche.

— On va priver ces filles de ce qu'elles ont de plus précieux : leur vie.

Je cherche des yeux mon sac. Il est contre le mur.

— Dis comme ça, on pense à du kidnapping...

— Pire, Madison. (Je ramasse mes affaires.) C'est du meurtre.

19.

Je suis tellement en colère que c'est tout juste si j'arrive à réfléchir. Je jette mon sac dans la voiture et descends l'allée de Madison pour aller me garer un peu plus loin dans la rue, hors de vue. Il fait presque nuit. L'horloge indique 20 h 30.

À l'abri derrière la haie qui sépare la maison de Madison de celle des voisins, barricadée dans ma voiture, je me cale contre l'appui-tête en cuir.

—Vous aviez raison, Helena. À propos d'Harrison. J'ai eu tort de ne pas vous croire.

C'est encore plus atroce que ce que je pensais.

—Le Vieux nous traite comme si on lui appartenait. Des esclaves ! Ce n'est pas notre faute tout ça, c'est à cause de cette guerre débile dont personne ne voulait...

Tu as raison.

— J'ai vu ce qu'ils font avec les corps qu'ils louent. Leurs « petites virées » ! Ils sautent à l'élastique, ils jouent les acrobates. Ils traitent mieux leurs voitures que nous. Et je ne parle même pas de votre pauvre Emma...

Je lâche un cri de surprise, une main plaquée sur mon visage. Je viens de penser à quelque chose.

— Helena. Emma n'est peut-être pas morte.

Quoi... Qu'est-ce qui te fait dire ça ?

À travers le pare-brise, j'examine les arbres du jardin de Madison, les haies, les buissons. Le contour des feuilles se dessine avec clarté, un coucher de soleil incandescent en toile de fond.

— Peut-être... qu'ils l'ont utilisée pour leur Programme Permanence.

Doux Jésus !

— Ils ont forcément effectué des essais avant de le proposer à leur clientèle. Ça expliquerait toutes les disparitions d'enfants, parmi lesquels Emma.

Oh, Callie, si seulement...

— Qu'est-ce que vous proposez ?

Ma location touche à sa fin. Impossible pour moi d'interrompre quoi que ce soit maintenant. Autant aller jusqu'au bout. C'est l'affaire d'un jour.

— Vous aviez raison à propos du sénateur, Helena : ce type est un monstre ! Se servir d'orphelins de cette façon. Et le Vieux qui tire les ficelles ! Il est dix fois pire. Écouter son speech à la R-TV, sa voix de robot... J'ai eu la sensation qu'une colonie de tarentules remontait sous mon pull.

Je frotte mes bras parcourus de frissons.

Réfléchissons à un plan. Dès que je sors demain...

Je patiente quelques instants, le temps qu'elle termine sa phrase.

— Oui, Helena ?

Silence. Quand elle finit par reprendre la parole, elle semble terrifiée.

Non. Non ! Arrêtez !

Angoissée, je me redresse sur mon siège.

— Helena ? Helena, qu'y a-t-il ?

Pitié... non...

Sa voix, tendue, se perd.

— Que se passe-t-il ? crié-je, seule dans l'habitacle.

Je sens son esprit me quitter et voudrais pouvoir le retenir mentalement.

Je patiente un temps infini. Sa réponse me parvient enfin dans un souffle :

Sauve-toi !

Ce sont ses derniers mots. Ils ont coupé notre connexion...

J'ai des sueurs froides. Mon corps entier est envahi de tremblements incontrôlables.

C'est fini. Helena est morte.

Il n'y a plus que moi.

Soudain j'entends un tintement aigu, suivi d'un grand coup. Je jette un coup d'œil sur la droite : aucun perdu en vue. À ma gauche, un gros 4 × 4 disparaît peu à peu dans la nuit. C'est alors que je remarque un petit trou dans la vitre, côté conducteur. Tout autour, le verre s'est étoilé.

Aussitôt, les cheveux, dans ma nuque, se hérissent. En levant le nez, je constate que les feux arrière du 4 × 4 sont allumés. Il s'est arrêté.

Le véhicule fait demi-tour. Et fonce maintenant dans ma direction.

Regards nerveux autour de moi. Plus personne dehors à cette heure. Je démarre. Le 4 × 4 accélère. Je stoppe pour enclencher la marche arrière. Pied au plancher, j'essaie de semer la voiture. Le chauffeur, affreusement proche, allume brusquement ses phares blancs. Aveuglée, je n'arrive pas à distinguer son visage.

Quelques mètres seulement séparent nos véhicules nez à nez. Je vérifie mon rétroviseur ; j'ai peur d'écraser quelque chose ou quelqu'un. Mes mains sont moites. Le volant glisse. Je serre plus fort en continuant ma course en marche arrière. Maisons, pelouses, haies défilent de chaque côté. Au moins la route est à nous.

Le pare-chocs du 4 × 4 heurte le mien. Je donne de brefs coups de volant à droite, à gauche, la pédale d'accélérateur toujours enfoncée, mais ça ne suffit pas. La voiture rentre à nouveau dans la mienne.

Dans le rétroviseur, je repère un petit carrefour, non loin. Au dernier moment, d'un grand coup de volant, je m'engage dans une ruelle. Dans son élan, le 4 × 4 rate l'intersection. Je repasse en marche avant et je remonte la rue à vive allure. Le 4 × 4 va perdre du temps à rebrousser chemin pour me rattraper.

D'un virage serré à droite, puis à gauche, j'arrive à le semer. J'éteins mes phares, cherche une cachette. Les grilles d'une maison sont restées ouvertes ; je remonte l'allée circulaire pour planquer la voiture derrière des arbustes. Moteur éteint. Oreille tendue. Rien à signaler. Passé un moment, j'entends les pneus du 4 × 4 crisser alors qu'il parcourt les rues à toute vitesse. Le silence reprend ses droits, comme à l'accoutumée dans ces quartiers résidentiels huppés.

Des lumières s'allument dans la maison où je me suis cachée. Je redémarre et m'enfuis. Pour aller où ? Mon frère est à l'hôtel, Blake à Washington. Quant à Michael ? Allez savoir. Madison ? Elle doit rester en dehors de tout cela.

Je voudrais tant aller me réfugier auprès de Tyler et de Florina, mais avec ce type à mes trousses, hors de question de les mettre en danger.

Helena m'a dit de me sauver. Pourtant, je ferais bien de repasser une dernière fois chez elle.

Prendre le revolver.

Sur place, je file droit dans sa chambre, ouvre tous les tiroirs, fouille dans les écharpes, les sous-vêtements. L'arme a disparu.

Eugenia ?

Je sors de la chambre et hurle son nom.
Elle gravit bientôt les marches d'un pas lourd.
— J'arrive, répond-elle d'une voix lasse.
Voyant qu'elle ne se presse pas, je crie à travers le couloir :
— C'est vous qui avez fouillé dans les tiroirs de ma commode ?
— Vous savez bien que je n'ouvre jamais vos tiroirs, répond-elle, stupéfaite, une fois près de moi.
— C'est vous. Avouez ! C'est vous qui avez pris le revolver !
— Un revolver ? Jamais de la vie, réplique-t-elle, choquée. Je ne toucherais jamais à une arme.
— Contraints et forcés, les gens sont capables de tout.
— Il était ici, dans votre chambre ?
Je pivote sur moi-même pour examiner la pièce. Un éclair me transperce. Je me souviens maintenant ! J'ouvre le placard et découvre la pochette de soirée. Eugenia est debout dans l'encadrement de la porte. Dos à elle, je tâte le contenu du sac.
Le revolver est dedans.
Je tente de me calmer et me tourne lentement vers la domestique.
— Au temps pour moi. Désolée.
Elle inspire et expire dans un soupir.
— Au moins, tout ça sera fini demain.
— Que voulez-vous dire ?

— Ça… (Elle m'englobe d'un geste de la main.) Cette location.

Si elle apprend qu'Helena est morte, elle va probablement me mettre à la porte. Je dois gagner du temps.

— Je ne vous l'ai pas dit ? J'ai demandé une rallonge.

Eugenia grimace et entrouvre la bouche pour protester ; je l'interromps :

— Je dois voir mon technicien. Il faut qu'il jette un œil à ma puce. J'ai des migraines.

Je prêche le faux pour savoir le vrai dans l'espoir qu'elle connaisse le type en question.

— Pourquoi ne pas simplement retourner voir ceux qui vous l'ont implantée ? Avec tout l'argent que vous leur avez donné…

Elle ne décolère pas. Seulement, ce n'est rien comparé à sa réaction si elle savait qu'elle court, elle aussi, un grave danger. Helena ne lui a parlé que de la location.

— Eugenia, écoutez-moi bien. N'ouvrez à personne. Et si quelqu'un appelle, vous ne savez pas où je suis.

Elle me dévisage, la mine grave.

— Vous avez d'autres ennuis ?

Helena l'a donc mise en garde avant moi. Cette fois, néanmoins, c'est plus dangereux. En restant ici, je mets ma vie en jeu. Eugenia ne sait rien : parfait, elle sera protégée.

— Il faut que j'y aille. Soyez prudente.

Je monte dans la voiture de sport d'Helena et mets le contact avant de consulter l'historique du répertoire du GPS. La longue liste me décourage un peu, quand je reconnais soudain un nom : Redmond. Eugenia en a parlé, le premier soir. Elle a dit qu'il avait appelé Helena. Au vu de l'adresse, c'est le genre de quartier où pourrait tout à fait habiter un technicien.

— Redmond, commandé-je au GPS.

— Direction Redmond, répond-il de sa voix mécanique.

Le système de navigation me conduit à un entrepôt dans une zone industrielle de la Vallée de San Fernando. Pas hyper rassurant comme endroit. Surtout la nuit. Je passe devant des clôtures grillagées, gardées par des chiens de garde féroces. L'adresse s'affiche sur l'écran. C'est un complexe industriel éclairé depuis les toits par de gros projecteurs. Je me gare à l'abri des regards et des perdus.

Redmond vit dans le dernier entrepôt. La porte est fermée à clé. J'appuie sur une vieille sonnette en plastique. Juste au-dessus, un œil au centre lumineux me fixe. Une caméra, probablement. Malin de la part de Redmond d'habiter un vieil immeuble bon marché. Quelques instants plus tard, la porte se déverrouille dans un bourdonnement étouffé.

L'intérieur fait penser à un atelier de sculpteur. Sols en béton, couloir nu en placo blanc. Tout au fond, j'aperçois un halo fluorescent et sors mon arme.

Je tremble. Et si c'était un piège ? Si seulement Helena était encore dans ma tête ; elle, elle saurait quoi dire. J'aurais dû lui poser plus de questions au sujet de Redmond...

J'arrive à l'extrémité du couloir. Sur la gauche, j'entre dans une grande pièce encombrée de rangées de tables et de comptoirs couverts de composants électroniques, d'ordinateurs et d'écrans. Certains fonctionnent, d'autres ont été démontés. Il y a tellement de matériel qu'une partie est suspendue à des poutres au plafond. Ça sent les produits chimiques.

Sur un airécran, au-dessus d'un comptoir encombré, je reconnais la porte d'entrée où j'ai sonné. En dessous, un homme à la chevelure d'Ender est affalé devant des écrans d'ordinateur.

Est-il mort ou vivant ? Impossible à dire. Il ne bouge pas quand je me glisse jusqu'à lui, le revolver à deux mains devant moi.

— Redmond ?

— Helena, marmonne-t-il avec un accent britannique. Tu en as mis du temps ! Je m'endormais.

Il lève un visage chiffonné. Je distingue son reflet dans deux moniteurs noirs. Il observe le mien au même endroit et reprend sans se retourner :

— Helena, à quoi ça rime ?

— J'ai une requête.

— En général, tu n'as pas besoin de pointer une arme sur moi.

Redmond pivote sur sa chaise. Je l'arrête violemment du pied.

— Les mains derrière la tête ! ordonné-je.

Un autre truc que j'ai vu dans les films avec mon père. Ça marche : il obéit.

Un des moniteurs bipe en rythme avec un voyant rouge clignotant sur un plan de la ville. Le point rouge est localisé juste à notre endroit, visiblement.

— Qu'est-ce que c'est ?

— C'est toi. Ton détecteur. Tu sais bien.

Il plisse les yeux. Redmond est maigre, mal sapé, les cheveux en bataille façon savant fou. Il a de beaux traits, pourtant ; l'Ender a dû être séduisant quand il était jeune.

— Je suis toujours la dernière au courant. Enlève ma puce. C'est terminé.

— Comment ça s'est passé ?

— Quoi ?

— Ton grand projet ?

— Avec tous ces écrans, tu devrais le savoir...

Il me sonde des yeux, puis fait rouler sa chaise vers moi, sans baisser les mains.

— Ce n'est pas possible. (Il décroise ses doigts. Il est si près que je peux sentir son haleine mentholée.) Vous n'êtes pas Helena.

Le revolver tremble dans ma main.

— Non. Elle est morte.

Il fronce les sourcils. Son regard se vide.

— Comment ?

— Je ne sais pas : je n'ai rien vu. Je l'ai juste entendue crier. Dans ma tête. Je pense qu'on l'a assassinée.

Il écarquille les yeux de stupeur.

— On était à deux doigts de se rencontrer enfin. J'y croyais, avoué-je.

— Helena débordait d'énergie. (La tristesse déforme ses traits.) On s'est rencontrés à l'université, il y a plus de cent ans.

— Que savez-vous sur la *Banque des Corps* ?

— J'en sais assez.

— Alors voilà le topo : ils ont assassiné Helena. Elle m'a prévenue qu'ils me tueraient aussi. (Je le mets à nouveau en joue.) Enlevez-moi cette puce !

— Je comprends pourquoi tu ne veux pas qu'ils te localisent. Tu es témoin dans le meurtre d'Helena.

— Exactement. Retirez-la !

— Je ne peux pas.

— Vous préférez mourir ? (J'allonge encore la main qui tend l'arme.) Vous êtes bien placé pour savoir que je pourrais vous tuer. C'est vous qui avez désactivé mon pare-crime.

— J'ignore toujours si le plan d'Helena a fonctionné. Tu as réussi ? Rien ne dit que je n'ai pas échoué là-dessus aussi.

— Vous avez vraiment envie de servir de cobaye ? Pour la dernière fois : retirez-moi la puce.
— Je voudrais bien. Je te le jure. Mais je crains qu'ils n'aient activé une commande de mort immédiate.
— Comment ?
— Ils envoient un signal à la puce pour qu'elle explose.

Ébranlée, je ferme les yeux une seconde. Je n'avais pas pensé à ça.

— Ne t'inquiète pas. Il est plus probable qu'ils continuent à utiliser la puce avec une autre locataire. Une nouvelle cliente reliée à toi de la même manière qu'Helena.

J'ignore ce qui m'effraie le plus : qu'une autre personne s'infiltre en moi, ou que ma tête explose.

— Mais depuis que vous avez modifié la puce, j'ai cessé de m'évanouir. Par contre, Helena n'a pas réussi à reprendre le contrôle de mon corps.
— Je vois. Cela dit, il n'est pas impossible que ta nouvelle locataire puisse communiquer mentalement avec toi, comme Helena.
— Justement ! Enlevez la puce !
— Si je pouvais... C'est impossible. Logée où elle est, dans ton cerveau...
— Mais vous l'avez déjà fait ! Deux fois.
— Et c'était très délicat. Modifier la puce est une chose, la retirer en est une autre. Ils l'ont intégrée à un réseau complexe, de sorte que si on essaie de te

l'enlever, elle s'autodétruise. Au mieux, tu souffriras d'une hémorragie cérébrale, au pire des cas elle te fera sauter la cervelle. C'est un peu comme avoir une bombe à retardement dans le crâne.

— Une bombe ? Dans ma tête ? Vous rigolez, là ?
— Je suis désolé…

Hémorragie. Explosion cérébrale. J'ai tout à coup le vertige.

— C'est horrible. (Je baisse mon arme.) Pourquoi moi ?
— J'imagine que c'est pareil pour tous les donneurs. Un moyen d'assurer leurs arrières en cas d'échec. De cette façon, personne ne peut s'emparer de leur précieuse invention.
— Autrement dit, je suis condamnée à passer le reste de ma vie à leur merci à cause d'un bout de métal dans le crâne ?
— J'en ai bien peur.

Plus rien ne sera comme avant. Je ne me sentirai plus jamais en sécurité. Callie, la fille qui est entrée un jour à la *Banque des Corps*, n'est plus.

Redmond se racle la gorge.

— Il y a quand même une lueur d'espoir…
— Laquelle ?
— Tu es la seule dont la puce a été altérée. À leurs yeux, tu es unique.

Je laisse échapper un rire ironique.

— C'est ça, la bonne nouvelle ?

L'Ender plonge ses yeux dans les miens.

— Cela peut être une raison suffisante pour que la *Banque des Corps* te garde en vie...

Redmond a fabriqué une petite plaque magnétique qu'il pose sur la surface de mon crâne près de ma puce. Je ne ressens aucune douleur grâce à l'anesthésie locale. Allongée sur une table, dans une pièce stérile au fond de son appartement, je le regarde faire. J'admire ses gestes précis. Redmond a l'âme d'un jeune, dans un corps de vieux. J'ai confiance en lui. La vérité ? Je n'ai pas envie de quitter son laboratoire. Je m'y sens en sécurité, entre les mains d'un expert qui sait comment je fonctionne.

Il m'explique qu'avant, il était chirurgien, spécialisé dans les opérations cérébrales. Mais, à sa retraite, il a renoué avec sa première passion : l'informatique. Il compare ça à l'opération d'un patient qui ne se plaint jamais. Et en cas de problème, il peut toujours recommencer.

J'ai beau me sentir en sécurité, je représente un danger pour lui. Lui ne s'est pas rallié à notre cause, celle des Starters. Seuls l'argent, le projet scientifique, et peut-être aussi le fait qu'Helena ait été une vieille amie l'intéressent. Moi, il ne me connaît pas, et je ne suis pas dupe : plus tôt je serai partie, mieux cela vaudra pour lui.

— Je dois te prévenir, Callie : l'opération n'est pas définitive. C'est ce que je peux faire de mieux au pied levé. Le produit que j'utilise va se décomposer au contact de la plaque. Un abrasif plus puissant risquerait de te brûler le crâne.

— Combien de temps ça va durer ?

— Je ne sais pas. Une semaine peut-être.

Il reprend son travail, applique du gel aux coins de la plaque métallique.

— Redmond, que savez-vous du Vieux ?

— Je sais ce que tout le monde sait : qu'il n'a jamais révélé son identité. Personne n'a vu son visage. La rumeur dit que c'était un génie de l'informatique avant. Il aurait travaillé à la tête des Opé Sombres pendant la guerre et aurait été blessé... Mais c'est peut-être une légende.

Ma gorge se serre. Je pense à Helena et à Emma.

— Je ferai tout pour le trouver.

— Tu n'es pas la seule ! D'où sa vie de reclus.

— Je sais qu'il va parfois aux locaux de la *Banque des Corps*. Je l'ai aperçu une fois.

Redmond s'arrête et se penche au-dessus de moi pour être dans mon champ de vision.

— Garde ton énergie. Tu es jeune et belle. Si tu restes en dehors de son chemin, tu pourras profiter de la vie. Elle est devant toi. Ce sera ta récompense. C'est un homme diabolique. Vraiment.

Il m'aide à m'asseoir et me présente un miroir. Je me croirais chez le coiffeur. J'admire son travail grâce à un second miroir mural.

— Ouah ! On ne voit rien.

Il prend ma main et la place à l'arrière de mon crâne.

— Un jeu d'enfant.

Sous mes cheveux, je sens la plaque en métal moulée sur mon crâne.

— J'ai dû te raser un peu, en dessous, mais avec ton épaisseur de cheveux, ça ne se verra pas. À moins d'un énorme coup de vent.

— Et grâce à cela, ils ne pourront pas me localiser ? Pendant une semaine ?

— En effet. Moi non plus d'ailleurs. À partir de maintenant, tu opères en solo.

Je repose le miroir et me lève.

— Je suis habituée depuis le temps.

— Suis-moi, annonce-t-il, la mine grave.

On retourne dans son laboratoire. Redmond appuie sur la petite tablette d'un tiroir de rangement de son bureau. Elle s'ouvre dans un clic. Il en sort une boîte métallique, de la taille de sa paume environ. En haut, il a inscrit : « Helena ».

— Si jamais il m'arrive quoi que ce soit, je veux que tu viennes chercher cette boîte.

— Comment je vais faire pour ouvrir le tiroir ?

— Tes empreintes digitales sont déjà enregistrées. Helena s'en est chargée.

J'examine le bout de mes doigts. Me reste-t-il quelque chose à moi ? C'est une boîte ordinaire. Un disque dur ?

— Qu'y a-t-il dedans ?
— La clé qui contient les informations sur mon opération pour modifier ta puce. L'équivalent de ton acte de naissance, si on veut, conclut-il avec un simili sourire.

20.

Maintenant qu'à la *Banque des Corps,* ils ne peuvent plus me localiser, ils vont s'apercevoir que j'ai trafiqué ma puce. Étant donné qu'on ne peut pas me l'enlever, Redmond n'a pu la remplacer par un mouchard pour brouiller leurs pistes. Jusqu'ici, Prime Destinations a sans doute pensé que j'agissais sous l'emprise d'Helena mais cette illusion est terminée désormais.

Dans ma voiture, devant le bâtiment de Redmond, je sors le nouveau portable qu'il m'a donné de crainte que celui d'Helena soit sur écoute. Je rallume son téléphone le temps de consulter le numéro de Lauren dans le répertoire. En le pianotant sur l'autre portable, je tombe sur la messagerie. Je lui demande de me rappeler – enfin... pas moi, Helena – et lui donne le nouveau numéro. À peine ai-je le temps de composer celui de Madison que le téléphone d'Helena sonne. L'écran clignotant affiche « Blake ».

Mes jambes me lâchent. La dernière fois que je l'ai vu, c'était à la R-TV, quand il portait mon épingle en forme de baleine. Son grand-père a-t-il échoué à le monter contre moi ? À moins qu'il n'ait jamais parlé à Blake ?

J'emplis mes poumons d'air pour me donner du courage. Puis je le rappelle avec mon nouveau portable.

— Blake ?
— Callie.

Rien que d'entendre sa voix, j'ai envie de pleurer.
— Tu es rentré.
— Enfin ! Oui.

À l'autre bout, il prend une grande inspiration.
— Écoute, Blake, à propos de l'autre soir...
— Je sais. Tu m'as manqué.
— Tu m'as terriblement manqué toi aussi.
— Tant mieux, dit-il. Si ça n'allait que dans un sens, ce ne serait pas cool.

Son humour fonctionne à merveille.
— Tu as faim ? me lance-t-il subitement.
— J'ai la dalle !

Il me Zingue l'adresse d'un restaurant rétro ouvert toute la nuit qui s'appelle *Le Drive-In*. À mon arrivée, je découvre avec soulagement que les lieux sont gardés par plusieurs Enders armés. Je ne les vois plus comme des ennemis mais comme des alliés potentiels, capables de me protéger.

Toutes les places de parking sont occupées par des voitures de luxe. On ne lésine pas sur les dépenses ici. Aux murs, des enseignes lumineuses font la promotion de ce « Voyage aux charmes d'antan ». Des Enders glissent avec agilité sur leurs patins, leur plateau au-dessus de la tête. Ils livrent directement aux clients dans leurs voitures, hamburgers, milkshakes et banana split. Des haut-parleurs sortent des vieux airs de rock'n roll. Sur les écrans extérieurs, on passe sans le son des films des années 1950, ce qui renforce l'illusion de voyager dans le temps.

Je me gare au bout du parking, loin des cuisines, et file aux toilettes. En sortant, toujours pas de voiture de Blake. Je retourne m'asseoir dans la mienne. Passé quelques minutes, il se gare près de moi en souriant. Quel bonheur de le revoir ! La portière de sa voiture, côté passager, s'ouvre dans un clic. Je monte sans attendre.

Il m'embrasse sur la joue.

— Salut.

Ici, avec lui, je suis au paradis.

— Tu es magnifique, me complimente-t-il.

Il déplace ensuite sa voiture entre deux autres, plus près des cuisines. Une Ender svelte, avec une longue queue-de-cheval argent, s'élance vers nous sur ses patins. Après qu'elle a pris notre commande, Blake serre mes mains dans les siennes.

— Je suis désolé, s'excuse-t-il.
— Il n'y a aucune raison.

Je m'imprègne de son odeur avant de plonger dans la contemplation des traits familiers de son visage. Seulement, si je me laisse un peu trop aller, je sais que je vais m'effondrer en larmes dans ses bras. Je dois rester maîtresse de moi pour pouvoir me confier comme prévu.

Il m'attire contre lui.

— Il faut que je te parle, Blake.

— Je sais. (Il se rassoit au fond de son siège.) J'ai voulu t'appeler de Washington, mais mon grand-père m'a confisqué mon portable. Je viens juste de le récupérer.

— J'ai l'impression que tu es parti depuis une éternité. Il s'est passé tellement de choses...

— Je n'ai pas arrêté de penser à toi. Le plus dur, c'était le soir, juste avant de m'endormir. La journée, je ne manquais pas de distractions. La nuit tombée, par contre, il n'y avait plus de place que pour toi.

Un truc brille sur sa veste en cuir. La baleine que j'avais sur mon escarpin. Pensive, je la caresse du doigt.

— Je devrais mettre la mienne. On ferait la paire.

— On fait déjà la paire.

Il me dévore des yeux. Je fonds. Il s'approche et me prend par le cou. Je sens son souffle sur mon visage. Je frissonne en fermant les yeux.

Blake m'embrasse. Ses lèvres m'électrisent. J'adore son goût de citron vert. Ses cheveux sont soyeux, trop, presque, pour un garçon. Il me caresse le visage, le cou, comme s'il découvrait un corps de femme – mon corps – pour la première fois. Je me sens tellement bien. Unique au monde. Il lisse mes cheveux mais s'interrompt brusquement. Juste à l'endroit de la plaque en métal, à l'arrière de mon crâne.

Il se fige net.

— C'est quoi, ce truc ?

Je recule en hoquetant de surprise.

— Désolé, Callie. J'ai oublié. Tu me l'as dit pourtant. C'est... la cicatrice de ton opération ?

La serveuse nous interrompt. On se tait, le temps qu'elle fixe le plateau de notre commande au rebord de la fenêtre. Après son départ, on n'a pas le cœur de toucher à la nourriture.

— Le truc que tu as senti... C'est ce dont je voulais te parler.

Il me couve d'un regard patient.

La boule, dans mon ventre, grossit. Pourquoi est-ce si dur ? Parce que c'est compliqué.

Il reprend ma main.

— Ça ne fait rien. Je t'assure.

— Je ne suis pas celle que tu crois.

Il esquisse un demi-sourire nerveux.

— Alors qui es-tu ?

— Ne me déteste pas, je t'en supplie.
— Jamais de la vie.

Je voudrais que le temps s'arrête. Il m'aime encore ; il a confiance en moi. Et tout ça est sur le point de basculer... peut-être.

Il passe une main tendre sur ma joue.

— Ça va aller, Callie. Ça a un rapport avec ton opération, c'est ça ? Tu peux dire ce que tu veux : jamais je ne te haïrai.

— On verra ça après... (Je respire profondément et me lance.) J'ai menti. En vérité, je ne m'appelle pas Callie Winterhill, mais Callie Woodland. Je ne suis pas riche ; ces vêtements ne sont pas à moi, la voiture non plus, ni la maison que tu as vue.

Immobile, le regard fixe, il ne desserre pas les mâchoires avant un moment.

— Ça m'est égal que tu sois riche ou pas.

— Ce n'est pas tout. Je suis mineure, sans parents, ni tuteur. Je n'ai pas de maison. Je squatte des immeubles abandonnés. Je mange ce que je trouve.

Pas besoin de regarder son visage ; c'est inutile. La tension remplit déjà la voiture tel un gaz toxique. Je continue avant de ne plus pouvoir parler.

— Il me fallait de l'argent pour mon petit frère. Il a sept ans. Il est malade. Alors, j'ai signé un contrat avec cette société, Prime Destinations. Entre nous, on l'appelle la *Banque des Corps*. En tant que donneuse, j'ai loué mon corps à une Ender du nom d'Helena Winterhill. C'est sa maison, sa voiture, sa vie que j'ai volées. Elle voulait empêcher ton grand-père de passer cet accord avec Prime Destinations. Je l'ai d'abord prise pour une folle mais en réalité, elle avait raison et leur complot est encore pire que ce qu'on imaginait.

Je déballe tout, trop vite probablement. Blake ne me coupe pas une seule fois la parole. Ma seule omission : le projet d'Helena de tuer son grand-père. Ce n'est pas maintenant qu'elle est morte, que je vais lui faire cet aveu. Il a déjà eu son compte de pilules à avaler. Et puis pourquoi l'inquiéter avec ça, le problème étant désormais réglé ?

Mon monologue terminé, je me tourne vers lui. Il ne m'a pas quittée des yeux. Étonnamment, son visage ne porte pas la marque de dégoût prévue. Mais sa mine reste grave et son silence pesant. L'attente est insupportable. Ma gorge est sèche et moi, pendue à ses lèvres. Il finit par prendre la parole :

— C'est tellement... Je... je ne sais pas quoi dire.
— Tu me crois ?
— J'en ai envie en tout cas.
— Mais tu ne me crois pas ?
— C'est juste... Je suis... Comment dire ?

J'écarte les cheveux à l'arrière de ma tête pour lui montrer la plaque que Redmond m'a posée. Je me sens à nu, terriblement gênée. « Tu me vois telle que je suis. Voilà qui je suis devenue », signifié-je par mon geste.

— Ma puce se trouve sous la plaque.

Il ne dit mot. Je relève la tête et recoiffe mes cheveux.

— Si tu parviens à convaincre ton grand-père de revenir sur son projet de partenariat entre le gouvernement et Prime Destinations... Si tu arrives à lui faire voir l'horreur de la situation, et que ça revient à condamner tous ces orphelins, il changerait d'avis, non ? demandé-je emportée par ma fougue.

Je veux tout : la vérité *et* Blake. Il y a peu de chance que le sénateur ignore les manigances de la *Banque des Corps*. Mais peut-être qu'il n'est pas au courant de leur Programme Permanence.

Blake reste silencieux, perdu dans ses pensées, troublé.

— Blake ?

Il passe la main sur son visage.

— Je vais lui parler. Non, attends. Mieux vaut que ce soit toi. Tu pourras lui expliquer, argumenter et tout.

— Tu crois vraiment ?

— Demain, on est samedi : il sera au ranch. Viens pour l'heure du déjeuner. Là-bas, ce sera plus facile. C'est son endroit préféré.

— Jamais il ne voudra m'écouter. Il me déteste !

— Je serai avec toi. Il m'écoutera, lui. Je suis son petit-fils. (Il me caresse la main.) On ne risque rien à essayer.

Il semble un peu ailleurs, préoccupé. Normal, il me voit sous un tout nouveau jour.

On mange sans un mot, puis Blake me raccompagne jusqu'à ma voiture.

— À demain, me salue-t-il.

— À demain, Blake.

Il m'embrasse pour me dire au revoir mais ce n'est plus comme avant. Son baiser a le goût de mes mensonges – un fardeau qui pèse sur nos bouches. Il s'éloigne. Une chape de plomb s'abat soudain sur mes épaules.

Je monte en voiture et verrouille les portières. En allant aux toilettes plus tôt, j'ai demandé à l'un des vigiles s'il voulait bien garder un œil sur ma voiture car je comptais faire un petit somme. « Aucun problème » a-t-il assuré en s'emparant de ma liasse de billets.

J'émerge aux alentours de 6 heures, le soleil dans les yeux. Je redresse le dossier de mon siège et passe ma langue sur mes dents. Réflexe : je tâte l'arrière de ma tête, à l'endroit de ma plaque. Une douleur lancinante me rappelle qu'elle m'a vendue à Blake. J'avale deux des calmants que m'a donnés Redmond.

Mon nouveau téléphone clignote : un Zing de Lauren.

Lauren continue à louer le somptueux corps de Reece. Sa longue chevelure rousse luit dans le soleil levant.

— Dis-moi que tu as du nouveau, Helena. Je n'ai rien appris au sujet de Kevin.

Elle insère une carte dans un portail qui s'ouvre sur un petit parc privé près de sa résidence de Beverly Hills. Je redoutais un peu le point de rendez-vous, trop proche de la *Banque des Corps*, mais le parc n'est pas seulement fermé par une grille, il est gardé.

— Il a été vu. Des gens lui ont même parlé, mais, depuis un mois, plus aucun signe, me raconte Lauren.

Je sais qu'il faudrait que je commence par lui avouer qui je suis. Inutile de revivre le même supplice en tournant autour du pot.

— Je ne suis pas Helena.

Mais Lauren est partie dans son récit et je dois l'interrompre.

— Écoute-moi. Je ne suis pas Helena !

Bouche bée, elle croise les bras.

— Qu'est-ce que tu racontes ?

— C'est mon corps qu'Helena a loué. Moi, j'ai *vraiment* seize ans.

— Attends un peu. Quand j'ai parlé à Helena, elle était dans ce corps, relève-t-elle en me désignant.

— C'était moi, tout ce temps. Au *Club Rune* et au restaurant thaï.

— C'était toi ? répète-t-elle, des flammes dans les yeux. Qu'est-il arrivé à Helena ?

Le cœur gros, je lui décris ses derniers instants.

— Elle est décédée.

— Helena ? Morte ? (Les mains sur mes épaules, elle me secoue avec violence.) Pourquoi ? Elle ne t'avait rien fait.

— Doucement. Ce n'est pas moi. (Le gardien du parc nous jette un regard soupçonneux.) Il s'agit de quelqu'un, à la *Banque des Corps*.

— Qui ?

— Je ne sais pas.

— Alors comment peux-tu être certaine qu'elle est morte ?

— Je l'ai entendue crier dans ma tête.

— Tu... quoi ?!

— Helena a modifié ma puce. À la fin, je pouvais l'entendre distinctement. On communiquait de cette façon.

Lauren me pousse en arrière.

— Je n'en crois rien. On était amies depuis quatre-vingt-cinq ans. (D'un mouchoir, elle essuie ses larmes de colère.) Et maintenant, elle est morte.

— Je suis désolée. Je commençais seulement à la connaître.

— Comment oses-tu ?

— Elle m'a beaucoup appris.

— Ha ! À quel propos ?

— Le sénateur. Le Vieux.

Lauren détourne les yeux.

— Je ne veux plus te voir. Tu m'as menti. Tu t'es fait passer pour elle. Et maintenant, j'apprends qu'elle était morte depuis le début.

— Non, ce n'est pas ça du tout. Son décès... est tout récent.

— Pourquoi faut-il qu'aujourd'hui, tout le monde mente sur son identité ? déplore-t-elle entre ses mâchoires crispées.

Je l'observe dans son enveloppe d'adolescente. Je n'ose pas lui renvoyer la pareille.

— La bonne nouvelle... c'est que, d'après moi, Kevin est en vie.

Ces paroles vont peut-être l'adoucir.

— Qu'est-ce que tu en sais ?

— Le Vieux va proposer à ses abonnés de dépasser le stade de la simple location : ils pourront acheter un des corps de la *Banque*. Et je suis d'avis qu'ils ont déjà effectué des essais. Cela expliquerait toutes les disparitions d'adolescents sans indice, ni trace de lutte ni cadavre.

Ses pupilles se ravivent à cette lueur d'espoir. Mais, soudain, elle arque les sourcils.

— Tu n'y connais rien. Comment pourrais-je te croire ? Tu portes les bijoux d'Helena, tu conduis sa voiture. Tu n'as donc aucun respect ?

— Je veux l'aider.

— Trop tard. Elle est morte.

Bouleversée, elle tourne les talons.

— Lauren ! Ou dois-je vous appeler Reece ? m'écrié-je.

Elle continue sur sa lancée sans se retourner et je reste plantée là, à trembler d'émotion. Moi qui pensais qu'elle allait me soutenir en mémoire de son amie. C'est la seule à qui je pouvais parler des Starters disparus.

Le gardien, des flèches dans les yeux, porte la main à son arme et commence à marcher dans ma direction. Ici, j'étais l'invitée de Lauren, membre de la copropriété du parc. Maintenant qu'elle est partie, je n'ai aucune raison – ni la permission – d'être ici.

Arrivée à la grille, je l'ouvre précipitamment et m'élance au-dehors. Elle claque lourdement derrière moi. Juste comme je monte en voiture, d'un œil sur le trottoir d'en face, je reconnais une silhouette familière.

Michael.

21.

Je m'élance à travers la rue, slalomant entre les voitures et les vélos. J'ai beau agiter les bras, il ne me remarque pas. Je hurle en lui courant après.

— Michael ! Michael, attends ! (Enfin à sa hauteur, je l'interpelle d'une légère tape dans le dos.) C'est moi.

Il me fait face. Revoir son visage me réchauffe aussitôt le cœur. Je ne m'étais pas rendu compte à quel point ces longs cheveux blonds, ce regard plein de douceur m'avaient manqué. Il sourit et mes jambes se dérobent sous moi.

— La vache ! Tu es trop beau, m'exclamé-je en touchant sa veste.

— Je te retourne le compliment. (Il me déshabille des yeux.) C'est quoi, ton prénom ?

Il parle avec la voix de Michael mais ne s'exprime pas comme lui. Sa bouche, ses yeux, son nez sont parfaits. Ni taches de rousseur, ni grain de beauté, ni entaille. Sa peau est impeccable et ses vêtements ont dû coûter des mois de nourriture.

Mon sang se glace.

Ce n'est pas Michael. C'est un locataire.

Un Ender a loué son corps. Michael n'a pas tenu sa promesse d'attendre. Il a signé à son tour avant la fin de mon contrat.

— Qui es-tu ? demandé-je d'une voix chevrotante.

— Un garçon de seize ans. Ça ne se voit pas ? (Bras écartés, il accomplit un tour sur lui-même.) Plutôt pas mal, non ?

J'empoigne la veste du type.

— Hé, tout doux. C'est de l'alpaca. Ça vient de Russie.

— Rien à faire que ça vienne de Mars ou d'ailleurs. Depuis combien de temps tu loues ce corps ?

— Qu'est-ce que tu me chantes ?

Je tire sur sa veste, manque l'étouffer.

— Quitte à mentir, fais-le avec ta bouche toute ridée d'Ender. Alors, combien de temps ?

— Je viens juste de l'avoir, répond-il d'une voix rauque. Je sors de chez Prime Destinations.

Je le lâche. Pas envie d'attirer l'attention une fois de plus. Des Enders, déjà, regardent dans notre direction. Le type rajuste son vêtement.

— Et tout comme cette veste que j'ai payée une fortune, il est à moi.

Le gardien du parc, en face, nous reluque à travers la grille.

— Je te conseille d'en prendre soin…, le menacé-je.

— Tu connais ce garçon, je présume ? (Il indique son corps.) Compte sur moi pour en profiter au maximum, chérie. Pourquoi crois-tu que je l'ai loué ? Rien ne pourra m'arrêter.

Il rugit de plaisir. Moi, je bous tellement que je m'attends à ce que de la fumée sorte de mes oreilles.

Le pauvre crétin sourit de toutes ses dents.

— Comme c'est touchant. Tu es sa petite amie ? Bonus en prime, avec le corps ?

Il passe un bras autour de mes épaules. Dégoûtée, je le repousse de toutes mes forces.

— Ne me touche pas. Je ne voudrais pas mettre un œil au beurre noir à mon ami à cause d'un abruti dans ton genre.

Des passants nous toisent. Le vieux pervers s'approche et me lèche du menton jusqu'à la paupière. Je le pousse à nouveau violemment et essuie sa bave du revers de la main.

— Arrête ça tout de suite !

J'ai envie de lui flanquer une raclée. Mais c'est le corps de Michael.

— Eh bien, j'ai beaucoup apprécié cette charmante rencontre, mais il faut que je file. Quelle joie, cette vie trépidante qui me tend les bras !

Après un clin d'œil, il bat en retraite, se pressant de disparaître au coin d'une rue. Le gardien continue à me mater depuis le trottoir d'en face.

Je n'ai pas retrouvé Michael : je l'ai perdu. La seule personne attentionnée et sensible sur qui je pouvais compter. Disparue. Et un sale vieux repoussant, bicentenaire probablement, s'est glissé dans la peau de Michael. Il loue mon ami. Non. Ce n'est pas le mot qu'il a employé d'ailleurs. Il a dit qu'il était *à lui*. Et s'il avait acheté Michael ? Était-ce un des premiers contrats permanents ?

Non. Pitié !

Je le cherche des yeux mais il est introuvable. Je me précipite à sa suite en me mordant nerveusement les joues. À l'angle de la rue, je darde des regards affolés de tous côtés. C'était lui, là, la veste marron, sur la gauche ? Je me faufile dans la foule d'Enders tout en glissant la main droite dans la poche de mon sac. Juste sur le revolver.

Une fois à la hauteur du type, je lui plante l'arme dans le dos et me plaque contre lui pour que personne ne la voie.

— Bouge plus, murmuré-je à son oreille en lui agrippant le bras.

— Ne me faites pas de mal, réplique-t-il par-dessus son épaule. Je vous donnerai tout mon argent.

La voix est trop aiguë. Je retourne le type et découvre un visage rongé par l'acné, troué de deux yeux effrayés au bord des larmes. C'est un simple Starter.

— Désolée.

Je le relâche aussitôt. Il est trop sous le choc pour réagir.

— Tire-toi !

Il s'exécute. Après une volte-face, je reprends mon examen des piétons : pas un visage ne m'échappe. En vain. Pas de trace de Michael. Je viens de rater la seule chance que j'avais de le protéger alors qu'il sort seulement de la *Banque des Corps*...

Malgré mon envie de pleurer, je reste prisonnière de mes soubresauts muets de panique. C'est pire que si je ne l'avais jamais revu. Des vagues de crinières argentées se déversent de chaque côté de moi, immobile.

Où est donc ma voiture ? J'ai repris le contrôle de mes nerfs. La dernière chose que je veux, c'est traîner près de la *Banque des Corps*. Encore quelques secondes et je retrouve mon calme. Je décide de me diriger au nord. Devant, dans la cohue d'Enders, trois jeunes visages familiers avancent dans ma direction.

Briona, Lee et Raj ont les bras chargés de sacs aux enseignes de boutiques chics.

— Callie !

Briona me fait signe. Tous trois portent des tenues ultra tendance – lunettes de soleil super classe, bottes de styliste taillées en jolie pointe.

— Briona. Quelle coïncidence ! dis-je d'une voix affectée.

— Ce n'est pas une coïncidence, intervient Raj. Tout le monde sait que le royaume du shopping est à Beverly Hills.

Briona décoche un sourire exagéré à Raj.

— On est passés chez Prime Destinations, m'apprend-elle. Pour avoir des infos sur leurs nouveaux services.

— On a repéré ton signal sur nos téléphones.

Lee lève son portable.

— Mon portable est éteint.

— Je t'assure que non, rétorque Lee.

J'ouvre mon sac en prenant soin de le pencher pour cacher le revolver. Mon ancien portable est allumé.

— Bizarre. Je l'avais éteint...

— Ça, c'est les sacs à main ! Ça m'arrive tout le temps, commente Briona.

J'éteins mon téléphone.

— J'ai rêvé ou tu as deux portables ? soulève Raj.

— Ouais. Il y en a un à moi. (Je referme mon sac.) Et un à ma donneuse.

— Si on allait s'asseoir, propose Briona.

Avant que j'aie le temps de décliner, elle me tire par le bras jusqu'à une table à la terrasse d'un petit café. Nous sommes les seuls clients.

— Raj, va nous chercher trois *caffè latte*.

Il s'exécute immédiatement.

— Je ne peux pas rester...

— Allez Callie, rien qu'un peu.

Lee s'assoit de l'autre côté, trop près à mon goût. Briona et lui échangent des sourires nerveux. Que se passe-t-il ? Elle pianote sur la table du bout des ongles. Lee la foudroie du regard. Elle s'arrête aussitôt.

— Tu as entendu la nouvelle ? (Briona se penche par-dessus la table.) Au sujet de Prime Destinations ?

— Ouais. Vous en pensez quoi ?

— Trop hâte de devenir propriétaire, se réjouit Lee. Passer aux choses sérieuses, s'installer, bâtir enfin une nouvelle vie.

— Tu as déjà des idées ? m'interroge Briona.

— Non. Toi oui ?

— J'ai flashé sur une petite de seize ans. Je ferai un bien meilleur usage de son corps qu'elle. Sans compter que je suis cent fois plus intelligente.

Elle cale son menton dans la paume de sa main tandis que Lee bat fébrilement des jambes sous la table. Ça me rappelle quelqu'un. Mais qui ?

— C'est comme ce dicton « Si jeunesse savait, si vieillesse pouvait », ajoute-t-il. Et toi, Callie, tu comptes signer un contrat permanent ? Pour ce corps ou un autre ?

— Il a un problème, le tien ? me lâche Lee.

— Pas que je sache.

Il continue de taper des jambes contre sa chaise.

Je reprends, m'efforçant de garder mon calme :

— C'est quand même un peu flippant.

— Je suppose qu'en cas de réclamation, ils te laisseront changer, imagine-t-il.

— Mais alors, qu'est-ce qu'ils feront du corps d'origine ? intervient Briona. Ils ne peuvent tout de même pas laisser cette jolie petite blonde reprendre le cours normal de sa vie au bout de trois mois. Elle ne comprendrait rien.

— Elle ne se rendrait peut-être pas compte, avancé-je.

— Au premier coup d'œil à un calendrier, quand elle verra qu'elle a perdu, non pas des jours, mais des mois entiers, elle fera le rapprochement, assure Lee.

— L'avantage de la location, c'est qu'on peut essayer de nouvelles choses, juge Briona. Si j'étais propriétaire, je n'oserais plus rien essayer de risqué, comme la boxe, par exemple. Tandis qu'avec une location, ce n'est pas grave.

— Tu oublies l'amende exorbitante, ajoute Lee.

— Les assurances-locations, ça sert à ça, lance Briona avec un clin d'œil.

— L'achat est quand même plus avantageux, estime-t-il. Adieu les frais de location ! Bonjour l'investissement à long terme !

Ils me rendent dingue, tous les deux. Comment osent-ils parler de nous comme de vulgaires bouts de viande ? Ils se servent des Starters pour assouvir leurs plaisirs, leurs envies débiles. Et si on meurt ? La belle affaire ! Ils sont couverts.

Ils s'arrêtent de parler. Le battement des jambes de Lee, en revanche, se poursuit à l'unisson avec la mélodie des ongles de Briona. Je suis certaine d'avoir déjà vu ces tics quelque part. Mais où ?

Lee me surprend à reluquer les mains de sa copine. Nouvel échange de regards tendus. Je presse mon sac contre moi.

Un frisson me parcourt le dos. J'ai compris qui ils sont. Ce ne sont pas des Enders ordinaires.

Un 4 × 4 se gare sur le trottoir, Raj au volant. D'où cette longue conversation. Ils attendaient la voiture.

— Je suppose qu'on prend notre café à emporter.

Sur ces mots, Briona se lève, imitée par Lee. Il passe son bras sous le mien.

— Prête, Callie ?

Je me dégage et j'ouvre mon sac à main.

— Non.

— Suis-nous.

Briona se rapproche. Je sors le revolver et lui enfonce le canon dans les côtes.

— Compte là-dessus, *Doris*.

— Pas d'imprudence, dit Lee à mi-voix. Ne sois pas stupide.

— Pourquoi ? Ça vous inquiète ? Ce n'est pas votre corps, *Tinnenbaum*.

Raj suit la scène depuis la voiture. Ne voyant pas mon arme, il continue à faire comme si de rien n'était. Une tasse en carton à la main, il nous invite à le rejoindre.

— Depuis le début, vous vous cachiez dans ces corps. Vous m'espionniez.

Lee se met en travers de mon chemin. Briona et lui m'encerclent.

— Pas d'histoire, Callie, dit-elle, monte dans la voiture.

— Pas besoin de café, merci, décliné-je. Je suis suffisamment sur les nerfs.

Je repousse Briona. Elle trébuche et tombe dans les bras de Lee. Je traverse la salle en courant pour m'enfuir par la porte de derrière.

22.

Je ne me retourne pas pour voir si Lee ou Briona sont à mes trousses. Enfin... disons Tinnenbaum et Doris, maintenant que je les ai démasqués. Sous la peau de Raj, le conducteur, se cache probablement Rodney qui m'avait emmenée voir Tyler et Michael. Pourquoi la *Banque des Corps* les a-t-elle envoyés m'espionner sous la fausse identité de locataires ? Étaient-ils au courant du plan d'Helena depuis le début ? Ou bien seulement après la modification de ma puce ?

Je m'empresse de rejoindre ma voiture. En démarrant, je remarque un 4 × 4 qui, après un demi-tour, s'engage dans la même direction que moi. Serait-ce eux ? Je ne les vois plus : un camion me bouche maintenant la vue.

Avec mon nouveau téléphone, j'appelle l'hôtel de Tyler. Je veux informer Florina au sujet de Michael.

— Chambre 1409, s'il vous plaît.
— Les personnes ont quitté la chambre ce matin.
— Quoi ? Non, c'est impossible. Vous voulez bien vérifier : Woodland, chambre 1409.
— C'est exact. Ils ont effectivement rendu leur chambre plus tôt dans la matinée.

Une angoisse terrible me prend à la gorge. J'exige de parler à la gérante, qui me confirme les informations du réceptionniste. Mon frère et Florina n'ont laissé aucun message, aucun moyen de les joindre. La femme ajoute qu'elle les a vus monter dans une voiture en compagnie d'un homme âgé. Il s'est présenté comme le grand-père de Florina.

L'étau se resserre autour de ma gorge. J'ai du mal à respirer. Florina n'a plus ses grands-parents. Sinon elle ne serait pas à la rue. Et elle m'aurait également laissé un message.

Quelqu'un les a enlevés. Qui ? La rage me brûle les yeux. J'ai entendu parler d'enlèvements d'enfants contre des rançons. La voiture et l'hôtel de luxe ont-ils donné des idées à Florina ? Et si son petit numéro de grande sœur était du pipeau ? Un Starter désespéré est capable de n'importe quoi de nos jours. À moins qu'elle n'ait été agent double ? Sinon, un Ender à l'hôtel, un client ou même un employé a pu vouloir se faire de l'argent et décidé de les dénoncer en échange d'une récompense. Si c'est le cas, ils ont probablement été internés dans un de ces instituts. Non !

Et si c'était un coup de la *Banque des Corps* ? Pas pour louer Tyler évidemment : il n'a pas l'âge et puis il est malade, mais pour m'appâter.

Je suis à deux doigts de débarquer là-bas, mon revolver au poing, en hurlant qu'ils le relâchent. Mais, malgré ma fureur, je sais bien que c'est impossible de secourir qui que ce soit dans cet endroit. Il y a des gardes. Les portes sont blindées. En plus, ce serait les laisser gagner la partie. C'est un pari trop risqué. En vérité, je ne sais pas exactement où Tyler se trouve. J'ai juste un pressentiment. Un très mauvais pressentiment.

Et je ne compte pas rester assise les bras croisés.

J'emprunte le chemin de gravier qui longe le ranch familial de Blake. Je me gare de façon à être dans le sens de la marche quand je partirai. On ne sait jamais… En ouvrant la portière, je remarque que ma main tremble.

À grandes enjambées, je rejoins la porte d'entrée, mon sac en bandoulière serré contre moi. Je veux pouvoir dégainer au plus vite.

La domestique m'accueille et m'accompagne au salon. La demeure est un genre de grande hacienda, haute de plafonds, avec des poutres foncées apparentes. L'odeur de café et de cigare, que d'ordinaire j'apprécierais, me file des haut-le-cœur. Le sénateur Harrison ne vit donc que pour l'argent et le pouvoir.

Blake et son grand-père sont assis dans de larges fauteuils en cuir, couleur ocre. Soudain, ils me voient.

— Qu'est-ce qu'elle fiche ici ? s'exclame l'Ender, debout, un index pointé vers moi.

— Ne t'inquiète pas, grand-père, c'est moi qui l'ai invitée.

Blake se lève à son tour.

— Mais qu'est-ce qui t'a pris ?

— Callie voudrait te parler...

Blake s'avance vers moi et me prend par la main. Moi qui pensais qu'il aurait déjà tâté le terrain avec son grand-père.

— Dehors ! hurle le sénateur. Dehors !

Mon pouls bat à mes tempes.

— Vas-y, Callie. (Blake me lâche la main.) Dis-lui.

— Qu'elle me dise quoi ?

Je me lance :

— Vous savez que vous êtes impliqué dans des meurtres ?

Ses iris rougeoient de rage.

— Je t'interdis de me parler sur ce ton, misérable commère sénile, tempête-t-il.

Résolue, je sors mon revolver et le mets en joue.

— Je ne suis pas sénile : j'ai seize ans. La vraie propriétaire du corps, c'est moi.

Du coin de l'œil, j'aperçois Blake, bouche bée. Je reporte mon attention sur l'arme à feu. Je dois empêcher cette main de trembler. Je prends appui contre l'un des divans. À vue de nez, je dirais que quatre mètres me séparent du sénateur.

Son visage trahit sa stupéfaction.

— Alors pourquoi vouloir me tuer ?

— À cause de l'accord que vous avez initié entre le gouvernement et Prime Destinations. Des mineurs innocents vont être vendus à la *Banque des Corps* qui, à son tour, proposera à des seniors de les acheter.

J'ai du mal à déchiffrer l'expression de l'homme. Horrifié, c'est clair. Au courant ? Moins évident.

— Si on en est là, c'est de ta faute, crache-t-il en accusant Blake. Fais quelque chose.

— Son discours tient la route, grand-père. C'est vrai, oui ou non ?

— C'est vrai, oui ou non ? répète le sénateur sur un ton moqueur.

— Conduisez-moi au P-DG de Prime, lui commandé-je. Emmenez-moi voir le Vieux !

Mon ordre le plonge dans la torpeur.

— Non. Cela m'est impossible.

Je transpire des mains. La crosse du revolver glisse lentement dans ma paume.

— À votre place, sénateur Harrison, j'éviterais de me pousser à bout. Mon meilleur ami vient de se faire acheter et mon petit frère est le prochain sur la liste. À l'heure qu'il est, ils doivent être sur le point de l'opérer comme un chien chez le véto. Je veux juste parler au Vieux et si vous ne pouvez pas m'aider, alors vous comprendrez que je n'ai plus rien à perdre.

— Je ne peux pas. Vraiment pas.

— Vous n'avez pas le choix.

— Emmène-la, grand-père, intervient Blake. Tu sais où il travaille.

— Que les choses soient claires ma petite : si je te conduis à lui, il te tuera.

— Et, dans le cas contraire, c'est moi qui vous tuerai. (Je rajuste l'arme dans ma paume.) Je vous préviens : je commence à fatiguer. Je compte jusqu'à trois. Dirigez-vous vers la porte sinon je tire. Un...

Il s'humecte les lèvres.

— Deux...

Il déglutit. Sa pomme d'Adam monte et descend avec peine.

— Trois.

Il ne semble pas décidé à bouger.

Je n'ai aucune envie de tirer mais il le faut. Je visualise la balle pénétrer sa chair, la déchirer, sa peau éclater tel un bourgeon en fleur, le sang gicler en fontaine, inondant la pièce. Mon doigt tremble. Il presse pourtant la détente. C'est comme si j'essayais de la relâcher mais évidemment ça ne se passe pas comme ça. Je tire. Je suppose qu'au fond de moi, c'est ce que je voulais.

Le coup part avec une détonation sourde. Au même instant, ou légèrement plus tôt – je ne suis pas sûre –, Blake se jette devant son grand-père et le pousse de toutes ses forces.

— Blake ! m'écrié-je.

Ils s'écroulent tous les deux au sol. Une tache de sang se déploie lentement sur le tapis navajo noir et crème. Le sénateur est blessé au bras et grogne de douleur. Blake déchire aussitôt sa veste pour en faire un garrot.

Il lève une seconde les yeux sur moi, choqué.

— Tu as failli le tuer !

Je ne sais pas quoi répondre. Il a raison. Sans Blake, je l'aurais tué en effet.

— Il n'avait qu'à m'écouter…

— Je ne croyais pas que tu passerais à l'acte, reconnaît l'intéressé entre deux gémissements de douleur.

Moi non plus. Le tam-tam de mon cœur résonne à mes oreilles. Je braque à nouveau mon arme sur le sénateur.

— Relève-le.

— Quoi ? dit Blake.

— C'est une simple blessure au bras. Debout !

Blake assoit son grand-père dans un fauteuil. Le sénateur s'enfonce contre le dossier en étouffant un cri.

— Croyez-moi sénateur, je ne voulais pas en arriver là mais vous ne me laissez pas le choix. Maintenant conduisez-moi au Vieux.

Le visage du sénateur est pâle. Il conduit d'une main. Sur le siège passager, je pointe mon arme sur lui. Blake est assis juste derrière.

— Où va-t-on ?

— Dans le centre-ville, répond le sénateur en grimaçant de douleur.

On a recouvert sa chemise d'une veste pour en masquer le sang.

— Ce n'est pas moi qui suis du mauvais côté. Mon petit frère est malade. Je veux savoir qui l'a enlevé.

— Il peut se trouver n'importe où, réplique le sénateur en redoublant d'effort pour parler.

— C'est exact. C'est bien pour ça que je le cherche. Le Vieux est la meilleure piste que j'ai.

— Tu m'as tout l'air d'être une jeune fille intelligente et pleine de ressource. Je vais te proposer un marché. Je me gare sur le bas-côté, je te laisse partir et je ferme les yeux sur toute cette affaire.

— J'avais cru comprendre que vous me preniez pour quelqu'un d'intelligent. Pas pour la reine des connes !

Dans le rétroviseur, il jette un coup d'œil à Blake qui n'a pas dit un mot depuis le ranch. Qu'est-ce qui lui passe par la tête ? Je suppose qu'il est déchiré entre son grand-père et moi. Je me tourne vers lui. Au même moment, la voiture fait une embardée. Le sénateur freine brusquement. On part en tête à queue, traversant la voie du milieu pour atterrir sur le trottoir d'en face où l'on percute de plein fouet le banc vide d'un arrêt de bus.

Les airbags s'ouvrent en une fraction de seconde et le mien me plaque le revolver au visage. Une fois le véhicule immobilisé, la poche se dégonfle. J'ai le tournis. Je vois flou. De son bras valide, le sénateur ouvre la portière arrière pour faire sortir Blake. Je n'ai pas le temps de constater s'il est blessé.

Engourdie, je mets un moment à réagir. Je touche le côté de ma tête. Il est mouillé de sang. J'aperçois le sénateur qui soutient Blake dans leur fuite. Ce dernier essaie de se retourner, un bras tendu vers moi, mais son grand-père l'en empêche.

Il faut que je sorte d'ici. Où est la poignée ? À tâtons, je finis par la trouver et tire dessus. Je tombe violemment sur la chaussée. Des silhouettes indistinctes courent vers notre voiture. Je distingue un homme en uniforme d'officier. Après, c'est le trou noir.

23.

Je me réveille étendue sur le dos, sous un ciel de lumières aveuglantes. Je ferme aussitôt les paupières. Une perfusion court le long de mon bras.
— Elle revient à elle, dit une voix de femme âgée.
— Mademoiselle ? Vous m'entendez ?
Cette fois, c'est la voix d'un homme. Un Ender. Il est penché au-dessus de moi.
— Oui, dis-je d'une voix rauque. Mais je ne vous vois pas.
— C'est normal. Gardez les yeux fermés si vous préférez. Pendant ce temps, on va vous poser deux trois petites questions, d'accord ?
J'acquiesce en remuant la tête. Elle est si lourde. Je voudrais bien savoir ce qu'ils ont mis dans cette perfusion.
— Comment vous appelez-vous ? demande la femme.

— Callie.
— Nom de famille ?
— Woodland.
— Quel âge avez-vous ?
— Seize ans.
— Vos parents sont en vie ?
Sa voix me dit quelque chose.
— Non.
— Vous avez encore des grands-parents ? Un tuteur ?
— Non.
— Vous êtes donc mineure sans aucun parent en vie ?
Ma tête me lance.
— Je suis restée inconsciente combien de temps ?
— Pas longtemps. Répondez à la question. Êtes-vous une mineure sans parent ?
Je n'ai pas la force de mentir.
— Oui.
Le flot de questions cesse. J'entends la femme se redresser. Je rouvre doucement les paupières. Ma vision n'est toujours pas nette. L'homme est vêtu de l'uniforme vert d'un chirurgien. J'en déduis que la femme est une infirmière, seulement, elle porte du gris et pas du blanc. Elle tient un petit bouton métallique en main ; elle m'enregistre.
— Vous avez soif ?
Je réponds oui au médecin, qui me tend un verre d'eau. J'aspire quelques gorgées à la paille.

— J'ai dû vous recoudre. On ne verra pas de cicatrice : elle est située à la base des cheveux.

— La plaque…, le coupe la femme.

— Ah oui. À quoi sert cette plaque que vous avez ?

Je balaie la pièce du regard, aux contours de plus en plus précis. Les locaux n'ont rien à voir avec un hôpital au top de la modernité. Les murs sont nus et sales, l'endroit miteux.

— C'est quel hôpital ?

— Vous n'êtes pas à l'hôpital, répond le médecin, mais à l'infirmerie.

— D'un établissement psychiatrique, ajoute la femme. Maintenant, parlez-nous de cette plaque.

Je me souviens soudain : Mme Beatty, la chef de la sécurité. Je me débats. En vain. Des sangles me maintiennent fermement à la table.

— Détachez-moi ! Je n'ai rien à faire ici : c'est une erreur. Dans mon sac, j'ai une pièce d'identité. Je m'appelle Callie Winterhill. Vous vous souvenez de moi ?

L'homme et la femme échangent un regard entendu.

— On n'a pas trouvé de sac dans votre voiture. Par contre, il y avait une arme, dit Beatty avec une moue. On a analysé les traces d'ADN et les empreintes.

J'ai l'impression d'avoir la tête enfermée dans un étau.

— D'après le rapport balistique, c'est la même arme qui a été utilisée contre le sénateur Harrison, ajoute-t-elle.

Il m'a dénoncée. Blake n'a pas dû pouvoir le retenir. Ou alors il me déteste à présent.

Beatty range le micro dans sa poche. Elle fait un signe à l'homme qui injecte un autre produit dans ma perfusion avant de s'éclipser avec tristesse. La femme le suit du regard alors qu'il referme la porte, puis, pliée en deux, elle me susurre à l'oreille :

— Je hais les menteuses.

Elle me foudroie des yeux, cernés de grains de beauté. Je sens son haleine de vieille – un mélange de naphtaline et de moisissure. Un nuage de fumée me monte au nez. Je panique. Je suis tétanisée.

— Qu'est-ce... que... vous m'avez... donné ?

Elle se redresse et me décoche un regard assassin.

— Bienvenue au club très select de l'Institut 37 : le pavillon carcéral.

24.

Le lendemain matin, j'émerge sur le sol en béton d'une cellule qui pue la pisse et le rance. Je me redresse. La partie latérale droite de mon crâne fait atrocement mal. En la touchant, je découvre un bandage. Tout me revient soudain : le médecin, les points de suture, l'accident de voiture.

Je porte une combinaison grise trop grande pour moi. Un uniforme de prisonnier. La pièce est plongée dans la pénombre, éclairée par une unique fenêtre étroite, juste sous le plafond. Il n'y a nulle part où s'asseoir. La cellule est vide. Je me relève et m'adosse au mur. D'un trou par terre, dans un coin, s'échappe le ronron d'une soufflerie. Dans la porte blindée, une trappe recouverte d'un grillage aux mailles serrées ; je suppose qu'elle sert à distribuer la nourriture.

Je ne peux pas croire que je vais finir comme ça.

J'examine les murs crasseux. Est-ce le genre d'endroit où mon père a été placé en quarantaine ? Et où il a fini par mourir ? Je sais qu'ils se sont servis de patients pour leurs expérimentations. Ils n'ont pas hésité à arracher des gens à leurs familles soi-disant pour qu'ils ne meurent pas sous leurs yeux, à les brûler et à les enterrer dans des fosses communes. Les rumeurs semaient la terreur partout sur leur passage.

Mourir à la maison comme ma mère n'est pas mieux, mais je pense franchement que vivre ses dernières heures dans un endroit pareil est pire.

Voilà où j'en suis réduite : à comparer des tombeaux !

J'étais avec ma mère le jour où elle est morte. On s'apprêtait à faire nos courses au supermarché quand on a repéré une explosion dans le ciel. On aurait dit le bouquet final d'un feu d'artifice dont les éclats tombaient lentement vers nous.

— Retournons à la voiture, s'est écriée maman.

On s'est précipitées dans cette direction. La voiture semblait si loin, tout au fond du parking. On aurait dû aller se réfugier dans le magasin, seulement il était déjà trop tard pour changer d'avis.

Quelqu'un a hurlé derrière nous. Une Ender courait en se couvrant la tête de ses bras. Difficile de savoir si les spores l'avaient réellement touchée ou s'il s'agissait d'un réflexe de panique.

— Ne t'arrête pas ! m'a commandé ma mère.

Le bras tendu, elle a visé la voiture avec sa clé pour déverrouiller les portières. J'ai ouvert la première et me suis glissée sur la banquette arrière. Ensuite, j'ai tendu la main à ma mère.

— Dépêche-toi, Maman !

Un sourire de soulagement a illuminé son visage au moment où elle saisissait ma main. On avait réussi.

— On l'a échappé belle, c'est fini maintenant, ma puce. Tout va bien.

Elle a mis un pied dans la voiture, mais avant qu'elle soit rentrée complètement, une spore blanche a flotté entre nous. Et a atterri sur son avant-bras. Maman l'a scrutée. Moi aussi. Une tache bleue s'est formée aussitôt sur sa peau. Ma mère est morte une semaine plus tard.

Les hôpitaux n'acceptaient plus les victimes de missiles spores et tous les refuges étaient pleins à craquer. Les forces de l'ordre sont venues chercher mon père bien qu'il ne présente aucun symptôme. Risques de contamination, ont-ils argué. Papa nous Zinguait tous les jours pour nous dire qu'il allait bien.

Jusqu'à ce message codé : *Au cri du faucon, fais ton balluchon.*

Il avait inventé ce code avant de partir : le signal qu'on devait s'enfuir. Autrement dit, les forces de l'ordre étaient en route. Je voulais des détails. *Papa,* lui ai-je répondu dans mon Zing, *tu es malade ? Ils s'en sont rendu compte ?*

Il s'est contenté de répéter le code...

J'observe les taches sombres sur les murs de ma cellule. Une voix étouffée me parvient depuis le couloir. Quelques minutes plus tard, des bruits de pas s'arrêtent à ma porte, qui coulisse dans un bourdonnement mécanique. Beatty entre sans la refermer. J'aperçois les chaussures d'un garde à l'entrée.

— Alors, on se sent mieux ?

Son ton suinte de hargne. Je scrute son visage ravagé par les grains de beauté. Il est pire que dans mes souvenirs. On lui donnerait un millier d'années.

— Vous me transférez ?

Ma question la fait rire.

— Dans des circonstances normales, tu aurais logé au dortoir, mais je te rappelle que tu as essayé d'assassiner un sénateur.

— Je vais avoir un procès ?

J'avais vu ça dans les films. La femme se contente de sourire.

— Tu devrais savoir que les mineurs sans famille n'ont aucun droit.

— Bien sûr qu'on a des droits. Comme tout être humain !

— Négatif. Par définition, vous êtes des hors-la-loi. Vous couchez sous les ponts, vous vivez dans des squats. L'État, très généreusement, vous héberge en pension mais tu es désormais considérée comme une criminelle, et tu resteras donc ici à l'isolement, dans le quartier pénitencier, jusqu'à ce que tu atteignes la majorité.

— Jusqu'à mes dix-neuf ans ?

Autant dire, une éternité dans ce trou. Elle confirme en hochant la tête, ses iris frétillant d'excitation.

— On t'assignera alors un avocat commis d'office. Évidemment, ils sont débordés et ils n'ont pas le temps pour les criminels de ton espèce. Tu finiras sûrement dans une prison pour adultes.

— En prison ? À perpétuité ?

Elle ment, ça crève les yeux. Le souffle court, je tente de respirer plus calmement. J'ai l'impression de m'empoisonner plus qu'autre chose en emplissant mes poumons de cet air vicié.

— À supposer que tu survives aux trois prochaines années ici, à l'isolement. (Elle croise les bras, un sourire suffisant aux lèvres.) Ce qui est rare.

Mes boyaux se tordent. Je parviens néanmoins à masquer toute émotion. Hors de question de lui faire ce plaisir. Je ne l'interroge pas à propos de Tyler, même si ça me brûle les lèvres de demander si on l'a interné lui aussi.

Comme si elle lisait dans mes pensées, Beatty me lance soudain :

— Où est ton frère ?

— Je n'en sais rien.

D'ailleurs, comment est-elle au courant de son existence ?

— Je vais faire ma petite enquête. Et s'il n'a pas déjà été admis, alors on va s'en charger sans tarder, crache-t-elle avec la même mine impassible. Et je compte bien découvrir également à quoi sert cette plaque dans ta tête. Il n'y a pas de secrets dans cet établissement.

Elle sort en ricanant et referme la porte à double tour derrière elle. Suis-je seule dans cette aile ? Et les autres cellules ? Renferment-elles des filles comme moi ? Je n'entends pas le moindre bruit. Elles ont peut-être appris à garder le silence pour leur propre sécurité.

Une rage terrible jaillit alors en moi. C'est illégal de me séquestrer ici ! Sans lit, sans couverture. Je pivote sur mes genoux. À la surface d'un des murs, je repère un petit bouton métallique. J'appuie dessus. Un minuscule tuyau sort. De l'eau. C'est déjà ça. J'incline la tête pour mettre la bouche en dessous. L'eau a un goût de produits chimiques, mais elle me réhydrate. Au bout de quelques secondes, toutefois, le filet s'arrête. J'appuie à nouveau sur le bouton. Plus rien.

Trois ans ici. Si je survis. Du plat de mes paumes, je bats le mur dix fois, vingt fois, cent fois.

Après ma nuit à même le sol, j'ai mal partout. Ma blessure à la tête est encore douloureuse elle aussi et, pour les calmants, il faudra repasser. Ils me laissent tout de même sortir dans ce qu'ils appellent la cour : un carré de terre clôturé à l'arrière de la propriété. À 15 heures, les mineurs incarcérés ont le droit à vingt minutes d'exercice. J'ignore s'il y en a d'autres comme moi : le gardien a refusé de me répondre. Les filles détenues dans ces conditions « normales » ont le droit à une heure, elles, à moins que leurs corvées les amènent à sortir de l'établissement.

La cour se remplit d'une centaine de filles environ. Certaines jouent au ballon, d'autres avec des bâtons. La plupart se déplacent en groupes de deux ou trois et discutent à voix basse. Je scrute la foule à la recherche d'un visage connu quand on me donne brusquement une tape dans le dos.

Je m'attends à ce que ce soit Mme Beatty. En réalité, c'est Sara, la fille à qui j'ai voulu donner le pull en cachemire rose.

— Callie. Qu'est-ce que tu fais ici ? s'étonne-t-elle, l'air soucieux.

— J'ai été arrêtée.

— Oh non ! Pourquoi ?

— Pour rien.

Me voilà officiellement coupable : je nie mon crime. Plus facile que de tout expliquer en détail à une fillette de douze ans.

— Alors c'est une erreur ?

— Une énorme erreur.

Elle jette un coup d'œil à l'un des gardes armés postés tout autour du périmètre. Sara passe son bras sous le mien.

— Mieux vaut continuer à marcher. C'est comment l'isolement ? Affreux ? Ne me dis pas qu'ils vous filent un truc pire que nous à manger !

— Un genre de bouillie noire.

Mon estomac gargouille. Sara me couve d'un regard plaintif.

— Je cherche mon frère. Il s'appelle Tyler. Il a sept ans. Vous voyez les garçons parfois ?

— Des fois, quand il y a des rassemblements. Ou quand ils veulent nous engueuler tous ensemble. Il est ici ?

— Je ne sais pas. Ça se pourrait.

— Je vais demander autour moi, mais je ne te promets rien.

Une bande de filles nous rentrent dedans exprès en prétendant le contraire. Je les toise méchamment. La fille la plus proche de moi est celle qui m'a sauté dessus près de mon ancien immeuble. Celle qui m'a volé la Maxitruffe. Sa main droite porte encore la cicatrice du coup qu'elle a raté. Elle me regarde à deux fois. Mon visage parfait retient particulièrement son attention.

— Mais oui, je te reconnais. Fais gaffe à toi. Ce serait dommage d'abîmer un si joli visage.

— Laisse tomber, Callie, conseille Sara en me tirant par le bras.

— À plus, Callie !

Contente d'elle, la brute prononce mon prénom d'une voix chantante. Sara me conduit à l'écart, contre un mur.

— Ne fais pas attention à elle. Parlons d'autre chose.

Un ange passe.

— Tu as un petit copain ?

— J'avais. Si on veut, dis-je en rougissant jusqu'aux oreilles.

— Vous êtes toujours ensemble ou pas ?

Je pousse un soupir.

— Si seulement je le savais.

— Comment il s'appelle ? me demande-t-elle, des étoiles dans les yeux.

— Blake.

— Blake… C'est mignon comme nom. Je te parie que tu lui manques. (Elle me pince le bras.) Et qu'il dort avec une photo de toi sous son oreiller.

Je regarde autour de moi. Le dernier truc dont j'ai envie, c'est de donner du grain à moudre aux brutes de service pour qu'elles se foutent de moi.

— Je ne crois même pas qu'il ait ma photo, dis-je tout bas.

— Et sur son téléphone ?

Je réfléchis, le regard dans le vide. Elle a raison. Il en a pris une, le premier jour au ranch.

— Oui, c'est vrai, avoué-je avec un faible sourire.

— Ah ! Tu vois. (Elle m'appuie sur le nez.) Je te l'avais dit.

Tout à coup, elle change d'expression, comme si un truc lui était subitement revenu.

— De quoi j'ai l'air ?

— Pourquoi tu me demandes ça ?

— Oh, pour rien.

Je secoue la tête.

— Sara, est-ce que ça a un rapport avec ce que tu m'as raconté l'autre fois ? À propos de cet homme qui doit venir ici ?

— Ça se peut.

— As-tu déjà entendu parler de Prime Destinations ?

— Je ne te le dirai pas, répond-elle sans pouvoir réprimer une mine réjouie.

— Oooh, Sara...

J'enfouis mon visage dans mes mains.

— J'espère tellement qu'il va me choisir, chuchote-t-elle.

Ma gorge se noue.

— Quand doit-il venir ?

— Bientôt. C'est vrai, ce qu'on raconte ? Que personne n'a jamais vu son visage ? Jamais-jamais ?

Je confirme avec tristesse.

— Ça veut dire qu'il va porter un sac sur la tête, un truc dans le genre ?

— Je dirais plutôt un masque.

— Comme ceux qu'on voit à Halloween ?

Je l'agrippe par les épaules.

— Sara, la meilleure cachette ici, c'est où ?

— Ici ? Facile. La buanderie. Elle est au fond du sous-sol, après la sortie de secours. Je m'y suis cachée un jour pour échapper aux corvées dans les champs...

— Et si je te dis que je connais Prime Destinations, que j'y suis déjà allée et que c'est l'enfer ? Tu risques de perdre définitivement ton corps.

Elle grimace et ses sourcils se touchent. On dirait que je lui file la migraine avec mes histoires.

— Qu'est-ce que tu racontes ?

— Fais-moi confiance. Quand ils viendront recruter des filles, cache-toi.

— Me cacher ? Mais pourquoi ? C'est ma seule chance de sortir d'ici...

Je m'apprête à lui livrer les détails de mon opération cérébrale quand la sonnerie retentit. Beatty, debout à l'entrée de la cour, me fusille du regard.

— Je t'en supplie. Réfléchis à ce que je t'ai dit. Il faut que j'y aille.

— Déjà ?

— Je n'ai le droit qu'à vingt minutes par jour. Je suis punie, tu te souviens ?

— Attends...

Elle sort un mouchoir de sa poche. Dedans, un truc noir.

— C'est quoi ?

— Un reste de la Maxitruffe que tu m'as donnée.

Elle me l'offre en souriant. Ça remonte à plusieurs jours. Le chocolat a séché. Je me rappelle que la truffe avait roulé par terre. Elle a dû la ramasser et la garder pour plus tard, afin qu'elle dure le plus longtemps possible. Et aujourd'hui, elle me la rend.

Sara la pose sur ma paume. Je l'examine un moment.

— Allez, sois pas timide.
— Tu ne veux pas...

Je lève la truffe vers elle.

— Non, non. Prends-la.

Du bout des lèvres, je croque dans le chocolat, en espérant ne pas me casser une dent.

— Hum... Ça croustille !

Son visage respire la joie. Elle me saute au cou et me serre fort.

— C'est égoïste de dire que je suis contente que tu sois là ? Jamais je n'aurais cru te revoir. Et te voilà. Callie, mon amie.

Je souris de mon mieux, la bouche pleine de morceaux de chocolat dur.

Sara est le rayon de soleil de ma journée, tandis que le reste est une longue agonie. Allongée sur le sol froid, je pense à Tyler. Où peut-il bien être ? Comment se sent-il ? Je prie pour que son état de santé n'ait pas empiré. Je peux supporter ce genre de traitement, dormir par terre, sans couverture et tout ça, mais lui pas. Est-il enfermé dans un institut ? Ou bien tombé entre les mains du Vieux ?

Je repense à Blake, aux trop rares moments qu'on a passés ensemble. Trouvera-t-il un jour la force de me pardonner ? La princesse, malheureusement, a perdu ses beaux habits et son carrosse. Elle est cloîtrée dans un donjon à vie. Le conte de fées est terminé. Les princes qui se portent au secours de princesses ayant essayé d'assassiner leurs grands-pères, ça n'existe pas.

Je compte les heures en attendant les vingt minutes d'exercice quotidien. Lorsque le garde vient me chercher pour m'escorter dans la cour, je remarque le Taser, dans son étui, à sa ceinture. Je rêve que je lui vole. Même si je réussissais, une horde de gardiens – et autant de Tasers – me tomberaient dessus. Et, à supposer que j'arrive jusqu'à la sortie, elle est gardée en permanence par un vigile. Mes chances d'évasion sont si ridiculement petites que je doute qu'une fraction mathématique puisse les exprimer. En outre, je ne veux pas partir du 37 sans avoir l'assurance que Tyler n'y est pas.

Dans la cour, je cherche Sara. Le même manège pénible recommence : des filles me rentrent volontairement dedans. On me flanque même un violent coup dans le dos. Je m'écarte pour me réfugier dans le coin où j'ai retrouvé Sara, la veille. Très vite, je l'aperçois.

— Tu as pu obtenir des renseignements au sujet de mon frère ?

— Non. Désolée. Mais ça se peut qu'il soit ici. Et s'ils avaient changé son nom ?

Cette possibilité me révolte. Changer son nom ? Et puis quoi encore ? Où est-il ? Avec qui ?

— Tiens, pour te changer les idées, je vais te montrer un truc.

Elle m'emmène près d'un trou dans le mur, refermé par des barreaux. Après vérification, elle s'accroupit en m'attirant près d'elle.

— Regarde, chuchote-t-elle, tout excitée.

Par l'ouverture, on découvre un gros hélicoptère noir posé sur l'herbe de la cour principale. Derrière l'engin rutilant, une grande échelle métallique repose contre le mur d'enceinte de l'établissement. L'espace d'une seconde, une délicieuse seconde, je caresse du doigt l'espoir d'une porte de sortie. Sauf qu'un Ender, debout sur le mur épais, est en train de réparer les fils barbelés qui surmontent l'enceinte.

Sara jette un œil en direction du gardien qui nous fixe depuis le côté opposé de la cour. Elle me relève brusquement.

— C'est l'hélicoptère du Vieux, m'apprend-elle, un trémolo dans la voix.

Pour moi, c'est un coup au cœur. Et s'il avait mon frère ?

— Tu en es vraiment sûre ?

— J'ai surpris une conversation entre les gardes. Ils disaient que personne n'a le droit de voir son visage. Il porte un chapeau comme ça.

De ses doigts fins, elle imite la forme d'un bord en souriant. Personnellement, j'ai envie de vomir.

— Tu as l'intention de partir avec lui, pas vrai ? Il n'y a pas moyen de t'en dissuader.

— Tu rigoles. Je ferais n'importe quoi pour m'en aller d'ici. Et tu m'accompagnes, d'ailleurs. Toi, c'est sûr que tu es assez belle, dit-elle en me touchant la joue.

— Sara, c'est dangereux si on te frappe ? Au menton par exemple ? Ou dans le nez ? À cause de ton problème cardiaque ?

— Non, répond-elle, perplexe. Pourquoi ?

J'inspire à fond.

— Je t'aime beaucoup. S'il te plaît, ne l'oublie pas. Rappelle-toi que, quoi que je fasse, c'est pour te protéger.

Elle penche la tête, sa curiosité piquée au vif. Son air innocent me complique encore davantage la tâche. Je prends mon élan, le poing fermé, et je la frappe au visage.

— Aïe ! (Elle est tombée à la renverse.) Qu'est-ce qui te prend ?

Elle se relève, la main au milieu du visage. Du sang coule entre ses doigts.

— Pardonne-moi.

Je lui assène un nouveau coup par sécurité. Cette fois, elle reste sur ses jambes mais des larmes ruissellent sur ses joues. Elle semble tellement blessée et trahie que c'en est insoutenable. Les filles autour de nous s'arrêtent pour ne rien rater de la scène. Certaines posent déjà des questions.

Je me mets aussitôt à hurler :

— Je l'ai frappée !

Les filles réclament une bagarre. La brute avec sa cicatrice à la main se faufile parmi la cohue. Je lui fais face et me prépare à l'inévitable.

« Vas-y, qu'on en finisse ! » pensé-je en moi-même.

Je ne riposte pas. De sa poche, elle sort un poing américain. Il scintille au soleil. Sans attendre, elle me file un violent crochet du droit.

Je titube vers l'arrière, une douleur cuisante à la joue, mais sans tomber. Après un bref coup d'œil par-dessus mon épaule – histoire d'éviter les coups en traître – je tends l'autre joue si l'on peut dire. La fille a l'air soupçonneuse mais elle n'hésite pas à me refrapper, dans la mâchoire cette fois. J'en perds une dent. La douleur remonte jusqu'au fond de mes orbites.

On nous prévient soudain que les gardes arrivent. La brute range vite son joujou dans sa poche.

Sara, à l'écart, est en train de pleurer, du sang sur les joues. Je constate avec soulagement que ses paupières sont déjà gonflées. Mon visage me lance ; j'ai l'impression d'avoir reçu un coup de poêle en fonte.

La fille en remet une couche : elle me tire par les cheveux pour me traîner par terre. Les gardiens s'élancent vers nous, écartant les curieuses sur leur passage à coups de bâtons. Ils frappent mon adversaire dans le dos pour nous séparer.

Un autre gardien, d'un grand coup dans le ventre, me coupe la respiration. Je sens mes jambes se dérober. Je tombe à genoux, la bouche en sang.

Beatty émerge de la foule. À la vue du spectacle, elle est encore plus laide que d'habitude, le visage tout fripé.

— Les filles. Pas maintenant..., déplore-t-elle. Pas le jour où on a justement un visiteur...

25.

Un garde escorte Sara à l'infirmerie. C'est le moment ou jamais de prendre la tangente : on est seules avec lui. Seulement, Sara n'est probablement pas en état de coopérer pour l'instant.

Un linge humide plaqué sur son visage, elle pleure.

— Je croyais que tu m'aimais bien. Pourquoi tu as fait ça ?

Impossible de parler devant le garde.

Le médecin m'a reconnue. Il ne laisse filtrer aucune émotion et pointe seulement du doigt une table d'examen en acier où le garde installe Sara. Je m'assois sur celle d'à côté. Le gardien rapporte ce qui s'est passé. Il veut rester dans la pièce au cas où la situation dégénérerait à nouveau.

— C'est inutile, décrète le médecin.

L'homme insiste, prétexte que ce sont les ordres de Mme Beatty. Le médecin ne se laisse pas convaincre, comme si ce nom n'avait pas d'effet sur lui. C'est bien le seul, alors.

— Laisse-moi jeter un œil à ton visage, dit-il doucement à Sara.

— Elle m'a tapée. De toutes ses forces.

— C'est ce que je vois. Et elle est plus grande que toi...

Du pouce et de l'index, il tâte délicatement sa cloison nasale.

— Vous allez pouvoir arranger ça ? s'inquiète Sara.

— Je vais faire de mon mieux. (Il s'approche maintenant de moi et m'ausculte.) Toi, ta lèvre a besoin d'être suturée. Ta mâchoire est dans un sale état mais, heureusement, tu n'as rien à la tête.

Je réprime un sourire : c'est exactement ce que je voulais entendre.

— Docteur, l'interpelle Sara. Ça vous ennuie de commencer par moi ? Il y a un visiteur ici aujourd'hui... Il faut que je sois belle.

Elle termine ces mots en me décochant son regard le plus haineux.

Les soins du médecin se limitent au strict minimum au vu des faibles ressources de l'infirmerie. Une heure plus tard, j'ai mes points de suture et Sara, un bandage sur le nez. On nous a administré à toutes les deux un analgésique en spray. Sara, hors d'elle, trépigne d'impatience dans le cabinet : elle veut tout de suite partir rencontrer le patron de Prime Destinations. Sans miroir, elle n'est pas consciente qu'en plus de ses bleus et de son nez ensanglanté, les poches, sous ses yeux, se teintent de violet et de noir.

Je prie pour que le Vieux soit déjà reparti. À son arrivée, l'expression de Beatty parle d'elle-même. On ne doit pas être belles à voir.

— Regardez-vous. Quelle tristesse ! commente-t-elle.

Le médecin tamponne un coton imbibé de lotion désinfectante sur le visage de Sara.

— Laissez tomber ça pour l'instant, l'interrompt la femme, et finissez plutôt avec elle.

Beatty veut parler de moi. L'homme la considère avec stupéfaction.

— Je dois l'emmener au gymnase.

— Et moi ? se plaint Sara. Moi aussi, je veux y aller !

La femme la retient d'une main sur l'épaule.

— Toi, tu fais ce que je te dis.

Sara se dégage et saute de la table.

— Vous n'avez pas le droit !

Beatty l'empoigne alors pour la pousser sur une chaise.

— J'ai *tous* les droits.

Beatty m'escorte au gymnase où un Ender me scotche un bout de papier avec un chiffre sur la poitrine. Dos au mur, les filles sont alignées d'un côté, les garçons, de l'autre. Tout le monde porte un numéro. J'examine un à un les visages en entrant. C'est l'occasion idéale pour chercher Tyler. Les plus jeunes écarquillent les yeux en découvrant ma figure amochée. On me place au bout de la rangée de devant.

Je ne vois pas Tyler, mais de nombreux garçons sont cachés dans les rangs de derrière. Le Vieux examine déjà ceux du fond, ses mains dans le dos. La tension est à son comble dans le gymnase – un effet du miroir aux alouettes pour tous ces enfants qui croient que le Vieux va les sauver, peut-être ? Non, en vérité, je pense que la tension tient directement au charisme de l'homme. Partout où il passe, il y a de l'électricité dans l'air.

Il a gardé son manteau et son chapeau. Soudain, il pivote sur lui-même pour se diriger vers les filles. Son visage apparaît enfin. Ou plutôt... son visage masqué. Un genre de moule en fibres métalliques qui lui colle à la peau. Le masque ne protège pas seulement son identité ; il fonctionne également tel un écran sur lequel les images d'autres visages sont projetées. Un instant, les traits d'une célébrité du début du siècle se dessinent, celui d'après, ils deviennent ceux d'un vieux poète avant de se fondre en un visage anonyme. Comme il est en 3D, c'est assez flippant, beaucoup plus qu'un simple masque de déguisement. En revanche, il n'est pas assez lisse pour donner l'illusion du réel. Moi-même, je suis captivée et à la fois mal à l'aise, comme quelqu'un qui ne peut détourner les yeux d'un accident de voiture sur le bas-côté.

L'homme passe scrupuleusement en revue chaque enfant et n'hésite pas un instant à en éliminer. Une Ender munie d'un bloc-notes électronique marche sur ses talons, marquant les numéros des enfants qui l'intéressent. Il parvient à ma rangée et je l'entends qui pose des questions aux autres filles sur leurs aptitudes. Son assistante complète ses notes.

Plus il se rapproche, plus l'effet hypnotique de son masque polymorphe agit sur moi. Il parle à ma voisine, mais je n'arrive pas à me concentrer sur ses paroles. Sa voix est la même que dans le flash aux abonnés que j'ai vu chez Madison : électronique. Je suppose qu'un appareil, sous son écharpe en laine, produit ces sons synthétiques.

C'est maintenant mon tour. Il me dévisage avec attention. M'a-t-il vue, ce fameux jour, dans les locaux de Prime Destinations ? Pas directement ; seulement mon reflet. En plus, à présent, avec mon visage enflé et couvert de bleus, il a peu de chance de me reconnaître.

Je constate que son masque peut également changer d'expression. Le visage d'un célèbre joueur de football apparaît, l'air surpris.

— Que vous est-il arrivé, numéro 205 ? me demande-t-il.

Je regarde mes pieds.

— Je me suis battue, monsieur.

— De quoi a l'air votre adversaire ?

— Pas une égratignure. Je ne dois pas être très douée.

Sous l'apparence d'une star de film muet, il me sert un sourire suffisant.

— J'en doute.

Il passe au rang suivant et je laisse échapper un soupir de soulagement. Il avait prévu de venir inspecter l'établissement pour recruter des enfants. Ce n'est pas moi qu'il recherche.

Son inspection terminée, il s'en va, son assistante sur les talons. On nous ordonne de rester à notre place. L'assistante revient et susurre quelque chose à l'oreille du directeur. Il acquiesce d'un signe de tête et la femme se met à lire tout haut une liste de numéros. Après chacun d'eux, on entend un cri qui rappelle les exclamations du vainqueur d'un concours. Quelques pensionnaires fondent en larmes. Des larmes de joie. Je me contorsionne pour apercevoir les visages des « gagnants » et m'assurer que ce n'est pas Tyler. Aucun des plus jeunes enfants, toutefois, n'est choisi. On appelle finalement le dernier numéro. Personne ne répond. Tout le monde cherche des yeux le 205 quand, tout à coup, ma voisine me donne un coup de coude.

Le 205, c'est moi.

Je baisse les yeux sur le numéro scotché à ma poitrine. Tant pis pour le plan de génie qui m'a coûté une dent. Malgré ma figure de boxeuse, j'ai réussi à être retenue par la *Banque des Corps*. C'est tout bonnement hallucinant.

Le directeur demande à tous les non-sélectionnés de regagner leurs dortoirs. Les autres doivent attendre qu'on leur apporte leurs affaires – autrement dit, le peu que contiennent leurs caisses en bois. Les pensionnaires sortent en file indienne, suivis des gardes et du directeur. Je scrute les visages des enfants à l'affût de Tyler. Il n'est pas là.

On reste sur place, dix garçons et dix-sept filles au total, aussi immobiles que des statues, disséminés aux quatre coins du sombre gymnase. Un homme garde la porte.

Entre pensionnaires, on se lance des regards furtifs. La fille de ma rangée a dû être choisie pour ses cheveux blonds, le garçon, là-bas, pour sa musculature. Tous ont l'air fous de joie, fiers d'être les « élus » de l'établissement. Un des mecs, en face, m'observe, incrédule. Pourquoi moi, la fille avec un œil au beurre noir et la mâchoire recousue ai-je été sélectionnée ? Aussitôt, pourtant, il m'adresse un hochement de tête complice avant de détourner les yeux. La rumeur de ma bagarre le laisse peut-être penser que j'ai été choisie pour mon instinct de tueuse.

Et s'il avait raison ?

Ça me démange de leur hurler à tous de prendre leurs jambes à leur cou, d'aller se cacher dans un placard, sous leurs lits, n'importe où. Ils ne se doutent pas qu'ils se jettent dans la gueule du loup, qu'ils peuvent dire adieu à la vie, que jamais ils ne grandiront.

C'est alors que je me demande pourquoi je n'en fais pas autant. Pourquoi rester plantée là, à attendre qu'on vienne me chercher ? Résolue, je marche vers le fond du gymnase en direction d'une issue de secours. Le garde, à l'entrée, s'en aperçoit.

— Hé ! Toi, là ! Reste où tu es !

— Je vais aux toilettes, crié-je par-dessus mon épaule.

Il se met à courir.

— Pas cette porte-là !

— Ça presse !

Je m'élance à mon tour.

— Arrête-toi ou je tire !

Ses pas cessent de résonner. Je sais qu'il me vise avec son Taser. Je fais halte, dos à lui, les mains en l'air.

— Et risquer d'abîmer la précieuse marchandise ? Ça va vous coûter cher...

Je me précipite à nouveau vers la sortie, claquant la porte contre le mur sur mon passage. Je m'engouffre dans un couloir vide. J'entends le type demander des renforts dans son micro.

Au bout du couloir, une nouvelle porte donne sur une cage d'escalier. Alors que je descends les marches, des bruits de pas me parviennent depuis l'étage supérieur. Les renforts, déjà ? L'escalier mène au sous-sol.

Des tuyaux courent le long des murs de parpaing. Au plafond, une ampoule. Je m'élance dans sa direction. Le couloir vire juste en dessous et se divise en trois – trois passages tous plongés dans le noir. J'opte pour le plus proche du mur du fond. Je cours jusqu'au bout où, sur la droite, je découvre la sortie de secours mentionnée par Sara. J'espère que c'est la bonne et qu'elle ne va pas déclencher l'alarme.

Je sors. Pas de sonnerie stridente. Derrière, un nouveau couloir avec, à son extrémité, une porte percée d'une fenêtre. Les lettres sont en partie effacées, mais je distingue encore le B de buanderie.

Je jette un œil par l'ouverture étroite. La pièce semble vide.

Dedans, ça regorge d'uniformes à tous les stades du nettoyage. À ma gauche, des bennes sur roulettes remplies de linge sale. En face, des bacs de piles propres. D'autres vêtements, en attente d'être pliés, encombrent des tables tandis que des chemises pendent à un système de poulies suspendu au plafond.

La salle des machines à laver se trouve sur la gauche. Une porte fermée étouffe leur bruit. Sur ma droite, une autre pièce renferme le surplus de linge. Juste avant d'y entrer, j'entends quelqu'un tousser.

Je pivote d'un quart de tour et découvre une fille de dos, en train de poser du linge sur une table. Elle est costaude, probablement la raison pour laquelle personne n'a pris la peine de la faire monter au gymnase.

— C'est toi qui prends ma relève ?
— Oui, dis-je en gardant la tête baissée.
— Pas trop tôt !

Elle s'essuie le front sur sa manche et s'en va sans m'accorder un regard.

Par la fenêtre, j'inspecte la salle voisine mais ne vois que du noir. Je me faufile et referme la porte derrière moi. J'allume la lumière juste le temps de décider dans quel bac de linge me cacher. À tâtons, je rejoins celui qui est le plus éloigné de la porte et plonge entre les vêtements. Je n'ai pas d'autre plan que de patienter jusqu'à ce que le Vieux doive absolument repartir.

Je me roule en position fœtale. Si mon cœur arrêtait sa course folle, je pourrais peut-être dormir. J'essaie de me remémorer les pensionnaires qui attendent dans le gymnase. Sont-ils déjà partis tandis que les gardes fouillent l'établissement ? Encore combien de temps avant qu'ils débarquent ici ?

Assez rapidement, une porte s'ouvre et j'entends des bruits de pas. La fille qui travaille à la buanderie ? La porte de la pièce grince. On allume la lumière. À travers la toile de mon bac, je distingue une silhouette.

Je retiens ma respiration ; la personne s'approche. Plus près. De plus en plus près. Elle est juste à côté de ma benne. Elle s'arrête.

Les mains dans le linge, elle m'attrape et me hisse par les bras. Ces mains sont petites. Je pourrais me débattre, mais non.

Je connais cette fille.

— Sara !

Elle ne me lâche pas et approche son visage du mien. J'ai du mal à le lire : sa joue gauche est tellement enflée qu'elle lui ferme la paupière.

Je la trouve jolie quand même.

— Callie. (Elle me sourit du coin de la bouche, capable seulement d'un rictus à moitié déformé.) Pas super, ta cachette : je t'ai repérée tout de suite, en boule, comme ça.

— Chut…

— Tu exagères de me dire de me taire. (Elle me pince le bras.) Je croyais qu'on était amies.

— On est amies.

— Menteuse. Tu as gâché la plus belle chance de ma vie. Je ne te le pardonnerai jamais.

— Chut ! répété-je avec des gros yeux. Tu vas les faire rappliquer.

— J'y compte bien puisque je vais te dénoncer, dit-elle sur un ton de défi.

Je pourrais la faire lâcher : je suis plus vieille, plus grande et plus forte qu'elle. Seulement, j'ai peur qu'elle se mette à hurler.

— Il paraît qu'ils t'ont choisie, Callie. J'ai entendu ton nom dans la liste, par les haut-parleurs. Il y a une récompense pour celui ou celle qui te retrouve. (Elle ouvre grand son œil valide.) Peut-être qu'ils me proposeront aussi ta place à Prime Destinations.

— Tu es trop jeune : ils n'ont retenu personne en dessous de quinze ans.

Elle plisse le front.

— Menteuse !

— Tu as entendu la liste. Il y en avait des plus jeunes ?

— Non.

Sa lèvre inférieure se met soudain à trembler.

— S'il te plaît, Sara, ne me dénonce pas. Je sais que tu m'en veux à mort mais j'ai fait ça pour toi. Si je t'ai frappée, c'est uniquement pour qu'ils ne te choisissent pas.

— Alors pourquoi toi ? Tu devrais te voir.

Elle affiche un air dégoûté.

— Je n'en sais rien. Peut-être qu'ils savent que je suis déjà une donneuse ? Peu importe. Ce qui est sûr, c'est que, si j'y retourne, ils me tueront comme ils ont tué ma locataire. Et alors, ce sera la fin pour mon frère aussi.

— Quoi ?

Elle se remet à peine de sa déception de ne pas avoir été choisie à ma place, et voilà que je lui annonce qu'en me dénonçant, elle signe mon arrêt de mort.

— J'ai du mal à gober ton histoire, par contre je sais un truc : tu n'as peur de rien... Sauf, visiblement, de Prime Destinations. Pourquoi ?

— J'ai découvert qu'ils assassinaient des gens. Des Starters. C'est dur à expliquer, mais c'est comme s'ils séparaient ton esprit de ton corps pour le débrancher définitivement.

Elle se fige net, le temps de réfléchir. J'arrête de respirer, le regard fixé sur la porte. Combien de secondes pour bondir jusque-là avant qu'elle crie et rameute tout le bâtiment si je m'enfuis en courant ?

— C'est affreux, Callie...

Elle me lâche le bras et je recommence à respirer normalement.

Sara m'aide à me déguiser pour remplacer mon uniforme de prison. Elle m'explique qu'à part les pensionnaires, il n'y a que les jardiniers qui travaillent dans l'établissement. Ces Enders sont chargés d'entretenir les immenses plates-bandes devant l'entrée et autour du bâtiment administratif afin de berner les visiteurs sur la qualité des lieux. Pour ne pas les confondre avec les mineurs, surtout de loin, ils portent une chemise et un pantalon noirs, ainsi qu'un grand chapeau qui les protège du soleil. C'est la tenue que Sara me prépare dans la buanderie. Elle réussit même l'exploit d'en dénicher une propre. Je me fais une queue-de-cheval, plus facile pour dissimuler mes cheveux sous le chapeau.

— On devrait peut-être te marquer un peu le visage pour simuler des rides, dit-elle en m'examinant.

— Je propose qu'on déguerpisse, tout simplement.

— Avant, il te faut des chaussures, rappelle-t-elle en indiquant mes pieds nus.

Avec mes baskets grises de détenue, c'est clair que je vais me faire repérer. Je les planque sous un tas de linge sale tandis que Sara cherche des chaussons noirs qui viennent d'être lavés.

— Tiens, c'est la seule paire.

Je les enfile. Ils sont deux fois trop grands.

— Impeccable. Allons-y.

J'ai passé des élastiques autour de mes pieds pour maintenir les chaussons en place. Avec Sara, on a réfléchi à un plan d'évasion pour moi. Et éliminé d'office la possibilité que je reste cachée, de crainte que le Vieux, rien que pour sauver sa réputation et prouver qu'on ne peut lui tenir tête, ordonne qu'on fouille le bâtiment de fond en comble jusqu'à ce qu'ils me retrouvent.

Sara me raconte qu'un Starter s'est échappé l'année passée en s'agrippant au châssis d'un camion de livraison et que, depuis, les gardes vérifient systématiquement tous les véhicules avant qu'ils ne franchissent les grilles de l'établissement. Les voitures des VIP, en revanche, ne sont jamais inspectées. On en déduit que le Vieux, avec son hélicoptère, est trop puissant pour qu'on l'offense avec des contrôles de routine. Sans compter qu'il a dû acheter le personnel de direction. C'est un pari très risqué.

— Tu es certaine que le Starter a réussi à s'évader ? Sans être blessé ?

— Je n'ai pas dit ça, répond Sara. On m'a juste raconté comment il s'était échappé.

— Et après, tu n'as jamais eu de ses nouvelles...

— Je sais ! Je pense à autre chose : un gardien obèse. On l'a surnommé Mastodonte. Il n'arrive pas à se pencher pour regarder sous les pare-chocs.

— Et ?

— Il est de garde aujourd'hui.

Sara finit par me convaincre. Non seulement les employés n'oseront pas retarder l'hélicoptère de Destination, mais je bénéficie aussi du handicap de Mastodonte en matière de souplesse.

Je me sens soudain forte et légère. Il suffit que je tienne assez longtemps pour passer le portail, en mode sangsue. Le chauffeur n'y verra que du feu. C'est notre plan. Rien à voir avec le premier jour, quand je suis passée tranquillement sous le nez du vigile. Je dois pourtant saisir ma chance : le Vieux parti, les gardes reprendront leurs traditionnelles inspections de tous les véhicules.

On rejoint donc la cour, moi déguisée en jardinier, Sara en aide. Elle porte elle aussi un chapeau pour cacher ses bleus, ainsi qu'un sac pour déchets verts et un seau rempli d'outils. Dans l'allée qui mène aux locaux administratifs, je me voûte délibérément et ralentis ma cadence pour avoir davantage l'air d'un Ender. Je prends sur moi pour ne pas m'élancer à toutes jambes comme j'en meurs d'envie. De toute façon, avec ces chaussons immenses, ce ne serait pas gagné.

Deux Starters avancent dans notre direction. Sara me donne le signal. On incline aussitôt la tête pour dissimuler nos bleus.

Tout au bout du carré d'herbe qui borde le bâtiment principal, le pilote du Vieux monte la garde à côté de l'hélicoptère. Il se dégourdit les jambes. L'engin semble vide. La voiture censée transporter les pensionnaires sélectionnés est plus proche, garée dans l'allée qui relie l'accueil au portail – mon passeport pour la liberté.

— C'est celle-là, murmure Sara.

— Pourquoi tu ne viendrais pas ?

— Non. Tu dois retrouver ton frère. Moi, j'ai tout mon temps.

— Tu préfères que je fasse seule le sale boulot ?

Elle sourit à mon sarcasme.

— Tu vas me manquer.

Elle aussi.

— On va se revoir, Sara. Ailleurs. Dans un meilleur endroit.

Je n'en crois pas un mot, je dis ça juste pour la consoler.

— Évidemment. On est amies pour la vie !

Son visage grave s'éclaire soudain. On dirait qu'elle s'apprête à m'étreindre pour me dire au revoir. Mauvaise idée. Tout à coup, un garde émerge par la porte d'entrée. Il escorte les garçons et les filles jusqu'au véhicule.

— Trop tard ! Ils s'en vont déjà, constate Sara.

On espérait arriver avant eux.

— Prends-moi par le coude. On va passer à travers le groupe.

C'est l'unique solution pour contourner le véhicule et se mettre ainsi à l'abri du regard des vigiles. Mais si quelqu'un remarque nos traces de coups, tout est fichu.

On marche tête baissée.

Les Starters sont trop surexcités d'avoir été choisis pour nous remarquer. Pour eux, plus rien ne compte à part cet aller simple.

On se positionne du bon côté du véhicule, à l'abri des regards du gardien, dans sa guérite. Le pilote d'hélicoptère a le dos tourné. Je me couche à terre et glisse sous le châssis. Sara, pliée en deux, prend mon chapeau.

— Bonne chance, lance-t-elle à voix basse.

Je mime un « merci » avec mes lèvres avant d'avancer jusqu'au milieu. Je trouve un tuyau où je vais pouvoir caler mes pieds mais avant que j'aie le temps de m'exécuter, Sara s'agenouille.

— Callie, chuchote-t-elle avec effroi. Il n'est pas là.

— Qui ?
— Mastodonte.
La poisse. On a tout misé là-dessus.
— Sors de là.

Elle me tend la main. Je lui fais signe de s'écarter, les yeux rivés au châssis. Sara finit par m'écouter.

Je tire sur une barre transversale juste au-dessus de ma poitrine pour la tester. Elle est chaude et couverte de graisse. De ma poche, j'extrais des gants de jardinage que j'enfile aussitôt. Un bras passé par-dessus la barre, puis l'autre, je joins les mains, plaquées au châssis. La chaleur transperce mes vêtements.

À une dizaine de mètres du véhicule, j'aperçois les pieds de Sara. À l'opposé, le nombre de paires de jambes a diminué. Presque tout le monde est monté.

— Attendez !

Je reconnais la voix désagréable de Beatty et son pas lourd sur le gravier.

— Il manque encore une fille.

Je cesse de respirer. Le chauffeur insiste : s'il ne part pas sur-le-champ, il va être en retard. Les derniers pensionnaires prennent place dans le véhicule.

Il démarre enfin. À cause des vibrations, j'ai plus de mal à empoigner la barre. Le moteur chauffe ; des gouttes de sueur coulent de mon front. C'est plus difficile que ce que j'avais imaginé.

Le chauffeur roule au pas. Entre le ronronnement du moteur, les changements de vitesse et le mouvement des essieux, même à cette vitesse, j'ai l'impression que ma tête va exploser. Je serre les dents. Tout mon corps tremble. Je ne serais pas étonnée que mes points de suture lâchent.

Je redoute l'épreuve des grilles. Qui a eu l'idée de ce plan suicidaire, déjà ? Et, en plus, Mastodonte qui n'est pas là. Mon seul espoir, c'est qu'ils décident de laisser passer la voiture de Prime Destinations.

À hauteur du portail, le bas de la guérite apparaît à l'envers. Le véhicule ralentit. « Allez, allez, continue... » Il poursuit sur sa lancée, au ralenti. Je m'agrippe de toutes mes forces en entendant l'ouverture des grilles. J'ai super mal aux bras. « Tiens bon ! Pour Tyler. »

Le chauffeur freine brusquement. Je ne bouge pas d'un cil.

Des bruits de pas résonnent. Puis j'entends quelqu'un courir dans une autre direction.

— Arrêtez-la ! hurle Beatty.

Moi ? Je me plaque contre le châssis.

— Abattez-la ! crie une voix d'homme.

Un crépitement fend l'air. Un Taser. Mais après, personne ne s'écroule de douleur comme d'habitude.

— Vous l'avez manquée, râle l'homme.

Des hurlements surgissent de partout. Le martèlement de foulées précipitées. Le véhicule reprend sa marche. Les mâchoires serrées, je résiste. Les roues de devant passent le portail. Celles de derrière. On est sortis !

Le chauffeur accélère, pressé par ce contretemps. Il tourne à vive allure dans une ruelle. Trop de tension pour les muscles de mes bras. Je lâche. Et tombe violemment sur la chaussée. Je replie en vitesse mes bras et mes jambes pour ne pas me faire écraser. Les énormes pneus arrière me frôlent. Le courant d'air ébouriffe mes cheveux. Étendue sur la voie, en plein soleil, je roule sur le trottoir et file me cacher derrière un tronc d'arbre d'où j'aperçois l'enceinte du 37.

Au sommet du mur en béton épais, sur fond de ciel bleu et nuages cotonneux, une fille tente d'enjamber des barbelés.

Sara.

La tête d'un garde se profile près d'elle. Il doit grimper à l'échelle qui a servi à mon amie. L'homme se hisse maintenant sur l'arête du mur.

Sara baisse les yeux vers moi, son poing sur son cœur.

Elle n'essayait pas de s'évader. Elle faisait diversion pour me couvrir.

J'imite son geste.

Accroche-toi, Sara.

Sur son visage meurtri, aux traits tirés, un sourire sincère se dessine pourtant, contagieux, plein d'espoir. Je me surprends à en esquisser un à mon tour.

Un pied sur le barbelé, Sara prend appui pour se redresser. Non ! Où va-t-elle ? Même si elle court le long du mur, ils vont la rattraper.

Le gardien s'immobilise à quelques mètres. Il lui ordonne en vain de s'arrêter. Il sort son Taser et la vise. Si près, il ne peut pas la rater.

Le bout de l'arc de cercle bleu se plante dans son corps. Sara, le visage déformé par la douleur, se cambre. Son hurlement insoutenable couvre le son métallique de l'arme. Un gouffre me déchire de l'intérieur. Je plaque les mains sur ma bouche pour ne pas hurler.

Le vigile, concentré sur Sara, ne m'a pas repérée.

Le cou et le côté du visage noircis par la décharge du Taser, Sara rouvre les yeux. Elle me considère avec étonnement, comme si quelqu'un lui avait joué un vilain tour. Ses yeux se révulsent ; ses paupières se referment.

Son corps s'affaisse, tête dans le vide, retenu seulement par les fils de fer.

Sara, non. Ne meurs pas.

Mais son corps n'est déjà plus qu'une enveloppe vide, on dirait.

L'homme prend son pouls et secoue la tête à l'intention de son collègue, au sommet de l'échelle. Il prend délicatement Sara dans ses bras pour la détacher des barbelés et la donner à l'autre garde.

Dissimulée derrière mon arbre, je suis son petit corps du regard jusqu'à ce qu'il disparaisse derrière le haut mur de béton.

26.

J'ai les membres endoloris, le cœur meurtri. Ils ont tué Sara. La petite Sara. Je suis incapable de bouger. Je me vois rester ici pour toujours quand un bruit menaçant m'extirpe de ma torpeur. Les hélices de l'engin du Vieux bourdonnent alors qu'il s'élève au-dessus de l'établissement. Son souffle m'écrase au moment où il survole la clôture. J'ai une vue imprenable sur le ventre noir de l'insecte volant.

Poussée par mon instinct de survie, je traverse la rue à toutes jambes. Je longe une maison barricadée par des planches et m'engage dans une allée sombre. Pantelante, je me réfugie dans l'entrée d'un garage, dos à la porte morne. L'hélicoptère réapparaît soudain dans le ciel.

Le Vieux m'a-t-il repérée ? Dois-je filer ? Ou au contraire ne pas bouger ? Je sais que son pilote n'a pas la place d'atterrir ici, mais s'il prévient les gardes par radio ?

Je reprends finalement ma course, par les ruelles et les contre-allées, sous le regard des riverains. Au moins, le déguisement de jardinier que Sara m'a trouvé les empêche de m'identifier. Pauvre Sara. J'accélère en direction opposée de l'Institut. Je me console en me répétant que, tant que je cours, je reste en vie.

Le bourdonnement revient, implacable. Je gravis des clôtures, m'abrite d'arbre en arbre. Mais, lorsque je lève à nouveau les yeux, l'engin est toujours en survol.

Je distingue des câbles suspendus à des poteaux, à quelques rues de là. Je m'élance dans cette direction, aussi discrète que possible. La bête noire me suit à la trace. Arrivée au point d'origine des câbles, une sous-station électrique, je plonge sous un pick-up. L'asphalte m'érafle les mains, en revanche, les câbles me protègent de l'hélicoptère.

Il abandonne enfin. Une guêpe sans personne à piquer. Je dégonfle mes poumons dans un soupir puis ressors précipitamment de sous le camion. Au loin, l'engin rétrécit.

Je marche inlassablement, au point de transpercer mes chaussons. Après m'en être débarrassée, je repars sans cesser un instant de penser à Sara.

Du revers de la main, je sèche mes larmes. Le cœur serré, je me repasse en boucle le film de mon évasion.

Sara a dû voir le vigile s'approcher de la voiture pour l'inspecter. D'où sa courageuse tentative de distraction. Elle a alors foncé vers l'échelle, sous le nez des gardes et de Beatty. Elle s'est sacrifiée pour moi, parce qu'elle savait que je devais retrouver mon petit frère.

Et *eux* l'ont abattue sans pitié.

Je m'acharne sur la sonnette de Madison mais personne ne répond. Tout ça pour rien ! Les calmants ne font plus effet et une douleur vicieuse court sur mes lèvres. À bout de forces, je m'affale devant la porte et m'endors sur le perron. La nuit tombe quand elle finit par rentrer.

— Callie. Qu'est-ce que tu fais là ?

Elle se penche au-dessus de moi, ses cheveux blonds dans les yeux.

— Où est ta voiture ? (En m'aidant à me relever, elle découvre mon drôle d'uniforme.) C'est quoi, cette tenue ? Une nouvelle mode ?

Je pénètre à sa suite dans le vestibule. Sous les lumières vives, elle sursaute à la vue de mon visage roué de coups et ma lèvre fendue.

— Mon Dieu, qu'est-ce qui t'est arrivé ?

— Madison. Il faut que je te dise... En vérité, je ne suis pas locataire. Je suis une Starter, une vraie. Une donneuse si tu préfères. Je dois te parler de Prime Destinations.

— Tu es... une adolescente ?

— Oui.

— Tu n'es pas vieille... à l'intérieur... comme moi ?

Je réponds non de la tête. Elle me dévisage pendant un moment.

— Alors, tout ce temps... ?

— Oui, depuis le début, depuis cette nuit où on s'est rencontrées au *Club Rune*, avoué-je piteusement.

— Pas étonnant que tu aies l'air si jeune lorsque tu parles. Tu *es* jeune. Mais pourquoi ? Je ne comprends pas.

Je suis morte de fatigue. J'ai mal partout, des orteils jusqu'à la pointe des cheveux. Je voudrais dormir un million d'années.

— Je n'ai pas eu le choix.

Elle me soutient, d'un bras sous le mien.

— Je vais aller te chercher de l'aspirine et te faire couler un bain. Et après, je compte sur toi pour tout me raconter.

Une heure plus tard, Madison dans le secret, on décide d'un commun accord que je contacte Lauren. Peu de temps après, la sonnette retentit. À la porte, une femme très soignée se présente, en tailleur-pantalon élégant, un collier de perles autour du cou.

— Bonjour, Callie. Tu ne me connais que sous l'apparence de Reece, mais là, c'est vraiment moi que tu vois.

— Salut, Lauren.

Elle doit avoir dans les cent cinquante ans et est aussi gracieuse que je l'imaginais.

Un Ender en costume sombre se joint à nous.

— Je te présente mon avocat. C'était aussi celui d'Helena.

Madison, qui ne les avait encore jamais rencontrés, les salue d'un mouvement de tête avant de prendre congé.

— Je vais nous chercher à boire.

On s'installe au salon. Lauren grimace en voyant mes blessures.

— Qui t'a fait ça ?

— Oh ! Je me suis battue.

— La vie est aussi dure qu'on le dit dans ces instituts ?

— Pire. (Comment leur résumer la situation ? C'est mission impossible.) En deux mots, je préférerais mourir plutôt que d'y retourner.

— Ne t'inquiète pas. Ça ne risque pas d'arriver. Je suis contente que tu m'aies appelée. J'essayais justement de te joindre.

— Ah bon ?

— Je suis désolée de la façon dont notre dernière conversation s'est déroulée. Mets-toi à ma place : j'étais sous le choc de l'annonce de la mort d'Helena.

— Je sais.

— Callie, je ne suis pas en mesure de tout t'expliquer pour l'instant (Elle échange un regard avec son avocat.) mais Helena était une amie proche. Et si je tenais à prendre contact avec toi, c'est parce que, maintenant, je sais qu'elle te faisait entièrement confiance.

J'ignore ce qu'elle entend exactement par là. Helena lui a-t-elle parlé de moi l'une des fois où j'étais inconsciente ?

— On a réfléchi à un plan, annonce-t-elle.

— On va soutenir que Lauren était sur le point de se porter garante pour vous au moment de votre admission dans cet institut, explique l'homme de loi. Ainsi, vous ne serez plus leur propriété et ils ne pourront user de cette prérogative pour vous réattribuer à Prime Destinations.

— Tout cela en dépit de ton accusation d'acte criminel...

— Ce ne sont que des allégations, l'interrompt l'homme.

— En effet, acquiesce Lauren. Si quelqu'un s'était prévalu de ses droits sur toi, mon avocat aurait pu t'aider. Seulement, tu as été privée de ce privilège.

— Ainsi, vous cessez légalement d'être sous l'emprise de l'établissement psychiatrique ou de la *Banque des Corps*, reprend l'avocat.

— Ça fait de vous ma tutrice légale ? demandé-je à Lauren.

— Sur le papier, oui, mais tu seras libre d'agir à ta guise.

Une vague de déception monte en moi. C'était stupide comme question. Pourquoi Lauren assumerait-elle la lourde responsabilité de me prendre à sa charge ? Elle me connaît à peine. C'est déjà énorme de sa part de devenir ma tutrice officielle.

— L'objectif est de vous dégager de l'Institut afin que vous soyez libre de vos mouvements, développe l'avocat.

— Ce que je veux, c'est sauver mon petit frère ! Et donc démanteler la *Banque des Corps*.

— On espérait que tu dises ça, confie Lauren avec un large sourire.

On se met tous au travail, Lauren, son avocat, Madison, et moi. J'ai l'idée de recréer une annonce fictive pour la chaîne des abonnés à Prime Destinations. Imiter le Vieux est hors de question, mais copier de façon numérique les visages de Tinnenbaum et Doris à partir de l'enregistrement d'origine est faisable. Restera à leur plaquer les paroles de notre choix.

Le savoir-faire acquis par Madison pendant sa carrière de directrice de production se révèle très utile. Elle passe quelques coups de fil et réunit une équipe d'Enders experts en audiovisuel qui convertissent son vaste garage en studio. Elle recrute également deux techniciens informatiques pour pirater le système de Prime Destinations et diffuser la vidéo sur leur chaîne privée. Ce n'est pas gagné, mais Madison a les moyens pour financer l'équipement, la main-d'œuvre et tout. C'est sa façon de se racheter après avoir loué autant de corps à la *Banque*.

Je la découvre sous un nouveau jour, beaucoup plus profonde.

Pendant ce temps, Lauren et son avocat tentent de joindre par téléphone tous leurs contacts. L'homme connaît le sénateur Bohn et espère pouvoir l'impliquer. Harrison est son adversaire politique.

Le soir, le salon se remplit de grands-parents dont les petits enfants, des donneurs chez Prime Destinations, ont disparu. Obtenir le consentement des Enders n'a pas été une partie de plaisir.

— Nous avons réuni ici, dans cette pièce, une véritable mine d'or, déclare Lauren. Le fruit de centaines d'années d'expertise médicale, légale, sans oublier notre bodybuilder et même un ancien agent des forces de l'ordre. Nous disposons également d'une somme de fonds importante. Grâce à l'aide de Callie et à ses informations, nous avons enfin une chance de retrouver nos enfants.

Un Ender se lève.

— Nous ne voulons pas d'ennuis. Notre petit-fils est quelque part dans la nature. Il est vulnérable.

Près de lui, une femme menue prend à son tour la parole.

— Si je dois encore attendre un mois pour le récupérer, je préfère patienter. Il va nous falloir la coopération de Prime Destinations pour trouver nos petits-enfants.

J'interviens aussitôt en me postant devant Lauren.

— Vous ne comprenez pas ! J'ai visionné l'annonce de Prime. Ils lancent ce qu'ils appellent le Programme Permanence. Autrement dit, vos petits-enfants ne seront plus loués mais achetés. Si on n'arrête pas ça immédiatement, vous ne les reverrez jamais.

L'avocat monte au créneau.

— Grâce aux infiltrés tels que Lauren, nous avons accès à des renseignements confidentiels. L'intention de Prime Destinations de faire accéder ses clients à la propriété a été confirmée. Lauren en a enregistré la preuve et nous en avons envoyé une copie au sénateur Bohn. Si, grâce à cela, nous pouvons convaincre un juge d'émettre une ordonnance, l'accord du Président sera déclaré nul et non avenu. Le juge convaincu que des vies sont en danger, on pourra même les obliger à fermer définitivement la *Banque des Corps.*

— Et dans le cas contraire ? s'inquiète la femme fluette. Et s'ils soutiennent que l'annonce d'origine a été truquée, comme celle que vous comptez fabriquer ?

Au même moment, Madison fait irruption dans le salon. Les Enders grommellent face à son corps d'ado parfait.

— C'est une locataire ! s'écrie l'un d'eux en la pointant du doigt.

— C'est exact, chéri. (Madison rejette son carré blond vers l'arrière.) Une locataire, *pas* une propriétaire.

Je m'approche d'elle et l'entoure d'un bras au niveau des épaules.

— Elle est de notre côté. Elle dépense aussi une fortune pour arrêter Prime Destinations.

La foule continue à protester. Lauren lève les mains bien haut.

— S'il vous plaît ! Pas de dispute. Si on veut que Prime Destinations ferme, il faut unir nos forces. Et prendre cette banque au dépourvu. Cela signifie agir vite. C'est la condition *sine qua non* pour revoir nos enfants.

— J'ai une idée, lancé-je à la femme mitigée. Le spécialiste qui a modifié ma puce pourrait témoigner. Il l'a vue, il m'a assuré qu'on ne pouvait pas l'enlever, que la puce était implantée pour toujours. Cela prouve bien qu'ils pensaient à ce Programme Permanent depuis le début.

L'avocat croise les bras et approuve en remuant la tête.

— Ça aidera sûrement, c'est certain.

Le téléphone de Lauren sonne ; elle consulte l'écran.

— C'est le sénateur Bohn.

Le rival du grand-père de Blake vient d'être élu. Lauren pose son portable près d'un petit airécran, sur une table basse. La photo du politicien s'y affiche.

— Sénateur Bohn, je vous ai mis sur airécran, le prévient Lauren. Comme vous pouvez le constater, nous avons ici de nombreux grands-parents très inquiets.

— D'abord merci, Lauren, de m'avoir informé de vos avancées. J'aimerais saluer le courage de Callie Woodland pour avoir révélé les agissements de Prime Destinations.

Je souris du bout des lèvres. Il ne faut pas crier victoire trop tôt.

— Merci aussi à tous les grands-parents ici présents. C'est en travaillant côte à côte que nous parviendrons à condamner cette entreprise et à récupérer vos enfants l'un après l'autre.

J'observe les visages des intéressés. La présence du sénateur, même sur écran seulement, et son charisme d'homme politique renforcent le moral des troupes.

— Je vous accompagnerai à chaque étape du processus. Ensemble, nous y arriverons. Nous les retrouverons.

Un des grands-parents prend la parole pour la première fois de la soirée et répète les propos de l'homme.

— Nous les retrouverons.

— Oui, retrouvons-les ! dit une femme debout, à l'opposé du salon.

Des murmures d'approbation s'élèvent dans la pièce. Madison, Lauren et moi échangeons alors des regards pleins d'espoir.

Tous les grands-parents repartent avec des instructions précises. Le sénateur Bohn s'engage à obtenir la réponse du juge sur l'ordonnance d'ici demain. J'admire la complexité du travail de l'équipe de prod : ils déforment la bouche de Tinnenbaum afin que ses mouvements soient synchrones avec le message qu'on veut lui faire prononcer.

— Rien à voir avec un bébé ou un chien parlant. Les spectateurs ne doivent rien soupçonner, commande Madison à son équipe. Si on n'est pas cent pour cent crédibles, ça ne marchera pas.

La tâche du groupe de techniciens informatiques chargés du piratage de la chaîne est encore plus ardue. Je n'y comprends pas grand-chose si ce n'est qu'ils ont eu un gros pépin technique, une histoire de virus « Volcan surprise » ayant endommagé une partie de leur équipement. Madison leur rappelle que toute l'opération ne sert à rien s'ils ne trouvent pas le moyen d'entrer en contact avec les abonnés.

On les laisse travailler pendant que j'emmène Lauren et son avocat au labo de Redmond. Je n'ai pas son numéro alors on décide de débarquer chez lui à l'improviste, peu avant minuit.

Dans la limousine de Lauren, je cherche un miroir dans le sac que Madison m'a prêté. Sans succès. J'en demande un à Lauren. Après une seconde d'hésitation, elle sort un miroir de poche.

J'allume une lampe au-dessus de moi et comprends sa réserve. Quelle horreur ! Par endroits, mon visage reste fidèle à l'œuvre d'art des techniciens de la *Banque des Corps*. Mais j'ai aussi un œil au beurre noir, des contusions, une entaille super longue et des points de suture qui remontent de ma mâchoire jusque sur ma joue. Enfin, si j'ouvre la bouche, mon regard s'arrête sur un trou béant, à la place de la dent que j'ai perdue.

— Tu veux un peigne ? propose Lauren.

— À quoi bon ?

Je referme le miroir et lui rends.

— On va arranger ça, me rassure-t-elle.

— Occupons-nous d'abord des choses importantes.

On a tous à y gagner. Lauren veut retrouver son petit-fils, moi, Tyler. Et que Michael réintègre son corps. Le sénateur Bohn veut compromettre la réputation du sénateur Harrison en se servant de l'accord qu'il a promulgué entre le gouvernement et la *Banque des Corps*. Quant à l'avocat, il veut son chèque avec beaucoup de zéros à la fin de son contrat.

Je me demande si ça va marcher. Au moindre accroc, si l'annonce ne tient pas la route par exemple ou si les informaticiens ne parviennent pas à infiltrer le système, tout tombe à l'eau. Seulement, Lauren, l'ensemble des grands-parents et moi tenons à nos familles comme à la prunelle de nos yeux, alors on n'a pas le choix.

En arrivant chez Redmond, on remarque aussitôt que quelque chose ne tourne pas rond. Des lumières très vives éclairent le bâtiment et deux patrouilles bloquent l'entrée du complexe. Des badauds, parmi les voisins, se sont regroupés et observent la scène, effarés. Je m'élance hors de la voiture, Lauren et son avocat à ma suite.

Une épaisse fumée monte en panache : je ne vois plus l'immeuble de Redmond. Un Ender en uniforme d'officier, les cheveux blancs coupés court, nous barre la voie.

— L'accès est interdit, désolé.

— Que s'est-il passé ? l'interroge Lauren.

— C'est ce qu'on essaie de savoir. Reculez, s'il vous plaît.

Un Ender en combinaison s'approche avec un chien qu'il retient par les mailles du collier.

— Des gosses ont bombardé l'immeuble de cocktails Molotov. Ils n'ont vraiment rien d'autre à faire que de détruire tout ce qu'on construit.

Je profite de la conversation des deux hommes pour filer en douce vers l'appartement de Redmond.

— Hé, toi, là-bas ! Reviens ici tout de suite ! me crie le marshal.

Au coin de l'entrepôt, je suis sidérée par ce que je vois. Le bâtiment, noirci par le feu, est éventré, le toit à moitié effondré, comme croqué par la mâchoire d'un géant. Les pompiers sont en train d'inspecter les décombres encore fumants. À l'intérieur, des hommes mesurent l'étendue des dégâts. Je m'y engouffre à mon tour.

— Hé, faut pas rester là ! C'est dangereux ! me hurle un des pompiers.

Tout est carbonisé : les ordinateurs, les machines, même l'équipement suspendu au plafond. L'odeur de composants brûlés me prend au nez et à la gorge. Je plaque ma manche sur mon visage. La chaise de Redmond, fondue, dégouline. On dirait une œuvre d'art contemporain. Ailleurs, le spectacle de bouillie brune est effrayant.

— Où est Redmond ? L'homme qui vit ici.

— On n'a pas retrouvé de corps, répond un pompier en jetant ses mains en l'air avec perplexité. Pas encore.

Redmond est trop précieux pour qu'on le tue. Et trop malin pour qu'on l'attrape. Je parie qu'il s'est échappé et qu'il se cache. Dommage pour son témoignage.

Je me souviens alors de la boîte.

Les pompiers sont absorbés par leurs mesures de température, au fond de l'appartement. Accroupie, je pose mes doigts sur le boîtier d'ouverture du tiroir. Je tousse pour couvrir le « clic ». Sous ma veste, je cache aussitôt la petite boîte métallique. Elle est légère, le métal froid. Je remarque au passage que Redmond a remplacé « Helena » par « Callie » sur l'étiquette.

Avant qu'un des pompiers ne me force à sortir, je me dirige vers la porte. Dans l'encadrement, je jette un dernier coup d'œil au laboratoire. Je ne connais pas vraiment Redmond – je ne l'ai vu qu'une fois – mais je lui dois beaucoup. Il compte à mes yeux, un peu comme mon créateur. J'ai de la peine en voyant tout son travail parti en fumée.

Je rejoins Lauren et l'avocat, devant l'immeuble, éclairés par le halo rouge du gyrophare.

— Des témoins disent avoir aperçu un Starter, me raconte l'avocat.

— Disons plutôt un meurtrier Ender dans la peau d'un Starter.

La peur se lit sur le visage de Lauren. Je prie pour qu'elle ne change pas d'avis au sujet de notre plan.

— Ils ont volé quelque chose ? m'interroge son avocat.

— Je ne sais pas. Mais j'ai récupéré un objet qui devrait nous aider, dis-je en tapotant ma veste.

— Qu'est-ce que c'est ? demande Lauren.

— Une clé informatique avec les observations de Redmond sur ma puce, ses commentaires disant qu'elle est permanente, etc.

— Excellent. C'est du bon travail, me félicite l'homme de loi.

Sa satisfaction n'efface pas mon malaise vis-à-vis de Redmond. Est-ce moi qui ai conduit la *Banque des Corps* jusqu'à lui ? Et si tout ça était ma faute ? D'abord, Sara ; maintenant Redmond. Qui d'autre va encore trinquer ?

27.

Le jour suivant, je monte les marches de la *Banque des Corps*, persuadée de vivre un cauchemar éveillé. J'ai pensé à cet endroit tellement souvent, la peur au ventre, dans l'incertitude qu'Helena s'y trouve, que mon frère s'y trouve, que le Vieux s'y trouve. J'avais une trouille terrible à l'époque. Helena m'avait prévenue qu'ils essaieraient de me tuer et j'ai donc gardé mes distances.

Cette fois, c'est différent. Je suis prête ; et je ne suis plus toute seule.

Les autres, cependant, se tiennent à l'écart comme prévu. Cousu à ma poche, un petit appareil pas plus gros qu'un grain de riz me permettra de donner l'alerte. On a bâti notre plan en trois étapes. La première ne repose que sur moi.

Plus j'approche des doubles portes, plus le sourire du portier s'efface, détrôné par une moue rebutée aux sourcils froncés. Pour finir, il semble effrayé. À cause de mon visage abîmé ou parce qu'il m'a reconnue ? Difficile à dire. Je suis peut-être devenue célèbre. Cette perspective me ferait presque sourire.

J'ouvre la porte moi-même car le portier reste planté là à me dévisager. Je lui renvoie son regard tout en avançant dans le hall. Aussitôt, un autre garde me tombe dessus avec un détecteur de métaux. Mon alarme est conçue pour passer inaperçue.

— Je n'ai pas d'arme. Hormis ma grande gueule.

Insensible à mon humour, le garde paraît convaincu.

Furieux, Tinnenbaum émerge alors précipitamment de son bureau, l'index pointé vers moi.

— Attrapez-la !

L'employé m'empoigne et me tord les bras dans le dos.

— Vous avez changé de corps à ce que je vois. C'était quoi le problème avec celui de Lee ? défié-je Tinnenbaum. Vous vous êtes lassé ?

Le directeur plisse le front. J'écarquille les yeux, l'air innocente.

— C'est marrant, la première fois que je suis venue, vous étiez tout sourire.

Doris sort à son tour de son bureau.

— Callie ! Qu'est-ce qui t'amène ici ?

— Ah, Doris. Je vous préfère comme ça plutôt qu'en Briona.

— Quel gâchis ! s'exclame-t-elle en me tâtant les joues. Après tout ce superbe travail sur toi !

D'un coup de tête, je chasse sa main et poursuis :

— Il ne manque plus que Rodney et le trio sera au complet.

Tinnenbaum me saute à la gorge.

— Vous êtes affreuse. Qu'est-ce que vous nous voulez ?

— Je veux voir le Vieux.

Doris et Tinnenbaum se regardent aussitôt. Elle refuse de la tête. À leur réaction, j'en déduis que mes soupçons sont confirmés. Leur patron est bien là. Et il meurt d'envie de me parler. Seulement, eux ne le savent pas.

— Je vais patienter.

Quinze minutes plus tard, un garde et Tinnenbaum m'escortent via un ascenseur dans un long couloir sinueux. Pas l'impression qu'il mène au bureau d'un P-DG. Méfiante, je m'arrête.

— Où est-ce que vous m'emmenez ?

— Vous vouliez un entretien, non ? me répond sèchement Tinnenbaum.

— Son bureau est par là ?

— Il aime faire les choses à sa façon.

Ce genre de mystères ne me plaît pas. On arrive finalement devant une porte blindée et Tinnenbaum active un interphone mural invisible.

— Elle est là, monsieur.

La porte coulisse sans bruit dans la cloison. Dedans, il fait noir, à l'exception d'une petite ampoule au plafond qui éclaire le sas.

— Entrez, dit la voix.

C'est celle du Vieux.

— Monsieur ? demande Tinnenbaum.

— Lâchez-la.

Le garde obéit.

— On va attendre devant la porte, annonce Tinnenbaum.

Celle-ci se referme, assombrissant encore davantage la pièce. J'entends l'écho de bruits de pas étouffés. La pièce doit être très grande, plus vaste qu'un bureau ou qu'une salle de conférences. La première chose que je remarque est un signal lumineux, tout au fond. Il se rapproche de moi et je constate bientôt qu'il s'agit du masque électronique du Vieux. Le visage, cette fois, est macabre. Celui d'un acteur très connu qui s'est suicidé.

Mon cœur martèle ma poitrine. C'en est presque douloureux. D'une main dans ma poche, je déclenche discrètement le signal pour informer les autres que j'ai découvert le Vieux. Reste à gagner du temps.

— Pourquoi es-tu venue maintenant ? demande-t-il. Tu aurais pu te joindre aux filles et garçons de l'Institut, le jour de la sélection.

— J'ai un marché à vous proposer.

— Un marché ? Quel genre de marché ?

Sa physionomie se change en celle d'une célèbre chanteuse décapitée par son amant. Il fait exprès de choisir ces images pour m'effrayer. Je lutte pour ne rien laisser transparaître.

— Échanger ma place contre celle de mon frère.
— Tyler ?
— Oui.

J'attends qu'il confirme mes soupçons : d'après moi, mon frère est ici.

— Discutable, ton idée. Qu'est-ce qui me prouve que tu ne t'échapperas pas ?
— Je suis certaine que vous trouverez un moyen de gérer ça.

Il prend alors l'apparence d'une femme. Mon cri d'effroi l'amuse.

— Qui est-ce ?

L'inconnue sanglote, gémit.

— Une femme très triste, Callie. Je pense qu'on a tué ses enfants. Son ex-mari peut-être...
— C'est affreux, murmuré-je.
— Mais nous nous écartons de notre sujet. Revenons à... Tyler.

Je frissonne rien qu'à entendre le nom de mon frère dans sa bouche.

— Allez le chercher et je prendrai sa place.
— Ton corps contre le sien ?
— Oui.
— Ça ne me semble pas équitable : il est plus jeune.

— Mais il est malade.
— Un point pour toi.
Le visage se transforme à nouveau. Je reconnais cette fois celui d'une femme emprisonnée pour avoir empoisonné toute sa famille.
— Vous pourriez arrêter votre petit jeu, là ?
— Tu as du caractère, Callie. Ça me plaît ! J'accepte ton offre.
— Vraiment ?
— Oui. Mais je ne vais pas faire venir ton frère ici. Tu devras me croire sur parole.
— Ce n'est pas équitable, votre truc.
— Qui parle d'équité ?
— Vous. Il y a deux secondes.
— J'admire ta vivacité d'esprit.
— Il va falloir que vous me donniez quelque chose en échange.
— Quoi ? Que veux-tu ?
— Enlevez votre masque, dis-je dans un souffle.
Il reste silencieux un moment. Le visage de la femme se fige.
— L'enlever ?
— Oui. Je veux voir votre vrai visage, commandé-je, un ton au-dessus.
Les traits maquillés d'un célèbre mime recouvrent soudain le masque.
— Il est devant toi.
— Bien essayé.
— C'est ce que j'ai de mieux à te proposer.

— Alors, notre marché ne tient plus.

Il marque une pause avant de reprendre la parole avec plus d'assurance.

— Rien ne m'oblige à conclure un marché avec toi.

— La différence entre vous et moi, c'est que je tiens mes promesses. Autrement dit, si on s'entend, vous pourrez disposer de moi à votre guise. Pour toujours. Moi, en échange d'un frère invisible et de votre vrai visage. À prendre ou à laisser.

— Tu te rends compte que la balance ne penche que d'un côté ? Je te rappelle que je suis chez moi ici, entouré de mes hommes. Tu l'aimes tant que ça, ce frère ?

— Il n'a que moi.

Tous ses précédents visages défilent brusquement de gauche à droite, tel un film en accéléré. Ensuite, ils se suivent de bas en haut. Puis, tout se mélange, la moitié est un suicidé, l'autre un meurtrier, ensuite une célébrité assassinée avec une femme en larmes.

Le visage se divise alors en quatre. Un amas de tristesse douloureuse, aggravé par le silence de la pièce que seule rompt ma respiration saccadée.

— C'est ça que tu veux, Callie ? Voir qui je suis en réalité ?

— Oui. J'en ai assez de ce collage électronique.

— Qui je suis en réalité..., répète-t-il à voix basse, sur un ton résigné.

— Oui, insisté-je.
— Entendu.
Les lumières de son masque se tamisent jusqu'à s'éteindre dans un petit clic. Je patiente dans le noir.

28.

Les pas du Vieux résonnent, de plus en plus proches, mais il ne parle pas. Où est-il ? Juste à côté de moi ? Je n'entends rien. Pas un souffle. J'ai compris ! L'écho de ses pas est fabriqué électroniquement, comme sa voix. L'illusion, c'est sa spécialité. Il ne se dirige pas vers moi... Il est parti.

Je reste seule, dans le noir et le vide. Je recule jusqu'à un capteur sensoriel que j'ai remarqué plus tôt. Je l'active. Les lumières se déversent sur toute la surface de la pièce et confirment ce que je pensais. Il n'y a plus que moi ici.

Je me retourne et découvre un écran plat, fixé au mur. Il projette des images du chaos qui règne désormais dans le hall de l'immeuble. Une patrouille de marshals a pris le contrôle de la situation : les employés de la *Banque des Corps* ont été arrêtés, menottés.

Étape numéro deux. Je déclenche une nouvelle fois l'alarme dans ma poche.

— Il s'est échappé, crié-je à mes alliés.

Aussitôt, les deux officiers qui m'ont suivie à distance déboulent dans la pièce.

— Par où est-il parti ? demande le plus grand des deux.

— Je ne sais pas : je n'ai rien vu !

Il y a trois issues en plus de celle qui est derrière moi. Cela peut être n'importe laquelle. L'officier le plus grand prend la première, son coéquipier, la deuxième et moi, la troisième. Un petit couloir mène à deux ascenseurs. Apparemment, ils fonctionnent mais aucun voyant n'indique s'ils montent ou descendent. Je les appelle et saute dans le premier pour filer au sous-sol.

Je m'élance à travers le garage sombre sur les traces du Vieux. Un bon nombre de places de parking sont occupées par des voitures de luxe, et celles des employés sont garées dans les emplacements réservés, tout au fond. Je me couche pour regarder sous les châssis. Personne. Je voudrais pouvoir lui arracher son masque, le mettre à nu.

Je stoppe net, à l'affût. Et si le Vieux se cachait ? Je fais le moins de bruit possible. Un raclement de semelles par terre. Demi-tour : une ombre se projette sur le mur, derrière le capot d'un 4 × 4. Je cours dans cette direction. La silhouette s'enfuit, mais est soudain prise au piège. N'ayant nulle part où aller, elle s'écroule à terre.

C'est Terry, l'infirmier aux paupières surlignées d'eye-liner. Il est en train de pleurer comme un enfant.

— Chérie, ne les laisse pas m'arrêter ! Je vais mourir si je vais en prison.

— Aide-moi, Terry, et je verrai ce que je peux faire. (Je le hisse sur ses pieds.) Où est-ce que le Vieux se cache ?

— Pas le genre à se cacher. Il a dû filer.

— Qu'est-ce qu'il a comme voiture ?

— Pas une voiture. Un hélicoptère.

Terry et moi montons quatre à quatre les marches qui mènent jusqu'au toit de l'immeuble. J'aurais dû y penser plus tôt !

— Je savais que ce jour finirait par arriver, se lamente l'infirmier, des traînées de maquillage noir sur les joues.

— Alors pourquoi ne pas avoir démissionné ?

On ouvre précipitamment la porte qui donne sur les toits. Le froid nous fouette le visage, accentué par le courant d'air des hélices qui tournent dans un vacarme assourdissant. Les cheveux dans les yeux, entre nos paupières à demi fermées, on aperçoit le gros insecte encore posé sur son aire d'atterrissage, à cinq ou six mètres de là.

À travers la bulle du cockpit, je distingue le Vieux, assis derrière le pilote. Il regarde au loin. Pliée en deux, je me rue vers l'hélicoptère. Le pilote fait signe à son patron : il se tourne dans ma direction. Sur son masque, le visage d'une mère dans un vieux film d'horreur.

Debout sur le marchepied, je saisis la poignée et ouvre grande la portière. Le Vieux se penche pour tenter de la refermer. Je l'attrape par le bras. Agrippée au chambranle, je tire la manche de son manteau. Sur la banquette, je remarque soudain un grand sac posé près de lui. À sa forme, je devine qu'il renferme une personne. Impossible de déterminer sa taille ou son sexe, ni même si elle est encore en vie. Dans mon dos, Terry n'est pas parvenu à s'approcher. Je suis donc seule face au Vieux.

En redoublant d'effort, je réussis à le faire sortir à moitié de l'habitacle. J'essaie d'arracher son masque.

— Qu'est-ce que vous cachez ? hurlé-je pour couvrir le grondement des hélices.

Cramponné au cadre de la portière, l'homme me repousse de sa main libre.

— Où est mon frère ?

Je lui écrase mes doigts sur le visage. Il riposte d'un coup de talon dans mon ventre. Je tiens bon.

Soudain le pilote sort son arme. Il me vise. C'est fini. Je suis morte.

Mais le Vieux écarte son bras. J'ignore pourquoi. J'en perds mes moyens. Puis le P-DG hurle quelque chose au pilote qui actionne les commandes de décollage, tandis que je reste sur la cale de l'appareil. Dans mon champ de vision, Terry m'intime de sauter.

Lentement, l'engin quitte le sol. Sans aucun moyen de rentrer à l'intérieur du cockpit, c'est le suicide assuré. Je tire alors une dernière fois sur le masque avant de sauter de l'hélicoptère. Le bord se déchire légèrement mais il demeure en place. Laissant échapper un rire victorieux, le Vieux le maintient d'une main, tout en refermant la portière de l'autre.

Hors d'haleine, je m'écroule, dos contre le béton. Terry s'élance pour me secourir. Je n'ai plus besoin de lui. Je ne suis pas blessée, juste folle de rage que ce type nous ait filé entre les doigts une fois de plus.

Lauren, son avocat et deux officiers nous rejoignent enfin. Trop tard. Je suis des yeux l'hélicoptère, obsédée par une unique question : est-ce le corps de Tyler dans ce sac ?

Au rez-de-chaussée de l'immeuble règne un désordre sans nom. Les forces de l'ordre ont arrêté tous les employés, alignés désormais dos au mur. Tinnenbaum, Doris et Rodney se perdent en justifications. Ils protestent et exigent qu'on leur rende leurs portables pour appeler leurs avocats. D'autres, parmi lesquels les gardiens et la réceptionniste, sont avachis sur le sol, l'air résigné. Quelques-uns pleurent. Trax, le technicien, se tient la tête à deux mains, par terre. Une infirmière, debout, face à un officier, lui crie après. Malgré l'agitation, le sénateur Bohn s'adresse à deux cameramen.

Je me rue sur Tinnenbaum.

— Où est mon frère ?

Il secoue la tête. Je me jette sur lui pour le frapper. L'avocat s'interpose.

— Tu oublies que les secrets du Vieux sont bien gardés, commente Doris. On te le dirait si on le savait...

Pas le temps de leur tirer les vers du nez : tous les yeux se tournent dans la même direction alors qu'un groupe d'adolescents, yeux exorbités et mâchoires pendantes, pénètrent dans le bâtiment.

Phase trois.

— Que se passe-t-il ? lance une grande blonde. On a reçu l'ordre de venir ici.

Le sénateur place le micro devant sa bouche.

— De qui ?

— Lui, répond un garçon aux cheveux bruns. Tinnenbaum.

— Mais pas du tout. Il ment !

— Oh, que si, l'ami. Un flash spécial réservé aux abonnés est passé sur la chaîne privée de la société. Vous avez dit que nous devions immédiatement retourner à la *Banque des Corps* à cause d'un problème technique sur nos puces.

— Au prix où j'ai payé cette location, j'espère bien avoir une compensation pour la perte de temps, se plaint la blonde. Mais, s'il y a erreur, autant régler ça tout de suite !

Je jette un coup d'œil à Lauren et à son large sourire. Notre fausse annonce a fonctionné. De nouveaux locataires affluent dans le hall, arborant la même expression confondue. Le niveau sonore est devenu quasiment insoutenable. Les Enders, dans leurs enveloppes adolescentes, exigent des explications.

Un visage familier passe soudain devant les autres. Madison. Ses grands anneaux créoles s'agitent sous sa coupe au carré. D'un bras autour de son cou, je l'arrête sur sa lancée et la tourne vers le sénateur Bohn.

— Monsieur, je vous présente Madison. Le génie qui se cache derrière l'annonce télédiffusée.

Le sénateur lui serre la main, reconnaissant.

— Où est Trax ? demande-t-elle.

Le grand technicien aux épis blancs se lève, des menottes aux poignets.

— Allons-y, mon beau : rends-moi mon corps, l'intime la locataire.

Un officier détache Trax mais sans lui lâcher le bras. Il suit le technicien comme son ombre tandis qu'il nous ouvre la voie parmi un dédale de couloirs. Madison, Lauren, son avocat, le marshal à la retraite, le sénateur Bohn et moi avançons avec l'équipe de cameramen qui filme tout du long. Sur nos talons, la plupart des grands-parents, ainsi qu'un large groupe de locataires bruyants.

Finalement, on parvient à une vaste salle que je ne connaissais pas – une salle d'attente, selon les termes de Trax. On dirait une unité de soins intensifs, avec un grand chariot d'équipement médical au centre. Dans chaque fauteuil incliné, un locataire est étendu. Il doit y en avoir plus de cent au total, paupières closes, des câbles reliés à un ordinateur depuis l'arrière de leurs crânes.

Le personnel infirmier est choqué de nous voir débarquer tous ensemble mais il coopère, motivé par la présence du sénateur et des cameramen. Certains locataires sont là depuis déjà plusieurs mois, à en juger par la longueur de leurs barbes et de leurs cheveux. Ils ont entre quatre-vingts et cent cinquante ans.

Madison, sur ses hautes jambes, se déhanche jusqu'à une femme corpulente qui doit avoir dans les cent vingt-cinq ans. Allongée dans son fauteuil, elle a les yeux fermés. Comme les autres locataires, l'Ender porte une blouse d'hôpital, une couverture sur elle.

Madison la désigne en lançant à Trax :

— Maintenant, sois sympa et rends-moi mon vieux corps de grosse. Il ne paie pas de mine mais c'est le mien.

L'intéressé approche une chaise pour Madison. Ensuite, il se dirige vers le chariot et pose les mains sur un clavier vertical. Il tape une série de touches en rythme avec des signaux sonores. Au plafond pend une centrale informatique circulaire. Les lumières clignotent quelques instants puis s'arrêtent et tout devient silencieux.

On retient notre souffle. Quand, tout à coup, la femme costaude, dans son fauteuil, rouvre les yeux. Trax s'approche d'elle et lui touche l'épaule.

— Ça va ?

L'Ender s'ébroue.

— On ne peut mieux !

Elle attend que Trax la débranche avant de s'asseoir.

— Salut, Callie chérie. Et voilà ! La vraie moi : Rhiannon.

Je réponds d'un sourire.

La véritable Madison, la donneuse, est avachie sur la chaise, paupières closes. Parcourue de mouvements convulsifs, elle rappelle un chat endormi, en plein cauchemar. Elle finit par ouvrir les yeux et semble désorientée. Ses cheveux blonds tombent devant son visage. Elle se redresse lentement sur sa chaise.

— Où suis-je ? souffle-t-elle du bout des lèvres, en jetant des regards affolés. Pourquoi il y a autant de monde ?

Je reconnais sa voix ; en même temps, elle est un peu différente.

Rhiannon se penche vers l'avant pour mettre une main sur l'épaule de Madison.

— Tout va bien, chérie. Tu es de retour à la *Banque des Corps*. La location est terminée.

Des protestations fusent désormais dans la salle. Certains locataires sont furieux que les termes de leurs contrats aient été ainsi modifiés. Le sénateur, le marshal, l'avocat et Trax se concertent en vitesse et décident que le plus simple est de tout arrêter en une fois.

— Très bien, asseyez-vous. Asseyez-vous tous ! leur crie le sénateur.

Seuls quelques locataires grincheux s'exécutent. Trax répète la même opération que précédemment avec Madison. Et tous les Starters qui ne s'étaient pas assis plus tôt ne tardent pas à s'effondrer à même le sol. Les corps des Enders, dans leurs fauteuils, se mettent à bouger. On se précipite au chevet des donneurs qui ne comprennent rien à leur réveil brutal.

J'examine un à un les visages. Au fond de la salle, je reconnais quelqu'un.

Michael.

Il est sain et sauf ! Je m'agenouille près de lui.

— Michael ?

Il me regarde, l'air sonné.

— Cal ? (Il prend appui sur un coude.) Qu'est-ce qui t'est arrivé au visage ?

Il caresse mon menton. Avec les calmants, j'en oublie que je dois être affreuse.

— J'ai fait une mauvaise rencontre…
— C'est douloureux ?
— Supportable.
— Où suis-je ?

Il se redresse avec peine en position assise et se frotte le visage.

— À la *Banque des Corps.*
— La *Banque des Corps* ? Ma location est déjà terminée ?
— Tu n'as pas idée !

Je le serre dans mes bras. Il me rend mon étreinte. C'est bon de se sentir protégée comme avant. J'enfouis mon nez dans sa chemise un moment. Je voudrais pouvoir rester là pour toujours, mais mon frère occupe toutes mes pensées. S'il est ici, je vais le trouver.

J'aide Michael à se relever. Lauren me rejoint, accompagnée du sénateur Bohn. Ils semblent tendus tous les deux.

— Nous n'en avons pas la confirmation exacte, alors, s'il vous plaît, pas de faux espoirs, me prévient l'homme, mais on pense avoir une piste qui mène à votre petit frère.

Synchrones, le sénateur, Trax et moi cavalons dans un long couloir.

— J'ignorais que c'était ton frère, lâche platement le technicien.

— Et Florina ? lui demandé-je. Il y avait une fille avec lui ?

— Non, il était tout seul.

En chemin, il me raconte son entretien avec le Vieux, plus tôt dans la matinée. Celui-ci voulait savoir si l'intervention chirurgicale marcherait sur le cerveau d'un enfant au lieu d'un adolescent. La discussion a dévié sur la taille du cerveau, la jeunesse des neurones, et, pour finir, Trax s'est laissé convaincre d'examiner Tyler.

— Seulement, je ne sais pas s'il est encore là, explique Trax, le front plissé. La dernière fois que je l'ai vu, c'était à 7 h 30 ce matin. Le Vieux l'a peut-être emmené ailleurs.

— Qui est chargé de veiller sur lui ?

Trax n'en sait rien.

— Allez, dépêchons-nous, dis-je en le tirant par le bras pour l'entraîner dans ma course.

Après une porte marquée « Entrée interdite » et deux virages, on déboule dans un couloir qui se termine assez rapidement par une porte close, sans signe distinctif.

Pour ouvrir la porte, Trax agite la paume ouverte de sa main devant un petit rectangle au mur. Je manque le renverser lorsque j'entre en trombe dans la pièce.

C'est un genre de bureau, sans fenêtre, meublé d'un placard de rangement et de quelques tables. Un lit d'enfant est installé contre le mur avec des couvertures chiffonnées dessus. Je les écarte d'un geste précipité.

Le lit est vide.

Je renifle les draps. Tyler s'est allongé ici, j'en suis certaine. Le drap-housse est imprégné de son odeur.

— Il n'est plus là. Le Vieux l'a emmené !

Le marshal inspecte les lieux, fouille les penderies, les toilettes, les grands tiroirs de rangement. Inutile. Personne n'est dupe.

Je fonds aussitôt en larmes. C'est plus fort que moi. J'ai fait tout ce que j'ai pu pour le sauver et, maintenant, il a disparu. Mes doutes sont confirmés. Je sais où est Tyler. Dans l'hélicoptère, avec le Vieux. Je suis passée si près du but...

— Il était là, je vous assure, se justifie Trax.

Le sénateur Bohn et lui restent debout, sans bouger, à regarder de tous côtés. Je m'assois au bord du lit, le nez qui coule, désespérée. Je me moque de l'opinion des autres ou d'avoir l'air stupide. Tous mes efforts n'ont servi à rien.

Papa, je sais que je t'avais promis. J'ai essayé, pourtant. Je te le jure !

Une faille se creuse au fond de moi. Mon frère, abandonné, effrayé, enfermé dans un sac. Seul avec ce dingue. Mes sanglots redoublent. Mon corps se met à trembler. Trax s'approche pour me consoler.

— Callie… je suis tellement désolé.

— Foutez-moi la paix ! (Je le repousse avec violence et me lève précipitamment.) Gardez vos excuses pourries ! Vous êtes tous responsables, tous les employés de la *Banque*. Comment avez-vous pu ? Ce n'est qu'un enfant. Un *enfant* privé d'enfance.

Je pivote sur moi-même pour regarder le sénateur Bohn droit dans les yeux.

— C'est de votre faute aussi, vous tous, les Enders. Pourquoi ne pas avoir vacciné tout le monde ? Sans ça, on n'en serait pas là !

Le sénateur semble blessé par mon accusation. Il croise les mains derrière sa nuque.

L'officier revient vers nous, son inspection terminée. Il remue la tête à l'intention du politicien.

— Il n'y a personne.

Quelque chose dans ce constat, venant de la part d'un marshal, ranime des souvenirs. Je me suis si souvent cachée pour leur échapper, priant pour qu'ils ne nous trouvent pas, ni moi, ni mes amis ou n'importe quel Starter. Sauf que là, je donnerais tout pour qu'il retrouve mon frère. Si Tyler le voyait, pourtant, il ne sortirait sûrement pas de sa cachette. Je me souviens qu'on se planquait dans des endroits impensables. À l'intérieur de cloisons. Au plafond…

À cette pensée, je me lève soudain et balaie la pièce des yeux. Les Enders me couvent d'un regard médusé. Je scrute le plafond. Et si mon frère avait vu l'officier en uniforme mais pas moi... et qu'il ne m'ait pas entendu non plus...

Je pénètre en trombe dans la salle de bains, les yeux en l'air. Surpris par mon élan, les Enders se pressent dans l'encadrement de la porte. La cuvette est rabaissée. Premier indice. Je monte dessus. Les hommes se ruent à mes côtés, les bras ouverts, prêts à me rattraper au besoin. Puis je grimpe sur le lavabo. Il y a des empreintes sur les dalles au plafond. J'en déplace une.

— N'aie pas peur, Tyler. C'est moi.

Je fais coulisser complètement la dalle sur le côté. Tyler tend le cou, tel un animal apeuré.

— Callie ?

Mon cœur bondit.

— Tyler ! Viens ici.

Submergée par l'émotion, je le prends dans mes bras pour le descendre de sa cachette en le serrant très fort. Après l'avoir donné au marshal, je bondis du lavabo et reprends mon frère dans mes bras. J'embrasse le haut de sa tête et m'enivre du parfum de bébé de ses cheveux. Le poids sur mes épaules s'allège.

Tout le monde pleure de joie. Lui, moi, les hommes autour de nous.

Je ne le lâche pas d'un pouce.

Après un nombre incommensurable de baisers et de câlins, et l'assurance que Tyler est désormais hors de danger, les Enders nous raccompagnent dans le hall du bâtiment où les décibels sont redescendus de moitié. On présente Tyler à Lauren. Le sénateur Bohn s'empresse d'aller chercher une couverture qu'il enroule autour des épaules de Tyler.

— Ça va aller, ton frère ? s'inquiète Lauren.

— Le Vieux m'a donné à manger. Et des médicaments, répond-il à ma place.

Je doute que cela ait été un acte de pur altruisme de sa part, mais je garde ça pour moi. Quand je repense tout à coup à Florina.

— Tyler, qu'est-il arrivé à Florina ?

— Ils l'ont jetée de la voiture…, lâche-t-il avec tristesse.

— Quoi ?

— Après être venus nous chercher à l'hôtel, ils ont roulé un peu et puis ils l'ont poussée dehors.

— Pourvu qu'elle soit saine et sauve.

Tyler hoche la tête.

— Je l'ai vue se relever. (Il réfléchit un instant.) Tu savais qu'elle a une grand-tante ? À Santa Rosa ?

Je réponds que non.

— Elle est peut-être allée la voir…

Le sénateur passe la main dans les cheveux de mon frère. Un officier lui montre ensuite un tableau où figure le nom de tous les locataires et donneurs sur place. Les paires ont été reformées et alignées dans une pièce – Madison avec Rhiannon, Tinnenbaum avec Lee, Rodney avec Raj et Doris avec Briona. Michael se tient aux côtés d'un Ender en piteux état, avec un nez épaté et un gros ventre. Il a dans les deux cents ans. C'est le type qui m'a draguée dans la rue. J'ai soudain envie de vomir.

La file de donneurs et de locataires serpente dans le couloir, jusqu'à l'extérieur. Avec Lauren et Tyler, on la remonte, examinant chaque visage, mais je ne vois personne qui ressemble à Emma. Et Lauren ne trouve pas son Kevin.

— Je savais que c'était inespéré, déplore-t-elle. Mais j'ai voulu y croire…

— On continuera à chercher. (Je pose une main sur son épaule.) On n'arrêtera pas tant qu'on ne les aura pas retrouvés.

La longue nuit prend fin au matin, quand tous les grands-parents sont venus chercher leurs petits-enfants. Ils s'étonnent que les mineurs sans parents ni tuteur aient disparu au petit jour mais moi, je les comprends. Les Starters ne font pas confiance aux Enders.

Tyler se repose, couché sur le canapé, dans le bureau de Doris. Michael et moi sommes affalés sur deux chaises. On s'endort à moitié nous aussi, vidés. En tout cas, c'est ma théorie pour expliquer la froideur de Michael.

— Alors Florina a une grand-tante à Santa Rosa ?
— Ouais. D'après elle, elle se portera garante.

— Elle a de la chance...

— Elle m'a proposé de l'accompagner, me confie Michael, le regard dans le vide. Sans engagement de la part de sa tante, évidemment.

— Et tu as refusé ? Pourquoi ?

— J'sais pas. Il fait trop froid là-bas.

J'approuve d'un simple mouvement de tête.

— Je suppose qu'on peut dire adieu à notre argent, reprend Michael, triste.

— Je ne compterais pas trop dessus, c'est clair !

— Quand je pense qu'on a risqué nos vies... Et tout ça pour rien, lâche-t-il, écœuré.

— Ça n'a pas servi à rien ! Et nos neuropuces ultra performantes dans le crâne alors ? rétorqué-je dans un éclat de rire.

Je suis trop heureuse qu'on soit à nouveau tous réunis, même si on n'a toujours pas de toit où dormir. Adieu matelas et douches chaudes, bonjour oreillers en béton et seaux d'eau froide.

Lauren surgit dans le cadre de porte.

— Callie, je peux te parler un instant ?

Je jette un œil à Tyler, endormi. Michael me fait signe qu'il s'en occupe.

— Je crois que ça va te plaire, commence-t-elle en souriant.

Elle m'emmène dans l'ancien bureau de Tinnenbaum. Son avocat est assis derrière la table en verre du directeur. J'ai encore des frissons en revoyant la fontaine qui m'avait tant impressionnée, quelques semaines plus tôt.

— Mme Winterhill a rédigé un testament dans lequel elle vous inclut.

Incrédule, je fixe Lauren. Elle m'invite à m'asseoir face à l'homme de loi et prend place sur le siège d'à côté.

— Mais quand est-ce qu'elle... ?

— Avant le début de sa location. Elle se sentait redevable envers la jeune fille dont elle utilisait le corps, explique l'avocat.

— Elle t'a laissé la moitié de ses biens, annonce Lauren, y compris sa résidence principale et une maison de vacances.

Une maison.

Je reste sans voix.

— Voici ce qu'elle a écrit : « Mademoiselle, je ne vous connais pas, mais je m'excuse de m'être servie de vous de cette façon. Et je suis sincèrement désolée pour ce monde que nous vous laissons en héritage. »

Une maison ? Ma fatigue me joue des tours. D'une main sur ma joue meurtrie, je tâte mes points de suture. Ils ont l'air réels, pourtant. Les Enders voient bien que je n'y crois pas. Ils me répètent la nouvelle, l'enrichissant de détails. Personnellement, je ne retiens qu'un mot : maison. Helena a donc tenu sa promesse.

Je regarde Lauren avec un immense sourire. D'un hochement de tête, elle confirme que tout cela est bien vrai. Ses yeux brillent. Puis se mouillent de larmes. Je ferme les miens mais ça ne m'empêche pas de pleurer.

Une maison.

29.

Au matin, j'emmène Tyler dans notre nouveau chez-nous. Je n'oublierai jamais sa tête au moment de franchir la porte d'entrée, en compagnie de Lauren et de son avocat. Ensemble, ils prennent Eugenia à part pour lui exposer les clauses testamentaires tandis que Tyler scrute les meubles luxueux un à un avec de grands yeux.

Il s'arrête devant une statue de chien en bronze sur une table basse.

— Je peux toucher ?

— Tu peux faire ce que tu veux. Tout ça est à toi.

Il prend la statue et la presse délicatement contre lui. Elle a beau peser son poids, il insiste pour la traîner ensuite partout dans la maison. Au moment de le border dans le gigantesque lit de la plus grande chambre, il la tient toujours, résolu à dormir avec.

Je la pose sur la table de nuit, à quelques centimètres de son visage.

— Où est Michael ? s'inquiète-t-il, les paupières lourdes, tandis qu'il caresse la tête de son chien.

— Parti chercher ses affaires à l'appartement.

— Mais il vient vivre ici, dis ?

— Oh que oui ! assuré-je avec un sourire. Il va transformer la maison d'amis en studio d'artiste.

— Je me demande ce qu'il va peindre... maintenant qu'on ne vit plus dans la rue.

Sur ces paroles, Tyler ferme les paupières et sombre dans un profond sommeil.

Les jours suivants marquent l'heure du bilan et de la reconstruction.

Avec Lauren comme tutrice légale, je suis à l'abri qu'on conteste le testament sur la base de mon statut de mineure sans garant. La moitié des biens d'Helena et ses deux propriétés m'appartiennent. La seconde moitié sera transmise à Emma, quand je l'aurai retrouvée. Et j'y compte. Je dois bien ça à Helena.

La somme que j'ai touchée dépasse de loin ce que j'avais espéré gagner en signant avec la *Banque des Corps*. Et tout cela, grâce à ma bienfaitrice. Tyler reçoit les meilleurs soins possibles et son état de santé s'améliore de jour en jour. J'ai une nouvelle dent pour remplacer l'autre. Quant à mes entailles et mes bleus, ils ont presque tous disparu.

Aussitôt après avoir emménagé dans la maison d'amis sur la propriété, Michael est parti sans donner d'explications. Ses affaires sont restées là. Je suppose qu'il est allé rejoindre Florina. Je suis déçue. Mais de quel droit finalement ? Perdre Blake a laissé un vide dont je n'ai mesuré l'étendue qu'une fois la situation revenue à un semblant de normalité.

La semaine qui suit notre emménagement dans la maison d'Helena, j'entends aux informations que le sénateur Harrison se remet d'un « accident de chasse ». Les retombées du scandale de la *Banque des Corps* vont se faire sentir au cours des prochains mois. Une fois les élections terminées, on saura si les Enders auront réélu un homme prêt à condamner à une mort vivante les jeunes de la nation.

Le sénateur ne donne pas beaucoup de lest à Blake. J'ai essayé d'envoyer des messages, de l'appeler. Aucune réponse. Je me dis qu'avant d'abandonner un tête-à-tête s'impose. Si je pouvais tout lui expliquer, je le persuaderais peut-être de nous accorder une seconde chance. Sinon, au moins je saurais à quoi m'en tenir et je pourrais avancer de mon côté.

Je passe devant chez lui à plusieurs reprises avant de tomber enfin sur sa voiture de sport rouge, garée. Mon cœur fait un bond et je reste plusieurs minutes dans ma fusée jaune, le temps de me calmer.

Une longue allée bordée de rosiers relie le portail au perron du manoir style Tudor. Je gravis les marches, déclenchant involontairement la sonnette. Tant pis pour moi si je comptais rebrousser chemin.

Un vieux garde du corps en uniforme m'accueille, aimable comme une porte de prison. En un clin d'œil, il dégaine son arme et vise ma tête.

— Appelez les forces de l'ordre, commande-t-il à quelqu'un, dans son dos.

— Je ne veux de mal à personne, assuré-je les mains en l'air. Je suis venue voir Blake, c'est tout.

Au même moment, Blake se présente à la porte. Le garde s'interpose.

— Monsieur, restez en arrière.

— Ça va, je vais lui parler, répond-il.

L'homme appuie sur son oreillette tout en répondant des « oui, monsieur » intermittents. Blake m'adresse alors un regard étonné, ponctué d'un simple haussement d'épaules.

Le type change soudain de ton.

— On dirait que c'est votre jour de chance, mademoiselle, me lance-t-il. Mais je vais vous fouiller, si vous le permettez.

Il range son pistolet et passe ses mains le long de mon corps. Ensuite, il extrait d'un étui accroché à sa jambe un détecteur de métaux.

Convaincu que je n'ai pas d'arme, il disparaît enfin dans la maison, nous laissant, Blake et moi, seuls sur le pas de la porte.

— Bonjour quand même, me lance-t-il.

— Blake...

Je lui renvoie son sourire irrésistible. Ça me fait un plaisir fou de le revoir. Me sourire, qui plus est. Je reprends espoir.

— Qu'est-ce que tu veux ?
— Te parler.
— De quoi ?
— De tout ce qui s'est passé. Il y a beaucoup à dire.
— C'est une plaisanterie ?

Mon cœur s'arrête.

— Blake ?

Il incline la tête.

— Comment tu t'appelles ?
— Allez, ne fais pas semblant de ne pas me connaître !
— C'est un de mes potes qui t'envoie ? dit-il en se frottant la nuque.
— OK. C'est bon, j'ai compris. (Je croise les bras.) Tu m'en veux encore.

Il se contente de me fixer. Décidément, il ne compte pas lâcher facilement.

— Je croyais que tu comprendrais. Après tout ce que la presse a révélé.

Sa mine est grave.

— Je suis vraiment désolé, on... On se connaît ?

La question me déchire. Que lui est-il arrivé ?

— Blake ? Tu ne te souviens vraiment pas ? De rien ?

Il répond non de la tête.

— Notre balade à cheval ? Le parc... La Salle des Concerts ?

Il continue à remuer la tête en signe d'ignorance. On dirait que je lui fais même un peu pitié.

— Je ne suis pas cinglée, Blake ! Regarde dans ton portable. Il y a une photo de nous deux.

Il semble chercher dans sa mémoire. Sans succès. Il n'a gardé aucun souvenir de moi.

Ça me fait tellement mal.

Je suis devenue invisible.

Soudain, le sénateur Harrison se présente à la porte, un bras en écharpe.

— Callie.

Je recule d'un pas.

— Tu la connais ? s'étonne Blake.

Le sénateur avance vers moi. Je recule davantage. Il me tapote l'épaule.

— Allez venez, Callie. Entrez. N'ayez pas peur.

Il passe son bras valide autour de mon cou et me conduit dans un grand vestibule. Le garde du corps, raide comme un piquet, se tient dans un coin. D'où je suis, j'aperçois le salon ; le feu brûle dans la cheminée.

Le sénateur se tourne alors vers Blake.

— J'ai besoin de parler à mon hôte. Seul à seul.

Blake acquiesce sans broncher et, avant de quitter la pièce, me jette un dernier regard interloqué par-dessus son épaule. Je donnerais tout – absolument tout – pour qu'une étincelle s'allume dans ces yeux, le signe qu'il me reconnaît vaguement. Mais sur mon front, pour lui, il est toujours écrit « étrangère ».

Le sénateur Harrison, une main appuyée sur mon bras, m'emmène dans son bureau. Il me présente un fauteuil en cuir et ferme la porte derrière lui. Je choisis de rester debout, derrière le siège. J'hésite à lui faire confiance. Je considère un court instant la pièce, meublée d'antiquités.

— Eh bien, à présent vous avez rencontré mon petit-fils.

— Que lui est-il arrivé ?

À ces mots, ma lèvre se met à trembler.

— Le jeune homme que vous avez vu est mon petit-fils, explique-t-il en indiquant la porte de son index. Le *vrai* Blake Harrison.

S'asseoir à son bureau lui arrache une grimace. Il rajuste l'écharpe autour de son bras. J'ai entendu ce qu'il vient de me dire mais ses paroles n'ont aucun sens pour moi.

— Le vrai Blake ?

Brusquement, tout devient calme. Comme si quelqu'un avait baissé le volume. Seule l'horloge, dans son coffret de verre, sur le bureau, produit encore un son. Les trois balles en or du pendule tournent inlassablement en rond. Essayer de les suivre du regard me donne le tournis et la nausée. L'écho d'un halètement nerveux me parvient soudain. Je me rends compte que c'est le mien.

— Vous voulez dire que ce n'était pas lui avant ? Jamais ?

— Il s'agissait seulement de son corps, me répond-il en hochant la tête.

Une main plaquée sur la bouche, je prends appui sur le dossier du siège.

— Ça veut dire que quelqu'un d'autre était à l'intérieur de Blake... et se servait de son corps ?

— C'est exact.

Le sénateur me laisse le temps de digérer la nouvelle hallucinante. Qui ? Qui aurait pu vouloir se servir du corps de Blake durant tout ce temps ? C'est alors que je comprends. Non ! Je n'arrive plus à parler, foudroyée par une sorte de décharge électrique.

— Le Vieux, confirme le sénateur en baissant les yeux.

Je laisse tomber ma tête dans mes mains. Non. Pas lui. Mon cerveau se met à tourner plus vite que les balles dorées de l'horloge.

— Mais j'ai vu le Vieux de mes propres yeux, quand il est venu à l'Institut... Il ne pouvait pas être à deux endroits en même temps !

— L'accord gouvernemental était passé à ce moment-là. Il était sorti du corps de Blake...

— Et l'annonce sur la chaîne des abonnés ? Elle a été diffusée avant ça.

— Ils l'ont préenregistrée.

Je marque une pause, le temps de prendre une grande inspiration.

— Et vous avez toléré un truc pareil ?
— Il tenait mon petit-fils en otage, bien que Blake ne l'ait jamais su. Seuls sa grand-mère et moi étions au courant. C'était du chantage pour me forcer à entériner l'accord entre le gouvernement et Prime Destinations.

— Blake n'a jamais signé de contrat avec la *Banque des Corps* ?

— Le Vieux l'a kidnappé et lui a implanté la puce. Blake ne sait rien. Il croit juste qu'il a été très souffrant pendant toutes ces semaines.

Je passe une main nerveuse dans mes cheveux. Et moi qui pensais que j'étais l'imposteur, la vagabonde jouant les princesses. Alors qu'en réalité, c'était le prince, l'ogre. Je ne peux plus me fier à rien. Ni peut-être... à personne.

— Callie, je veux que vous sachiez que j'ai fait pression sur le procureur pour qu'il abandonne les plaintes contre vous.

J'avais complètement oublié cette affaire.

— Merci.

— Et j'ai une faveur à vous demander.

— Laquelle ?

Je ne vois vraiment pas ce que je peux faire pour lui. L'Ender approche son visage du mien ; son haleine sent le cigare.

— Jurez-moi de ne pas parler de tout ça à mon petit-fils. Jamais.

Je quitte la résidence Harrison sans avoir revu Blake. Sur mon passage, les rosiers semblent se moquer de moi. « Petite imbécile. Tu n'as donc rien vu venir ? »

Mes jambes flageolent. Je m'écroule par terre, rongée de l'intérieur par la cruelle vérité. Je presse mon ventre pour tenter d'arrêter la douleur. Je ne reverrai plus jamais le Blake que je connaissais. En fait, il n'a jamais existé. Tout ce qu'on a partagé... ressenti... tout ça n'était pas vrai. J'éclate en sanglots.

Je l'ai perdu pour de bon. Comme Maman et Papa.

Papa...

Oh Papa, tu me manques tellement !

Je passe toute la nuit à ressasser mon histoire avec Blake, décortiquant la moindre de ses paroles, analysant chacun de ses gestes à la lumière de la terrible nouvelle. Le *Club Rune*, le ranch, la soirée de gala. Après avoir revécu mentalement ces moments en boucle, je n'ai qu'une envie : m'éloigner le plus possible de ces endroits. Le lendemain matin, je décide de partir avec Tyler dans notre nouvelle résidence secondaire, au cœur des montagnes San Bernardino. Mon frère et moi, emmitouflés dans nos polaires, partons sans attendre pour le Nord.

La maison d'Helena est un grand chalet à deux étages construit sur une propriété d'un hectare avec vue imprenable sur un lac. Contrairement à la résidence principale, peu d'objets rappellent Helena ou Emma ici. Il n'y a pas de portraits ni d'holocadres. Non pas que j'essaie de les oublier, mais je me sens davantage chez moi, chez nous.

Tyler s'entraîne à pêcher dans le lac pendant qu'assise sur un rocher, je dresse le bilan des dernières semaines.

Tout a commencé avec le Vieux qui s'est servi du sénateur pour imposer l'accord entre la *Banque des Corps* et le gouvernement. Pour ça, il a dû enlever Blake et prendre son corps en otage. Helena ignorait tout, mais elle avait découvert que le sénateur envisageait de faire passer l'accord gouvernemental. Elle a donc loué mon corps pour le tuer. Elle voulait compromettre cet accord et donner à voir Prime Destinations sous son plus mauvais jour, en prouvant que le corps d'un donneur pouvait être utilisé pour commettre un crime. Lorsque Redmond a neutralisé le pare-crime de ma puce, le Vieux s'est rendu compte que le signal avait changé et il a découvert son complot. Étant donné qu'il était déjà dans le corps de Blake, il s'en est servi pour percer le secret d'Helena. C'est là qu'il l'a suivie au *Club Rune*, qu'il lui a parlé au bar et qu'il a proposé qu'ils se revoient. Seulement, en touchant à la puce, Redmond l'a également modifiée. D'où l'évanouissement d'Helena en boîte, ce dont le Vieux, sous l'apparence de Blake, a été témoin. Ensuite, on s'est rencontrés. Il s'est mis à flirter avec moi pour tenir Helena à l'œil et s'assurer qu'on ne tue pas le sénateur avant qu'il ait son entretien avec le président. Et aussi pour voir comment je répondais à la désactivation de mon pare-crime. Une fois la communication établie et Helena dans ma tête, il avait la preuve de la richesse de cette ressource, en particulier pour le gouvernement.

Tous ses gestes n'étaient que des prétextes. Jouer à l'ado super proche de son arrière-grand-mère, me séduire et faire semblant de m'aimer pour que je lui fasse confiance. Les moments passés à son ranch, dans sa voiture. Un tissu de mensonges. Il mérite l'oscar du meilleur acteur. Son petit numéro pour me caresser la joue, me tenir la main, m'embrasser…

Effondrée, je couvre mon visage de mes paumes. Mais rien que je puisse faire n'effacera ma mémoire.

Tout ça me rend malade. J'ai des souvenirs tellement merveilleux avec Blake. Seulement, ma conscience me commande de les haïr, maintenant que je sais qu'il s'agissait du Vieux. Un instant, je cherche à ranger ces souvenirs à l'abri, dans une boîte précieuse. Celui d'après, je veux les réduire en un tas de cendres jusqu'au dernier.

Je me concentre un instant sur Tyler et son fil de canne à pêche. Il s'améliore. Penser à mon frère, au moins, m'apaise. Quel réconfort de savoir qu'il n'aura plus jamais faim, qu'il ne dormira plus jamais à même le sol, dans le froid et la saleté. Je gonfle mes poumons de l'air vivifiant à la senteur de pins. On dirait qu'il me lave de l'intérieur. J'ai tellement de chance d'être ici, d'avoir deux maisons. Je me résous à ne plus penser qu'à la beauté des lieux.

— Tyler ! Je vais nous préparer du chocolat chaud. Tu restes ici, d'accord ? Ne t'éloigne pas.

Il promet d'un signe de tête.

Je gravis les quelques marches en bois jusqu'à la terrasse arrière, celle de la cuisine. Dedans, il fait chaud. Par la fenêtre au-dessus de l'évier, j'aperçois Tyler. Je retire ma veste et la pose sur une chaise. D'un placard, je sors le cacao en poudre et deux tasses. J'en remplis le fond avec une cuillérée de chocolat et je mets la bouilloire d'eau filtrée à chauffer. De l'eau à volonté. Pour toujours.

Les tasses pleines, je les dépose sur le comptoir. À cet instant, je remarque un truc étrange. Un truc qui n'a rien à faire là, posé sur le plan de travail, à droite de l'évier.

Un bouquet d'orchidées jaunes. Aux taches de léopard violettes.

Les cheveux, dans ma nuque, se hérissent aussitôt. Ce sont les mêmes que celles que Blake – le Vieux – m'a données quand on a pique-niqué au ranch.

Qu'est-ce qu'il fiche ici ? Et depuis combien de temps ?

Paniquée, je jette un œil par la fenêtre. Tyler n'est plus là. Sa canne à pêche est à terre. Je m'apprête à hurler lorsqu'en m'approchant du rebord de la fenêtre, je le découvre soudain, penché au-dessus d'un seau. Il choisit ses appâts.

Je pousse un soupir de soulagement.

Puis j'entends une voix. Une voix dans ma tête.

Bonjour, Callie.

Semblable à celle d'Helena en son temps. Sauf que c'est la voix d'un homme : le Vieux. Cette affreuse voix de synthèse qui me fait mal aux dents.

Des sueurs froides me gagnent.

Tu as réussi, Callie. Prime Destinations a fermé ses portes et sera bientôt démolie.

— Où êtes-vous ? (Je scrute le lac où Tyler pêche.) Comment faites-vous pour être dans ma tête ?

J'ai des bureaux de secours, naturellement.

— De secours ?

C'est sûrement là qu'est la locataire d'Emma.

À un autre endroit.

Je me demande si c'est dans un périmètre accessible en voiture. En peu de temps...

— Où ?

Tu veux voir ? Je peux te faire visiter.

— Alors que fabriquez-vous dans ma tête ?

Nulle trace de lui dehors. Tout doucement, j'ouvre les tiroirs de la cuisine.

Joins-toi à moi, Callie.

— Me joindre à vous ? Pour quoi faire ? Que me voulez-vous ? Je ne suis qu'une Starter comme les autres.

Plus maintenant, non. Cette puce, dans ta tête, est unique. Elle a été altérée par un artiste, un des meilleurs chirurgiens de la planète. Je t'offre un pont d'or si tu rejoins mon équipe.

— Pas besoin de votre argent. J'ai tout ce qu'il me faut.

J'essaie de paraître forte, mais ma voix qui déraille me trahit.

Tu ignores ce dont tu as besoin.

Je sors un immense couteau de cuisine du tiroir. Ma main tremble.

Attends un peu de goûter au pouvoir.

— Aucune envie de goûter à quoi que ce soit avec vous.

Je ne lâcherai pas la partie de sitôt. Comme je te l'ai dit, tu comptes beaucoup pour moi ; tu es unique.

Je laisse échapper un petit rire caustique, mais mon ton est glacial :

— Tout ce que vous voulez, c'est m'ouvrir le crâne et récupérer ma puce.

Tyler, dehors, est toujours absorbé par ses poissons. Je sors de la cuisine en direction du vestibule, décidée à trouver la cachette du Vieux.

Je te veux dans mon équipe. Et toi, tu as besoin d'une cause. Accord parfait.

— Qu'est-ce que je viendrais faire dans votre équipe ?

Ton ami, Redmond, en fait déjà partie.

Là, l'évidence me saute aux yeux.

— C'était lui, le pilote de l'hélicoptère.
Tu l'aimes bien, n'est-ce pas ?
— Oui. Il se sert de ses neurones pour aider les gens et pas le contraire. Lorsque nous étions dans votre bureau, tous les trucs que vous m'avez dits, vous les pensiez ? demandé-je pour gagner du temps.
La plupart de ce que je t'ai dit était vrai. Mais pas tout. Pour le savoir, encore une fois : joins-toi à moi.
— Vous m'avez menti. Vous vous êtes fait passer pour quelqu'un d'autre.
Je jette un œil au salon. Personne. Par la baie vitrée, je suis rassurée de voir que Tyler est retourné pêcher.
Oh ! Et toi pas ?
Je me fige net. Il a raison.
— Je n'ai pas eu le choix.
Bien sûr que si. Tu aurais pu partir. Mais alors, tu aurais dû renoncer à ton argent.
— J'en avais besoin pour mon petit frère.
Je serre fort le couteau et traverse le salon pour aller ouvrir un placard. Personne.
Si tu tiens vraiment à le protéger, entre dans mon équipe. Je te garantis qu'au cours des prochains mois, aucun enfant ne sera en sécurité. La vie ne tient souvent qu'à un fil. Un tremblement de terre pourrait détruire votre maison. Un incendie. Ta tutrice pourrait mourir dans un accident de voiture et l'État te confisquerait tes biens. Tu peux tout perdre en un instant. Rien ne dure si ce n'est le pouvoir. Ça oui, j'admets.

Je quitte précipitamment la pièce et grimpe les marches quatre à quatre. Je voudrais qu'il la ferme. Qu'est-ce qu'il entend par « aucun enfant ne sera en sécurité » ? Un coup d'œil à la chambre de Tyler. Rien à signaler ici non plus.

Tu te persuades que ta motivation était l'argent. Mais je te connais mieux que toi-même. Tu voulais aussi vivre dans la peau de quelqu'un d'autre.

— Oh, c'est bon.

Donnez un masque à un homme et il vous dira la vérité. C'est de qui, déjà ?

— De vous.

Dans le couloir, j'inspecte une chambre après l'autre.

Tu n'es pas retournée chez Prime Destinations lorsque la connexion a été endommagée. Tu tenais à vivre la vie d'Helena.

— On m'a menacée. On m'a dit que si j'y retournais, on me tuerait.

Tu souhaitais mener la belle vie, goûter au luxe même si ça ne durait pas.

Je marque un temps d'arrêt. Il y a une part de vérité là-dedans, même si j'ai honte de l'avouer.

Je pourrais t'aider à revivre une telle expérience, Callie. Je t'offre une vie beaucoup plus excitante que celle d'Helena.

Avais-je envie d'une autre vie ? Oui. Ailleurs, à une autre époque. Mais pas avec et grâce au Vieux.

— Non. Je ne veux pas jouer à être quelqu'un d'autre. Je veux juste être moi. Vous pouvez me forcer à devenir une autre personne, jamais ça ne marchera.

Ta curiosité l'emportera. Je ne suis pas pressé.

— Alors vous allez attendre longtemps.

Je lance un regard dans une nouvelle chambre, le couteau plaqué contre ma jambe, aussi bas que possible.

Ah, Callie, si tu savais. Tu te trompes sur toute la ligne. Le gentil, c'est moi.

Quoi ? Il est drôlement gonflé. Je finis par espérer qu'il soit dans la maison : je l'affronterais, je lui arracherais son masque, j'en finirais avec lui une bonne fois pour toutes.

La dernière porte est fermée. C'est celle de ma chambre. Je suis persuadée de l'avoir laissée ouverte. Sur la pointe des pieds, je m'en approche. D'une main fébrile sur la poignée, je tourne.

Les voilages s'agitent sous l'effet d'une brise. À moins que quelqu'un vienne juste de passer devant ? Les battants de la porte-fenêtre, derrière, sont rabattus. Je pose un pied sur le vaste balcon, de l'autre côté. Je regarde la pelouse, le lac, Tyler. La nuit tombe. On n'entend même plus les oiseaux.

Bien qu'il ait cessé de parler, je sens encore le Vieux dans ma tête. Debout, près de la porte-fenêtre, j'attends. Lui, silencieux, contre moi, haletante, dans une impasse. Mon pouls bat la mesure de cet affrontement muet.

Quand, soudain, je ressens son départ.

30.

Une semaine plus tard, devant la *Banque des Corps*, je m'apprête à regarder l'équipe de démolisseurs abattre les anciens locaux de Prime Destinations. La foule de badauds, en manteaux et vestes, est majoritairement constituée d'Enders de classe moyenne – des gardes et des vendeurs – qui n'ont jamais su quelle entreprise se cachait derrière ces murs. Il y a aussi des Enders aisés, majoritairement des anciens locataires, ainsi qu'une poignée de Starters riches. En marge de ce groupe, les jeunes sans famille : pour certains, d'anciens donneurs comme moi, pour d'autres, de simples curieux, impatients de voir la démolition commencer.

Plusieurs visages me sont familiers. Celui de Lee, notamment, de Raj et de Briona. Ils ne forment plus un trio et restent chacun de leur côté, sans même se reconnaître. Madison, l'ado au petit carré blond, se tient à deux ou trois mètres sur ma gauche. Nos yeux se croisent. Je lui souris ; je suis si contente de la voir. Elle se fige et me considère froidement, le regard vide, avant de le détourner. Il ne faut pas que j'oublie qu'en réalité elle ne m'a croisée qu'une fois, cette fameuse dernière nuit, à la *Banque des Corps*. Elle ne se souvient peut-être pas de moi.

Dans la foule, je repère son double, Rhiannon, à ma droite, dans son véritable corps. L'Ender prend appui sur un déambulateur pour me saluer de la main. Je lui fais signe à mon tour et me dirige vers elle lorsque j'aperçois soudain Michael, tout au fond. Seul. Il fixe le bâtiment sans bouger, comme nous tous.

— Michael !

Il est trop loin pour m'entendre. Et trop concentré. Voir son visage me remonte le moral. J'en déduis qu'il vient juste de rentrer. Je me faufile dans sa direction quand, du coin de l'œil, je remarque une autre personne qui fend la marée de crinières argentées, sur la gauche.

Blake.

Ma gorge se noue. Qu'est-ce qu'il fabrique ici ? Il n'est pas censé connaître la *Banque des Corps*. Je ne l'ai plus revu depuis ma visite, chez lui, il y a une semaine. Je reconcentre mon attention sur Michael. Cette fois, il m'a vue. Son visage s'éclaire. Je le trouve encore plus beau que d'habitude. Il m'invite à le rejoindre d'un geste de la main.

Retour à Blake. Il esquisse poliment un sourire timide à mon intention. Il avance encore vers moi en zigzaguant à travers la foule.

Je panique. Je ne sais pas quoi faire. Blake est trop près, désormais, pour que je le plante sur place. Je reporte mon attention sur Michael. Il observe la scène, le visage de plus en plus sombre. Son sourire s'efface, ses épaules s'affaissent. Ça me tue, mais je suis coincée ici, dans la cohue, trop loin pour me justifier, à supposer que ce soit même possible.

Blake n'est plus qu'à quelques mètres. J'ai promis à son grand-père de ne jamais mentionner ce qui s'est passé. Mais alors qu'est-ce que je vais bien pouvoir lui raconter ?

Pas le temps de réfléchir. Il est déjà là.

— Callie. Eugenia m'a dit que je te trouverais ici. (Il enfonce ses mains dans ses poches et regarde au loin.) Mes amis me reprochent d'être trop sérieux. Ça doit venir du fait que mon grand-père est sénateur. Mon père était du genre sérieux lui aussi. Ma mère, par contre, savait s'amuser.

Il sourit avec nostalgie. Mais de quoi il parle ? On dirait qu'il a préparé un speech.

— Bref, on m'appelle le rat de bibliothèque parce que je ne sors jamais, sauf si mes copains me forcent. (Nerveux, il passe d'une jambe sur l'autre en contemplant ses pieds). Ce que je voulais dire...

(Soudain, il me montre l'écran de son téléphone.) J'ai vu la photo.

Je l'observe à mon tour. Souvenir de notre balade à cheval. Debout, derrière moi, un bras autour de mon cou, son visage près du mien tandis que je m'agrippe à lui à deux mains. On venait de descendre de nos montures. On a l'air heureux sur la photo. Un peu en nage, mais heureux. Sauf que le pauvre Blake n'a jamais vraiment été là, puisque qu'il s'agissait du Vieux.

C'est dur pour moi de regarder cette photo. Blake, lui, est incapable de comprendre.

— Je n'ai aucun souvenir du jour où elle a été prise, avoue-t-il. Mais j'ai l'air tellement bien. Plus que jamais en fait, dit-il en plongeant son regard dans le mien. J'ignore ce qui s'est passé pendant ces semaines. Par contre, je sais un truc : je veux revivre ces instants, je veux pouvoir éprouver la même chose...

Je sonde son visage. Il est sincère. Ce n'est pas une blague.

— Et toi ? me demande-t-il, hésitant. Tu serais prête à les revivre ?

Une violente douleur jaillit dans ma poitrine. Je ne vois pas comment nous réapproprier ce qui ne nous a jamais appartenu.

— Prends ton temps, Callie. Tu ne dois pas me répondre tout de suite.

Il me tend la main, tandis que je me crispe.

— Toi, tu connais la vérité. J'ai besoin que tu m'aides à me rappeler.

Il me fait penser à un astronaute qui aurait perdu le câble le reliant à la navette et n'aurait plus qu'une seule chance de rattraper son cordon de sécurité, s'il ne veut pas sombrer dans le néant pour l'éternité. Je connais ce sentiment, cette sensation de panique, quand le temps s'allonge. Les secondes deviennent des jours, des mois, des années ; on se sent oppressé, non pas par une personne mais par dix, cent, mille, tout un quartier, une ville, jusqu'à ce qu'on en arrive à douter de la planète entière. Et la dernière question qui nous passe par la tête, au moment de toucher presque du doigt ce fameux cordon de sécurité, c'est : si je survis, pourrais-je réparer les pots cassés ? Seul un « oui » peut encore me réconcilier avec l'humanité.

Ce n'est pas le Blake que je connais. Il lui ressemble ; il s'en rapproche. Mais, pour le moment, il est perdu. Et moi, je suis la seule à pouvoir le guider.

Qui vivra verra.

J'entends soudain quelqu'un respirer. Dans ma tête.

Mon cœur, dans ma poitrine, se met à cogner.

Callie, ma grande.

Ça fait si longtemps que je n'ai pas entendu cette voix...

Au cri du faucon, fais ton balluchon.

Mon père ! Parcourue de frissons, je regarde partout autour de moi. Bien sûr qu'il n'est pas là, mais je ne peux pas m'en empêcher. Le murmure de la foule s'estompe.

Mon père est vivant ?

Blake me sourit, l'air intrigué.

— Ça va, Callie ?

Je tends l'oreille pour écouter la voix. Silence radio. Une étrange sensation de chaleur monte soudain en moi.

Blake me serre la main au moment où les premiers miroirs de la façade de la *Banque des Corps* volent en éclats.

Remerciements

Si c'était une cérémonie de remise de prix, l'orchestre serait forcé de me pousser hors de la scène tant j'ai de personnes à remercier !

Au premier chef, celle grâce à qui le projet est devenu réalité, Barbara Poelle, a su exactement comment vendre ce livre en six jours (dont un week-end férié). Ne vous laissez pas abuser par sa grande beauté, elle est un agent hors-pair. Je remercie le destin de nous avoir fait nous rencontrer.

Barbara m'a trouvé l'éditrice parfaite en la personne de la merveilleuse Wendy Loggia. Ses notes et son soutien ont rendu ce livre meilleur, et cela avec une douceur et une bonne humeur de chaque instant. Merci à toi, Wendy. Toute ma reconnaissance va aussi à tout le monde chez Random House, en partant du sommet : Chip Gibson, ce charmant blagueur, et Beverly Horowitz, bonne fée des auteurs (si tant est que les fées soient sages et connaissent les ficelles du métier d'éditeur) ; John Adamo, Judith Haut, Noreen Herits, Casey Lloyd, Adrienne Waintraub, et Tracy Lerner ; Linda Leonard, Sonia Nash, et Mike Herrod aux nouveaux médias ; Joan de Mayo et tout le département des ventes, Melissa Greenberg et le service artistique ; Rachel Feld, qui a rendu ma venue au BookExpo America particulièrement agréable ; et Enid Chaban qui fut le premier à envoyer un courriel à toutes les équipes de Random House, alors qu'elles déménageaient, pour leur dire de lire à tout prix le livre. Merci aussi à Ruth Knowles et ses collaborateurs de Random House UK, avec une mention spéciale à Bob Lea, artiste incroyablement doué qui a su représenter à merveille Callie sur la couverture.

Merci aussi à mes agents pour les droits étrangers, Heather et Danny Baror, qui ont su exporter le *buzz* tout autour de la planète, au talentueux Lorin Oberweger qui dirige les ateliers Free Expressions, et à Stephanie Mitchell, toujours en première ligne.

Attendez l'orchestre, ne lancez pas encore la musique !

J'ai été très encouragée par Emma, 12 ans, qui réside dans un petit village de Nouvelle-Écosse, et qui a adoré le manuscrit. Merci à mon cher ami, et auteur, S.L. Card pour avoir servi d'intermédiaire, m'avoir patiemment relu et soutenu tout du long. Merci à tous les autres lecteurs de la première heure : Patti, Mari, l'auteur Suzanne Gates et mes chers amis Dawn et Robert qui m'ont prêté leur maison dans l'Oregon pour que j'y termine ma première version. Un grand coucou aussi à ma tribu, le formidable groupe d'écrivains auquel j'appartiens : Liam Brian Perry et Derek Rogers, tous deux d'excellents auteurs.

Le soutien de mes amis sur la longue route qui mène à la publication a vraiment beaucoup compté pour moi : Lena et Nutschell, Paul et Joan, Luke, Greg, Michael, Marco, Susan, Gene, Paul et Matt, Ray et Marion Sader, Leonard et Alice Maltin, Martin Biro, les Chercheurs d'Or, et mes potes écrivains Jamie Freveletti, Robert Browne, Brett Battles, Boyd Morrison, Graham Brown, Stephen Jay Schwartz, Sophie Littlefield, James Rollins et les Apocalypsies. Merci, ITW, et à toi aussi Robert Crais, je te suis si reconnaissante d'avoir été mon ange gardien pendant l'écriture !

Pour me faire entendre par-dessus la musique, je crie mes remerciements à mon mari, qui est un conteur-né et qui m'a soutenue tout du long par ses encouragements.

En attendant de découvrir **Enders**,
le second volet de **Starters**
en novembre 2012…

Entrez dans un nouvel

avec d'autres romans de la collection

www.facebook.com/collectionr

DÉJÀ PARUS

LA COULEUR DE L'AME DES ANGES

de Sophie Audouin-Mamikonian

de Rae Carson

À PARAÎTRE

La Sélection
de Kiera Cass
(avril 2012)

Night School
de C. J. Daugherty
(mai 2012)

Kaleb
de Myra Eljundir
(juin 2012)

Retrouvez tout l'univers de *Starters*
et téléchargez des ebooks inédits gratuits
de la série sur le site :
www.starters.fr

Et sur Facebook :
www.facebook.com/collectionr

Composé par Nord Compo Multimédia
7, rue de Fives, 59650 Villeneuve-d'Ascq

Impression réalisée par

La Flèche
en février 2015

Dépôt légal : mars 2012
N° d'édition : 54489/08 – N° d'impression : 3009576
Imprimé en France